T0268253

La buena esposa

LA BUENA ESPOSA

Olalla García

Primera edición: octubre de 2022

Printed in Spain — Impreso en España

ISBN: 978-84-666-7272-6
Depósito legal: B-11.961-2022

Compuesto en Comptex&Ass., S. L.

Impreso en Liberdúplex
Sant Llorenç d'Hortons (Barcelona)

BS 7 2 7 2 6

A mis padres.

A Rafael y Sandra,
por darme esperanza, siempre.

A todos aquellos que luchan
por defender lo que es justo.

Primera parte

(1610-1612)

Ana

Contaré el comienzo de la historia tal y como lo recuerdo. Debía de sumar yo unos tres lustros de edad, año arriba o abajo. Habíamos salido de la misa matutina y estábamos haciendo costura en el patio del convento. Entonces se produjo el revuelo.

Todas las allí reunidas éramos huérfanas, recogidas en aquel santo lugar para protegernos de las malas costumbres del mundo; que, según contaban las monjas, eran muchas, y de tan viciosa naturaleza que causaban gran espanto. Aún más en nuestra villa de Alcalá de Henares, que por ser universitaria tenía exceso de hombres jóvenes y estudiantes, que andaban a la caza de las mozas y no se cuidaban de respetarles la virtud.

Las buenas madres no dejaban de repetirnos la suerte que teníamos de estar allí acogidas. Pues entonces, como ahora, los conventos estaban llenos y muchas postulantes habían de quedarse fuera. Nos decían que la abundancia de vocaciones era señal de que vivíamos buenos tiempos, puesto que tantas doncellas y viudas oían la llamada de Nuestro

Señor. No es que yo las desdiga, eso no; pero después aprendí que los tiempos aquellos no eran buenos, como tampoco lo son los de ahora. Hasta he llegado a pensar que la llamada de Dios se oye con más claridad en las épocas malas que en las de bonanza.

Añadiré también que no todas las vocaciones surgen por amor al Creador; que en ocasiones pesa más el ansiar salirse de un sitio que el querer entrar a otro. Con esto vengo a decir que el ingresar en clausura a veces no se hace por sentimiento religioso, sino para escapar del mundo. Porque lo que hay aquí afuera suele estar lleno de dolor e injusticias para las mujeres.

Pero no me enredo más, y me vuelvo al caso. Como he dicho, todas las niñas éramos huérfanas, aunque no iguales. La mayoría eran expósitas, pobres de solemnidad, abandonadas en las calles a poco de nacer. Estas desdichadas ni sabían de su familia ni tenían medios con que costearse una dote. Y no hablo ya de la necesaria para el matrimonio, sino de la que se pide para ingresar en clausura, que es de menor cuantía que aquella. Dependían de lo que las gentes de buen corazón fuesen donando al convento «para ayuda de las huérfanas». Lo que, como imaginaréis, no era mucho, ni bastaba para dotarlas a todas.

No entraré aquí en lo que opino de estos usos. Los dineros que se dan para ayuda de un niño van siempre a costear el aprendizaje de su oficio; los de una niña, a engrosar su dote. Pues, cuanto mayor sea esta, a mejor marido puede aspirar. Todos entienden que este es el oficio femenino: conseguir esposo y cuidarlo a él, los hijos y el hogar. Bien sé yo lo que pienso al respecto: que el trabajo de una mujer hace que esta pueda dar más al prójimo que estándose encerrada en casa. Aunque, para conseguirlo y mantenerlo, ella deba esforzarse diez veces más que un varón. Y, pese a lo que la gente opina, eso no quita honra ni valor a su persona, muy al contrario.

Retornando al tema, no todas las huérfanas éramos expósitas. Unas pocas —tres, para ser exacta— sí teníamos padres conocidos, a los que Dios se había llevado siendo nosotras muy niñas quedándonos sin familia que se ocupase de nosotras. Al marcharse aquellos de este mundo, nos habían dejado herencia —mayor o menor, eso ya dependía— que nos aseguraba en el futuro un matrimonio decente. Las buenas monjas no cesaban de preguntarnos si no profesaríamos como religiosas, entregando esos bienes al convento. Pero ninguna sentíamos querencia por la clausura. Preferíamos vivir en el siglo, con casa y marido.

Las tres estábamos tan unidas como buenas hermanas. O, más bien, como imaginábamos que debían sentirse estas; porque de primera mano, por así decir, la relación no la conocíamos. No sé si el afecto nos llegó por tener edades parecidas o porque Dios así lo quiso. Tampoco hay que buscar explicación a todo; en la mayoría de las cosas no importa tanto la causa como el resultado.

Las tres somos hijas y vecinas de esta villa; en primer lugar, servidora, Ana García. Me pongo por delante no por ser de más edad, ni de mejor calidad, sino porque por algún lado hay que empezar.

Luego está Clara Huertas. Ya sé que cuando la menciono algunos tuercen el gesto; en lo que a mí toca, ni todas las muecas del mundo mermarán la estima en que la tengo. El proverbio dice que una persona vale tanto como lo que el prójimo opina de ella. Pero, en el caso de Clara, la opinión del prójimo anda bastante errada. Aún digo más: su matrimonio es cosa que no concierne a nadie, salvo a ella y al marido. Jamás oí a Luis quejarse de nada. Así pues, ¿a qué tienen que protestar los demás?

Después está Francisca de Pedraza. Nuestra querida Franca, como la llamábamos. Inocente y dócil como un corderillo, así era ella. Jamás he conocido a nadie menos dado al engaño. De niña no tenía el menor talento para el disimulo; algo que, ya de casada, habría de costarle muy caro.

Era una muchacha juiciosa, tan discreta y reservada que siempre pasaba desapercibida. Ni se la veía ni oía, aunque allí estuviera. Ya hubiera querido yo que se la escuchara cuando por fin alzó la voz. Y eso que sus gritos resonaban y sus lesiones saltaban bien a la vista. Pero todo el mundo actuaba como si aquellos fuesen mudos y estas, invisibles.

Aunque mejor será que me vuelva a mi historia. El caso fue que, estando sentadas en el patio tras la misa, comenzaron a alborotarse las más pequeñas. Y esto fue porque una sirvienta vino a susurrarles algo. Quien no haya vivido allí puede pensar que las internas no teníamos noticia de lo que ocurría fuera de los muros. Tal vez eso sea cierto en el caso de las monjas. Pero nosotras, las niñas de acogida, no estábamos encerradas tras las rejas, ni nos dedicábamos solo a rezos y asuntos divinos. Asistíamos a dos misas diarias y a clases para aprender las letras y el catecismo. El resto de la jornada la empleábamos en tareas domésticas. Agradecíamos los ratos dedicados a coser e hilar porque estábamos sentadas y podíamos conversar entre nosotras. Pero la mayor parte del tiempo se empleaba en faenas duras y fatigosas: barrer, fregar, lavar la ropa, hacer las camas, acarrear agua y leña, ayudar en la cocina... Esos penosos quehaceres diarios que toda mujer conoce bien, que la obligan a levantarse antes del alba y a acostarse agotada cuando el resto de la casa ya duerme.

A causa de estas tareas, pasábamos tiempo con las mozas de servicio, que entraban y salían del convento, e incluso con muchachas de afuera, que nos traían lo necesario para comer y vestir. Con ellas hablábamos, y las oíamos comentar asuntos de más allá de la clausura. A través de sus historias, íbamos formando una imagen del mundo que bullía al otro lado de los muros, que nos asustaba y fascinaba a la par. Estábamos hambrientas de rumores, siempre emocionantes, aunque solo los comprendiéramos a medias.

En raros casos, las noticias guardaban relación con nosotras. Entonces causaban gran revuelo, como sucedió aquel día. Se comentaba que una mujer había venido para pedir a una niña de unos nueve años que le sirviera de aprendiza. Algo tan extraordinario, tan increíble, como que la estatua del san Juan Bautista se saliese de su hornacina para pasear por el patio.

—Yo os digo que no puede ser —declaró Clara, rotunda como siempre—. ¿Una mujer con oficio, y que busca aprendiza? ¡Anda allá!

—Pues yo me creo que sea cierto —respondí—. Y solo

me pesa tener más años de los que pide porque no hay modo de que me escoja a mí.

—Querrás tener razón, no faltaba más —bufó ella—, que siempre te las das de entendida en todo. Pues ¿sabes qué te digo? Que basta una pizca de seso para ver que es una patraña, ¿verdad, Franca?

La aludida hizo un gesto con la cabeza, que bien podía tomarse por un sí o un no, o ambas cosas a la vez. Seguía concentrada en su labor de costura, como si el alboroto no fuese con ella. Pero el bullicio sí había atraído otras atenciones. La hermana lega Catalina se vino a nosotras con sus pasos recios esgrimiendo la vara que todas conocíamos.

—¿A qué viene este jaleo? ¿Os pensáis acaso que estamos en el mercado? ¡Silencio ahora mismo, si no queréis verme enojada!

Eso, por descontado, ninguna lo quería. Así que nos callamos, agachamos las cabezas y nos guardamos dentro la agitación.

—Eso está mejor —asintió ella, aún con el ceño algo arrugado—. Y ahora, necesito voluntarias para un trabajo en el almacén de entrada.

Pensé que, por supuesto, nadie se ofrecería. ¿Quién en sus cabales se metería en un cuartucho oscuro para arrastrar sacos y toneles en lugar de quedarse allí sentada, descansada y al sol?

Para mi sorpresa, Clara se puso en pie.

—Nosotras, madre —dijo señalándonos a Franca y a mí—. Aquí nos tenéis, bien dispuestas.

Así que allá nos fuimos las tres. Yo, rezongando entre

dientes. Francisca, con los hombros hundidos y algún que otro suspiro. Solo Clara se mostraba satisfecha.

—Ahora veréis —nos dijo, retadora—. Veréis como tengo razón.

No entendimos a qué se refería hasta que la hermana, tras darnos las instrucciones, nos dejó solas. Entonces Clara ordenó a Francisca que se fuera a la puerta, vigilara y nos hiciera señas si alguien venía.

—Y tú —me dijo—, échame una mano con esto.

No sin esfuerzo, movimos unos toneles que había frente a uno de los muros. Allí, para mi sorpresa, apareció un hueco, de la anchura de un hombre grueso, y de tamaño tal que me llegaba a la cintura.

—¿Cómo has llegado a saber de esto? —pregunté, anonadada.

—Toda casa tiene sus secretos. Solo hay que poner empeño en descubrirlos —respondió, con sonrisa traviesa—. Ahora, métete ahí y pega la oreja.

Así lo hice, aunque la postura era harto incómoda. Eso sí, antes de apoyar la mejilla palpé con la mano. Noté tacto a madera.

—¿Qué hay al otro lado?

—Pues una portilla cerrada con su llave. Y encima de ella, un repostero, para que nadie sepa de la abertura.

Calculé que allí se hallaba la entrada al convento, que se usaba como sala de recibir, con su reja rematada de clavos dirigidos al visitante. Todo esfuerzo era poco para disuadir a este de acercarse a los barrotes tras los que se protegían las buenas monjas.

—Si de verdad ha venido tu famosa oficiala, ha de estar ahí. Pon la oreja, anda. Convéncete de que tengo razón.

Escuché, con el alma en vilo. Sabía que, si nos sorprendían allí, nos esperaba un castigo ejemplar. Pero la curiosidad me arrastraba con la fuerza de un tiro de bueyes. Era en vano intentar resistirme.

Permanecí así agazapada no sé cuánto tiempo, apretando tanto la oreja que empezó a dolerme. No escuché un solo sonido, aparte de mi respiración entrecortada.

—¿Qué? ¿Estaba yo en lo cierto o no? —preguntó Clara, con tono de quien no admite réplica—. Pues hala, arreando, que tenemos que volver a colocarlo todo antes de que nos pillen...

Chisté para acallarla. Me parecía haber oído algo. ¿Era posible? Recé por que así fuera. Cerré los ojos y me concentré aún más.

Ahí. ¡Sí! La voz inconfundible de la madre superiora, altanera y aguda. Estaba saludando a la visitante, fuere esta quien fuere. Era evidente que la había hecho esperar largo rato antes de dignarse aparecer.

Oí entonces a la desconocida. Tenía una voz grave, como de varón. Había algo en su tono que llamaba la atención, esa franqueza de las personas convencidas de lo que cuentan, que te lleva a escucharlas y creer en ellas. Dijo llamarse Rafaela Márquez. Era comadre; o, como ella expresó, «experta en el arte de ayudar a la preñada a partear».

Recuerdo esas palabras con toda nitidez, aun con el paso de los años. Y es que me golpearon como una revelación. Me había estado preguntando qué tipo de mujer sería aquella, que afirmaba tener un oficio y precisar de una aprendiza, cuando aquellas dos cosas, según nos habían enseñado, eran exclusivas de los varones. Las hembras no buscan aprendices, sino mozas para el cuidado del hogar; y tampoco tienen oficios, más allá de ayudar al esposo a desarrollar el suyo en su taller o su local. Les toca llevar la casa, claro, pero esto no se considera un oficio, a pesar de acarrear más fatigas y desvelos que ningún otro trabajo.

En ese instante comprendí algo. Hay ciertas cosas que solo puede hacer una hembra. Gestar los hijos, traerlos al mundo, amamantarlos... Dios ha querido que sean tareas femeninas. Así, los trabajos relacionados con ese acto milagroso deben desempeñarlos las mujeres. Por eso hay parteras y nodrizas. Esas labores, a diferencia de cualquier otra ocupación femenina, sí reciben paga a cambio. Justo por eso, son las únicas que vienen a considerarse «oficio».

Pensé también: «Gracias sean dadas a los cielos de que los hombres no puedan partear ni dar de mamar. Pues, en mediando dineros, maravilla sería que ellos no intentaran hacerse con el control de esos negocios y prohibírselos a las mujeres».

Siempre me ha sorprendido la insistencia con la que nuestros buenos confesores repiten que estos son temas pecaminosos, que conviene silenciar. De modo que una hembra no puede ufanarse de sus partos, mientras los varones tanto se jactan de sus peleas y hechos de armas. Pues, si el mayor orgullo de una hembra es dar la vida, a veces pareciera que el mayor orgullo de los varones sea quitarla. Seamos nosotras madres con terrible esfuerzo y sufrimiento, y jugándonos en ello la existencia, para que luego se nos lleven a los hijos a luchar en guerras que en nada nos benefician ni engrandecen.

Pero mejor regreso a mi historia. De la conversación que siguió, solo puedo reproducir ciertos detalles. La portezuela debía de ser delgada, pues las voces se escuchaban con bastante nitidez, aunque no siempre alcanzara a distinguir con claridad todas las palabras. En suma, la comadre Rafaela Márquez vino a decir que buscaba una aprendiza y que, de concedérsela, las buenas monjas harían un gran favor a la niña elegida. Había acudido a aquel lugar porque sabía que las pobres expósitas no tenían un mendrugo de pan que llevarse a la boca; qué mejor oportunidad para una de ellas que recibir una formación en aquel oficio. Así, la muchacha podría ahorrar para, en el futuro, costearse una dote o, incluso, ganarse la vida en caso de que el marido llegase a faltarle.

Imaginé a la madre frunciendo el morro ante aquellas palabras, o quién sabe si incluso santiguándose. De cierto, debían de sonarle poco menos que a imprecaciones. Yo misma estaba anonadada, aunque de una forma extraña, como si algo dentro de mí se caldeara ante las frases de aquella mujer. No sé muy bien cómo expresarlo, porque no era un fuego de esos que dejan quemadura, sino más bien como la lumbre que alegra el corazón y las carnes al volver a casa tras pasar largo tiempo en la calle en pleno invierno.

—Reverenda madre, el mío es un oficio bueno —decía ahora la partera—, que permite ayudar a otras mujeres en el momento en que más lo necesitan. Bien sabe Dios que, en tal trance, toda asistencia es bienvenida...

—¿Un buen oficio, decís? —la cortó la priora con sequedad—. ¿Cómo os atrevéis? Habláis de hurgar en las partes más sucias y pecaminosas de una extraña. Ninguna de mis niñas, tenedlo por seguro, se dedicará jamás a tan inmundos menesteres.

Allí vino a truncarse el intento de la visitante. Dejé la escucha, con la espalda y el corazón entumecidos. Sabía que el espiar así era pecado, y que debería sentirme arrepentida; pero lo cierto era que no lo estaba. También sabía que ya no iba a olvidar el nombre de aquella mujer, Rafaela Márquez. Y pedí a los cielos que, en el futuro, me permitieran volver a encontrarme con ella. Su voz, sus palabras, me habían dejado por dentro una desazón que antes no conocía.

Por primera vez, pensé que el mundo tal vez podía ser diferente a lo que me habían enseñado. Y eso resultaba terrible a la par que esperanzador.

Clara

Si alguien me pregunta cómo empezó todo, no tengo dudas. Fue el día en que me subí a la higuera del convento.

A fin de explicar por qué lo hice, comentaré primero cómo fue que Francisca nos habló de su dote. Ana y yo solíamos discutir entre nosotras por ese tema. Ella, tan bachillera y cargada de razón, aseguraba que iba a conseguir mejor marido que yo. Porfiaba en que lo único que importa a un pretendiente es la hacienda que la novia aporta al matrimonio.

—Tú no tienes idea de cómo son los hombres —decía—. En el mundo de afuera, una mujer vale lo que vale su dote.

—Y en eso, ella me ganaba.

—Sí, sabrás tú mucho de los hombres, anda allá —respondía yo sin más intención que irritarla. Pues recelaba que para ellos no todo es cuestión de dineros. También les atrae que la muchacha sea lucida y galana. Y en eso, servidora, la superaba a ella y a todas.

En estas, nos dio por preguntarle a Francisca. Ella nunca participaba en aquellas disputas. Pensábamos nosotras que porque no tenía de qué ufanarse. No es que de aspecto la pobre fuera gran cosa. Y, como callaba, Ana y yo razonábamos que tampoco su dote debía de ser tan lustrosa como para sacarla a colación. Pero ese día exigimos que nos revelara qué caudales tenía en herencia, para compararlos con los nuestros.

Al principio, ella se negó. Tanto y tanto porfiamos que, al fin, acabó cediendo. Entonces comprendimos que, si no había hablado antes, no era por vergüenza, sino por modestia. Y aun por el cariño que nos tenía y porque, pregonando lo suyo, no pensáramos nosotras que nos estaba haciendo de menos.

Resultaba que ella tenía dote por valor de cuatrocientos ducados. ¡Virgen santa! Y nosotras creyendo que tendría que ir al altar vestida de trapillo. ¡Quita! Si hasta guardaba un cielo de palmilla azul para la cama, con sus cortinas y flecos de seda dorada, que valía casi trescientos reales; y almohadas de Holanda con su encaje de la misma seda; y gorgueras también de Holanda; y un vestido de buen terciopelo negro; y basquiña y jubón de gorgorán forrados en tafetán verde... ¡y hasta un verdugado! Y no hablo ya de las alhajas, ni de los relicarios e imágenes santas, ni de los muebles de nogal, ni de las toallas de lienzo de Daroca, ni de los manteles y servilletas de gusanillo, ni de los chapines de Valencia...

Como muchos dicen, más vale andar bien vestido que bien comido. Así pues, lo que a mí me llegó al alma fueron esos trajes de tan hermosos paños. Sobre todo, el verdugado. Mi sueño siempre había sido tener uno, como las damas de la nobleza o las esposas de los mercaderes adinerados. Y salir a la calle con la basquiña bien hueca, con forma de alcuza. Para mí no cabía mayor signo de distinción. ¡Qué importaba que aquella armazón fuese incómoda, que estorbase el paso o que hiciese doler la espalda y la cintura! Lo importante era atraer las miradas, provocar admiración y envidia. Tanta o más admiración, tanta o más envidia como la que, en aquellos momentos, yo sentía por mi amiga.

—Un día, también tendré un verdugado —aseguré—. Y hasta una casa bien elegante, con su estrado para recibir a las visitas, como las damas distinguidas.

—Sí, mujer; y ya puestas, una saleta con damasquillos chinos y un carruaje en la cochera —ironizó Ana, siempre tan fastidiosa—. Y vendrá la marquesa de Mondéjar a tomar el chocolate a tu casa.

Ya por entonces, Ana tenía la habilidad de sacarme de quicio. En eso no ha cambiado.

—Pues lo tendré. ¡Eso y más! ¡Vas a verlo!

Así diciendo, di un golpe al aire, frente a su cara. No para tocarla a ella, faltaría más, sino por dar énfasis a mis palabras. Con tan mala fortuna que la pobre Francisca, que en aquel momento pasaba por delante, vino a quedar en medio y fue ella quien recibió el manotazo. Lanzó un grito, más de sorpresa que de otra cosa, porque no llegué a hacerle daño. Pero lo peor no fue eso, sino que las cosas que llevaba salieron volando y acabaron en las ramas.

Igual tenía que haber mentado antes que estábamos limpiando el suelo de la higuera. En primavera y verano, todas bendecíamos aquel árbol que nos daba sombra fresca y unos frutos que, aun sin aderezo, eran el mejor manjar del mundo. Pero, al llegar el otoño, la cosa cambiaba. Las hojas caían y también los higos que no hubiéramos llegado a coger. Eso, claro, había que limpiarlo. Y no era tarea fácil.

Aquel día, mirad por dónde, nos había tocado a nosotras. Los higos caídos teníamos que meterlos en un saquillo para ver si aún podían aprovecharse en la cocina y, si no, echárselos a los cerdos. Francisca realizaba esta tarea mientras Ana y yo nos encargábamos de las hojas. Así que, con el golpe, se fueron a las ramas las cosas que Franca llevaba en las manos: una escobilla corta y la famosa arpillera de los higos —que menos mal que iba cerrada con cuerda; porque, si nos llegan a caer aquellos encima, habríamos quedado hechas un eccehomo.

—Ahora sí que la has hecho buena —se quejó Ana, como si toda la culpa fuese mía y ella no hubiese tenido nada que ver con aquello.

—¡Calla! —le respondí—. Y ayúdame, que esto podemos arreglarlo.

Intentamos menear el árbol por el tronco por ver si las cosas se sacudían, pero no sirvió de nada. Luego probamos a saltar, pero no alcanzábamos a donde estaban la escoba y el saquillo. ¡También era mala sombra que no se hubieran quedado en las ramas más bajas!

—Aúpame un poco —le dije a Ana—. Voy a trepar ahí arriba.

—Ni hablar de eso. ¿Qué quieres, romperte la crisma? —bufó ella. Y dándose la media vuelta, añadió—: Voy a buscar un palo largo, a ver si logramos hacerlo caer.

Sin esperar respuesta, se alejó. Yo seguía mirando las ramas, meneando la cabeza.

—¡Qué sabrá ella! Siempre se piensa que lo sabe todo, pero no tiene ni idea —rezongué. Luego me giré hacia Franca—. Tú sí lo entiendes, ¿verdad? Lo del estrado de recibir, y el verdugado y la lechuguilla, a eso me refiero. La apariencia lo es todo. A falta de ser hidalgo, al menos parecerlo. —Señalé hacia arriba—. No vamos a estarla esperando, vete a saber lo que tarda. Anda, aúpame tú.

En un paternóster, ya estaba yo encaramada a la copa. La madera nudosa del tronco y las ramas ayudaban a trepar. Aunque tenía las tripas encogidas y había empezado a sudar, había que fingir que nada de aquello me asustaba.

—Ya casi estoy, verás —le decía a Franca—. No es para tanto...

Aunque sí lo era, ya lo creo que sí. Recuperar el saquillo no resultó tan complicado. Pero la condenada escoba... Sobre todo porque, para entonces, yo ya iba con la arpillera a cuestas, y moverme era mucho más engorroso. Francisca me dijo después que ella me había estado llamando, diciéndome que soltara el fardillo y se lo echara. Bien sabe Dios que no oí nada de aquello. Y que tampoco se me ocurrió. El caso era que, cada vez que intentaba aferrar el escobajo, lo que hacía era empujarlo más lejos, o moverlo a otra rama. Pero siempre sin que la bendita cosa cayera al suelo, que parecía tener vida propia y estarse burlando de mí.

Así, al cabo vine a dar al otro extremo de la copa, donde unas ramas pasaban sobre la tapia del convento y asomaban al solar vecino. Lo que allí había entonces era la casa de un maestro de letras, con sus pupilos que acudían a tomar las lecciones. Ese era, al menos, el rumor; aunque las hablillas del convento, en honor a la verdad, no siempre andaban atinadas. Lo que no puede negarse es que a veces se oían voces de muchachos que recitaban a coro alguna lección. Esto ocurría cuando hacía buen tiempo, y era nuestra figuración que entonces se salían al patio a dar la clase. Ni que decir tiene que, cuando tal cosa sucedía, las buenas monjas ponían todo su empeño en alejarnos de ese muro. Y nosotras, en acercarnos lo más posible; aunque en general, sin éxito.

Así que ahí estaba yo, a la vista del patio vecino; que ahora, por ser la estación de frío, estaba desierto. O eso me pareció. Luego vi un movimiento con el rabillo del ojo y me percaté de que sí había alguien. Un mozo joven, quizá cuatro o cinco años mayor que yo. Se le veía de familia próspera, con su cuello y puños de encaje. Vestía jubón ceñido y calzas amplias, todo de fino terciopelo negro. Era apuesto, de buen porte, piernas recias y andar gallardo. Llevaba en la mano una llave y se dirigía a una especie de cobertizo próximo a donde yo me hallaba.

Aunque con gusto me habría quedado un rato mirándolo, estaba claro que tenía que recuperar cuanto antes la escobilla y volverme sin que me viera. No quería ni pensar en lo que me ocurriría si todo se averiguaba y las monjas llegaban a saber de mis andanzas. Pero el bendito cachivache parecía tener intención propia. Volvió a escurrírseme. Y esta vez sí cayó al suelo; pero, mirad por dónde, no al de nuestro convento, sino al del patio de al lado.

Al oír el ruido, el mozo se percató. Se acercó al lugar y

agarró el objeto con gesto asombrado. Luego, deduciendo la precedencia, alzó la mirada hacia las ramas. Y allí me vio, con la saya del hábito arremangada hasta bien arriba de las pantorrillas, la toca movida y el pelo desgreñado.

Claro está, no me quedó más remedio que hablarle.

—¡Devolvedme eso! —le grité, antes de que acertara a recuperarse del pasmo—. ¡Es mío!

Las buenas monjas no se cansaban de repetir que, al dirigirnos a alguien, debíamos tener gesto recatado, ojos bajos y voz suave. Y, si además se trataba de una persona de calidad, usar muchas expresiones de obediencia y respeto. Pero a mí —los cielos lo saben— no me salen esas cosas de natural, qué vamos a hacerle. Además, ¿para qué andarse con minucias? Si estaba claro que él debía devolvérmela. ¿Qué zascas iba a hacer un varón con una escobilla de barrer? De seguro que no sabía ni por dónde empuñarla.

Miró el escobajo, luego a mí. Sonrió.

—Te la doy si a cambio me lanzas un beso.

Poco había tardado en superar el estupor. Y, a ver, no es que a mí su propuesta me desagradara del todo. Como ya he dicho, era mozo de no mal aspecto. Pero me molestó su aire bravucón, como si pensase que llevaba las de ganar y a mí no me quedaba más opción que plegarme a su capricho.

—No —dije—. Lanzádmelo y ya está.

—¿Y si no lo hago?

Durante un instante, no supe cómo reaccionar. Luego recordé el saquillo, que aún llevaba a cuestas. Tras todo lo que me había molestado aquella cosa al arrastrarme por las ramas, de algo podía servirme al fin.

—Si no lo hacéis, os espera un chaparrón de higos pochos —respondí, con mi tono más desafiante. Contaba con que aquello bastaría para hacerlo cambiar de opinión—. Elegid vos mismo.

Se echó a reír.

—Por Santiuste, eso habrá que verlo. ¡Vengan esos higos!

Lo cierto era que no había pensado llevar a cabo mi amenaza, pero no me dejó otro remedio. Los cielos son testigos de que cuanto digo es verdad. Así que solté el lazo, agarré un puñado de sustancia pringosa y se lo arrojé sin miramientos sintiendo más lástima por sus ropas que por él mismo.

Lanzó un reniego, dio un paso atrás y se miró la pechera embadurnada como si no pudiera creerlo. Supe que esta vez sí la había liado, y a base de bien. Pero ni siquiera eso me impidió decirle:

—¿Y ahora qué? ¿Me lo devolvéis, sí o no?

En aquel momento se oyó un grito desde el otro lado del patio:

—Por todos los santos, ¿qué está pasando aquí?

El que así había hablado era un hombre alto y escuálido, de frente abultada, cabellos escasos y anteojos sobre la nariz. Debía de ser el maestro. Sentí que me faltaba el aire. Ahora sí que ya no había remedio. El estudiante me delataría o el dómine me descubriría, eso seguro. De esta no había quien me salvara.

El joven, que estaba de espaldas a su profesor, debió de reconocerlo por la voz. Actuó con rapidez, de forma que me dejó desconcertada. Como si ya estuviera poco manchado, tomó los restos de higos de la pechera, se los arrojó a los zapatos y los pisoteó. Luego se dio la vuelta para encararse con el instructor, que se acercaba furibundo. Al hacerlo, ocultó la escobilla a su espalda agarrándola con la mano izquierda mientras con la diestra fingía limpiarse.

—¿Puede saberse qué hace vuestra merced aquí, y no en el almacén trayendo esas resmas de papel que he pedido? —preguntó el maestro, con el entrecejo fruncido y tono nada amable.

—Vi unos higos en el suelo y quise probarlos —respondió el estudiante con desparpajo—. Pero resbalé al pisar uno y caí a tierra.

—Que eso sirva a vuestra merced de escarmiento. ¿No he dicho nunca que no hay que acercarse a la higuera de las monjas?

—Muchas veces, dómine —replicó el mozo—. Demasiadas.

El maestro entrecerró los ojos. Estaba claro que no le había agradado aquella impertinencia.

—¿Y sabe vuestra merced el castigo que le espera por eso?

—Lo sé, dómine. No es la primera vez, ¿verdad?

La escena me dejó sin aliento. Aquel desconocido había mentido por mí. No solo eso; por no delatarme, iba a cargar él con toda la culpa de lo ocurrido. Encima, después del modo en que yo lo había tratado.

El maestro se dio la vuelta; momento que aprovechó el mozo para girarse hacia mí y, con una velocidad pasmosa, lanzarme la escobilla, que yo cacé al vuelo. Luego fue él quien me arrojó un beso, antes de seguir a su profesor.

Los cielos saben que me quedé allí, sin acertar a moverme, durante un tiempo que se antojó una eternidad. Notaba el corazón galopándome en el pecho. Tenía el aliento entrecortado y el estómago revuelto con una sensación extraña. Al final, no recuerdo muy bien cómo, logré hacer el camino de vuelta sobre las ramas y me dejé caer en el patio del convento. Las piernas me temblaban.

Francisca se vino a mí y me abrazó con fuerza. Ana aún no había regresado con su famoso palo, así que tal vez no hubiese transcurrido tanto tiempo como a mí me había parecido.

—¿Qué tienes? —me dijo mi amiga, que parecía espantada—. Virgen santa, ¿estás bien?

No respondí porque ni yo misma lo sabía, pero lo cierto es que sentía como una conmoción en las entrañas.

—Escúchame bien, Clara —me dijo Francisca, con un tono imperativo nada propio de ella—. Tienes que prometerme por lo más sagrado que nunca, jamás, volverás a hacer esto.

Dudé. Me volví hacia la tapia, hacia el patio que había más allá, hacia el joven desconocido. Me di cuenta entonces de que ni siquiera sabía su nombre. Mi amiga me tomó de los hombros y me obligó a girarme de nuevo hacia ella.

—Prométemelo, Clara, por lo que más quieras. No vuelvas a hacerlo, por favor. Casi me muero del susto.

Miré a Francisca, mi querida Franca, tan pálida, con su rostro angustiado y sus grandes ojos pardos llenos de preocupación.

—No volveré a hacerlo. Te lo prometo.

La abracé, que no hay modo mejor de sellar un juramento. Eso significaba que no volvería a ver al joven del otro lado. Pero eso no impediría que siguiera pensando en él. Ya entonces estaba segura de que no iba a olvidarlo.

Francisca

Todo empezó el día en que la madre superiora me hizo llamar. Adiviné que se trataba de algo realmente importante.

Contra lo que pensaba, no me llevaron a la zona de aposentos de las hermanas, sino a la sala de recibir. Allí me esperaba un taburete vacío junto a la priora, en el interior de las rejas. Habían traído un candelabro para que los visitantes nos viesen con mayor claridad; pues, si no, la penumbra era tal que apenas se intuían nuestras figuras desde el exterior.

Al otro lado habían instalado una mesita con su mantel de encaje y, sobre ella, dos jícaras de chocolate con bizcochos. A los lados, sillas fraileras de las de cuero repujado. Era el mobiliario que sacaban cuando venían personas de calidad.

Allí, bien acomodados, había dos visitantes que, a todas luces, llevaban un rato conversando con la madre superiora. Una de ellas era la beata doña Francisca de Orozco, mujer acaudalada y ya anciana, de vida ejemplar y tan piadosa que su fama se extendía por toda la villa. Había hecho voto de castidad en su juventud, por lo que nunca se había casado.

Vestía siempre la toca, el hábito y las sandalias de la orden, aun sin ser monja. Rara vez salía de su casa, excepto para visitar nuestro convento, y era una de sus grandes benefactoras. Me inspiraba cierto temor, pues estaba tan demacrada que parecía no tener ni una onza de carne sobre los huesos, sino tan solo piel, apergaminada y como a punto de quebrarse.

El otro era don Cristóbal González. A él lo conocía mejor. Las buenas madres repetían que debíamos sentirnos orgullosas de tener para nosotras a un clérigo de tal calidad. Era licenciado en Teología, sacerdote y teniente de cura de la parroquia de Santa María la Mayor. Desde hacía unos dos años venía a oficiarnos la misa y a oírnos en confesión. Pese a ser persona de tal importancia, era hombre de trato afable, de rostro rubicundo y mejillas brillantes. Tenía hombros delgados, amplia cintura y estómago prominente. Se movía de forma pausada. Sonreía con frecuencia, nos hablaba en tono suave y no ponía penitencias duras. Hablar con él era fácil, y las niñas lo teníamos en gran estima.

—Albricias, hija mía —dijo el buen clérigo, con una amplia sonrisa—. El Señor ha respondido a tus plegarias.

Noté que el pulso se me alteraba. Pero, según me habían enseñado las buenas monjas, me guardé de mostrar mi agitación.

—¿A qué os referís, padre? —pregunté, aunque ya lo intuía. Es opinión común que las muchachas casaderas tan solo rezamos a los cielos para conseguir marido.

—Tu vida está a punto de cambiar, chiquilla. He encontrado esposo para ti.

Sentí que el corazón me daba un brinco, que las manos se me echaban a temblar. No sabía si sentirme feliz, asustada o ambas cosas.

—Lo conozco desde hace dos años —prosiguió don Cristóbal, ufano—. Te alegrará saber que es hombre de bien. Y cristiano cumplidor: asiste a misa todos los domingos y fiestas de guardar, como ordena la Santa Madre Iglesia. Varios testigos confirman que es cristiano viejo y varón de buenas costumbres, como a ti te conviene.

—¡Alabado sea Dios! —exclamó la priora, a mi lado.

—¡Alabado sea! —repetí en tono quedo. La voz se me agarraba a la garganta como si no quisiera salir.

—Se llama Jerónimo de Jaras. Le he hablado de ti y ha quedado muy impresionado por tus cualidades. Sabe que eres una muchacha muy trabajadora, muy devota y de trato dulce, y está de acuerdo en que serás una magnífica esposa y madre para sus hijos.

Se esperaba que callara. Y callé. Pero, por dentro, me roía la inquietud. No era así como yo había imaginado que sucederían las cosas. ¿Debía aceptar a un hombre al que ni siquiera había visto, con el que no había hablado ni una sola vez? Dios sabe que confiaba en el padre Cristóbal. Era buen sacerdote, buen confesor. Me conocía a mí y conocía el mundo. Pero ¿de verdad eso bastaba?

Miré a mi alrededor y, de repente, me sentí muy sola. Comprendí que ninguno de los presentes compartía mis inquietudes. Todos pensaban sin sombra de duda que lo mejor para mí era dejar aquel asunto en manos de mi confesor, pese a que sería mi vida la que se vería afectada para toda la eternidad. Quedaría atada a aquel desconocido, en esta existencia y en la siguiente; mi futuro —y el de mis hijos— dependería enteramente de cómo él decidiera tratarme.

—Además, hija mía, es hombre de posibles. Tiene fincas y tierras, en nuestra villa y en la de Torrejón de Ardoz. Ya le he hablado de lo mucho que tú puedes aportar al matrimonio, entre tu ajuar, el alquiler de las casas y los dineros contantes que tus padres te dejaron en herencia. Ha afirmado que, si traes dote de cinco mil quinientos reales, él se compromete a entregar arras por valor de dos mil doscientos más. Eso, querida niña, te asegura un buen futuro, tenlo por cierto.

Se lo veía tan regocijado con sus gestiones que parecía que no hubiera lugar a la menor objeción. Pero yo no podía bajar la cabeza y aceptar sin más. No quería pecar de ingrata, los cielos saben que no. Mas tampoco podía seguir callada.

—Padre, yo... agradezco vuestros desvelos. Y doy gracias a Dios. Pero...

Me interrumpí, azorada. No me atrevía a volver la vista hacia la madre priora, pero sí noté la desaprobación de doña Francisca de Orozco. Reparé entonces en que, mientras el buen sacerdote había dado cuenta del chocolate y los bizcochos, ella ni siquiera había hecho ademán de tocarlos.

Mi confesor me dirigió una amplia sonrisa.

—Habla sin temor, hija. ¿Qué te aflige?

—Disculpadme, padre. Vos me conocéis. No es mi intención oponerme, os lo aseguro. Ni, mucho menos, parecer desagradecida. Pero, antes de responder... ¿podría ver a ese hombre, siquiera una vez?

Oí la exclamación indignada de la priora. Supe que, cuando regresáramos a la clausura, me esperaba una buena reprimenda. Eso si no me reservaban un castigo aún mayor.

Mi confesor, sin embargo, seguía sonriendo.

—Reverenda madre, no os azoréis. Es normal que la niña quiera conocer al varón que la pretende. No hay mal alguno en ello mientras la cosa se haga respetando la moral y las buenas costumbres. —Girándose de nuevo hacia mí, rubricó—: No te apures, Francisca. Lo traeremos aquí para que lo veas.

Así fue como conocí a Jerónimo de Jaras.

Aunque las monjas lo tenían por una mala superstición, muchas niñas creían que era posible predecir el futuro según el cielo se comportase cuando te encontrabas por primera vez con tu futuro esposo. La lluvia prometía lágrimas; la canícula, sudores; un sol suave, calidez; la brisa, caricias; el viento, empellones...

El día fijado para nuestro encuentro amaneció tormentoso, con el cielo cubierto de nubes hinchadas y oscuras como moratones. Pero no quise tomarlo por mal presagio. Recuerdo que sentía tales nervios que apenas atinaba a vestirme. Fueron Ana y Clara quienes tuvieron que peinarme y colocarme la toca. Luego, mientras ayudaba a preparar la mesita, casi echo por tierra la loza del servicio.

En esta ocasión, doña Francisca de Orozco no estaría presente. Aunque pueda parecer una ingratitud, reconozco que eso me tranquilizaba. Ella, que custodiaba mi hacienda, me haría el honor de representarme en la carta de dote y arras. Pero no le agradaba la idea de abandonar su retiro para pasar un rato «ocioso»; menos aún si eso incluía sentarse junto a un varón, siendo este seglar.

Así que me acompañaría don Cristóbal, que se encargaría de traer consigo al novio, y un par de hermanas presenciarían la escena desde el otro lado de las rejas. Por ser la ocasión tan especial, se me permitía salir a la sala de recibir para sentarme al lado de los hombres.

Cuando me introdujeron en el recinto, ellos ya estaban allí. Jerónimo de Jaras se puso en pie al verme entrar. Le calculé unos catorce o quince años más que los míos. Era un hombre notablemente corpulento. Mi primera impresión fue que se trataba de alguien fuerte e intenso. Tenía barba y bigote poblados, como agrestes, los ojos algo torvos, pómulos marcados y arrugas de expresión en el entrecejo. Sentí que me estudiaba con atención, paseando sin pudor la mirada sobre mí, como si fuese un objeto de su posesión. Enrojecí.

Don Cristóbal me tomó del brazo y me condujo hacia él. Cubrí aquellos pocos pasos con pies vacilantes.

—Señor Jerónimo de Jaras, aquí tenéis a Francisca de Pedraza, que será vuestra esposa ante Dios y ante los hombres.

—Mucho me huelgo en conoceros, Francisca —respondió el interpelado. Tenía la voz ronca y un poco áspera, que parecía rasparle la garganta. De inmediato se dirigió al sacerdote, como si yo ya no estuviese allí—. Os aseguro, padre, que me honra el recibirla como mi mujer.

A tan poca distancia, noté que tenía un aliento agrio,

como a vino rancio, y la nariz algo enrojecida, surcada de pequeñas venillas.

Nos sentamos a la mesa. Yo, casi frente a Jerónimo, con mi confesor de barrera entre ambos, los tres orientados hacia las rejas, para que las buenas madres pudieran estudiar sin estorbos nuestras caras y gestos.

Apenas intervine en la conversación. Hablaron ellos, dando detalles sobre mi vida y condición, luego sobre la de Jerónimo. Todo, con gran recato y comedimiento. Todo, a base de datos y anécdotas sin sustancia, como de sopa boba. No se dijo nada que me ayudase a conocer quién era realmente aquel hombre al que me habían destinado por esposo, nada que me ayudase a mirar su alma.

Pasado un rato, don Cristóbal se volvió hacia mí y me dirigió la palabra:

—Francisca, hija, ¿quieres preguntar algo?

Agaché la cabeza aún más. Se me ocurrían decenas de cuestiones, pero pensé que todos —las madres, el sacerdote, mi futuro esposo— las encontrarían inconvenientes.

—¿Dónde viviremos? —inquirí al fin, en un hilo de voz.

—Buena pregunta, niña —aprobó mi confesor. Volviéndose hacia Jerónimo, añadió—: He oído, hijo mío, que tenéis unas casas en la calle de Jaras, junto a las de don Tomás de Avellaneda. ¿Tenéis pensado llevar allí a vuestra esposa?

—No, padre, son casas viejas, oscuras y no bien ventiladas. Las tengo para arrendar. A Francisca me la llevaré a un sitio mejor, como ella merece.

Así, aunque no se había dicho nada en claro, los dos dieron la pregunta por zanjada. Creo que en aquel instante revelé algún signo de contrariedad. Mi confesor debió de malinterpretarlo, pues comentó:

—Hija mía, es comprensible tu agitación. Pero nada has de temer. Estamos en un lugar sagrado, y el Señor aprueba que dos jóvenes esposos se prodiguen ciertas muestras, siempre que lo hagan de forma honesta. Aquí, ante mí y las reverendas madres que te han criado en el temor y respeto al Altísimo, puedes dar la mano a tu futuro marido.

Durante todo el tiempo, yo había mantenido los puños sobre el regazo. Ahora, don Cristóbal me tomó de la muñeca y puso mi mano en la de aquel hombre. Esta era grande, sudorosa y áspera, de uñas algo mordidas. El pulso le temblaba un poco, supuse que a causa del nerviosismo.

No puede evitarlo. Noté un sentimiento de repulsa y, en un arranque involuntario, retiré la mano. A Jerónimo se le alteraron las facciones. La boca se le crispó, y fue como si una tormenta estallase en sus ojos. Dio un violento manotazo en la mesa, tan brutal que la madera crujió y tembló hasta las patas.

Me quedé lívida. Aquella reacción me había asustado de veras. Recordé algo que decía Ana: «Sañudo y fuerte el varón, no es buena combinación».

Don Cristóbal también se había quedado sorprendido. Ya no sonreía. Pero enseguida retomó la palabra e intentó restarle importancia al suceso. No sé si alguno de ellos llegaría a recuperar la sensación de que nada había ocurrido. Yo, por cierto, no.

Cuando Jerónimo se despidió, también las monjas se retiraron. Yo quedé a solas con el sacerdote.

—Y bien, hija, ¿qué piensas? —me preguntó.

Me miré las manos, refugiadas de nuevo en mi regazo.

—El golpe que ha dado... —vacilé— a decir verdad, me ha asustado mucho.

Fue lo que dije. Aunque, en realidad, era una menudencia comparado con lo que callé. Y es que —pensaba yo— si da tales manotazos cuando la esposa no está aún conseguida y, además, habiendo otra gente presente, ¿qué no hará cuando la tenga ya en posesión y se encuentren a solas?

El buen clérigo meneó la cabeza, como restando importancia a aquel detalle.

—Hija mía, los hombres pueden ser un poco bruscos. Forma parte de su naturaleza. Quizá no lo entiendas, pero son así porque Dios lo quiere. Para eso estás tú, para sosegarlo con tu dulzura y tu cariño. Debes ayudarlo a que se suavice. Esa es la función de la mujer. Así lo enmendarás a él; y, al mismo tiempo, subirás peldaños en tu camino al cielo.

Me quedé pensativa. Tal vez mi confesor tuviese razón. Al fin y al cabo, yo no sabía nada de los hombres. Tal vez aquel arrebato, que tan furioso me había parecido, fuese algo normal en ellos. Tal vez debía aceptar que, en eso, Jerónimo no era diferente a los demás. Y que, por tanto, no debía atribuir a aquel simple gesto una importancia que, en realidad, no tenía.

Tomé entonces una determinación. Sería tan buena esposa, tan intachable, que él no encontraría motivos para volver a enfadarse de aquel modo. Así me ganaría su afecto. Jerónimo no tendría más remedio que tratarme con grandes muestras de respeto y cariño, como debe hacer un buen marido.

Segunda parte

(1613-1614)

Francisca

Desposé a Jerónimo de Jaras convencida de que, si yo actuaba como buena esposa, él se comportaría como buen marido. Me equivocaba.

Yo estaba sola. Había dejado en el convento todo cuanto conocía. Atrás quedaba lo que me hacía sentir protegida y segura: mis amigas, mi pequeño mundo cercado por muros y rejas, pero abierto a la grandeza del cielo. Mi esposo no intentó siquiera sustituir tales cosas. Me quería así: sola, indefensa, atemorizada. Aunque yo, que no tenía experiencia de la mezquindad del mundo ni de las miserias que puede albergar el alma humana, tardé en darme cuenta.

Había oído yo decir que al principio todo esposo muestra gusto por su mujer, aunque luego las dulzuras se vayan agriando con el tiempo. En mi caso, no llegué a probar siquiera esas mieles. Jerónimo nunca tuvo para mí palabras amables, ni buenos gestos, ni muestra alguna de ternura.

Todo lo contrario. Los insultos empezaron ya la noche de bodas. No esperaba yo que el ayuntamiento entre hombre y mujer conllevase tanta brutalidad, ni que hubiese de resultar tan doloroso. No pude contener los sollozos, por mucho que lo intenté. Él, enfurecido por aquello, me embistió aún con mayor violencia.

—¡Cuerpo de Cristo! ¿Habrase visto cosa semejante? —gruñó cuando hubo terminado—. ¡Pues buena mula he ido a agenciarme! Aunque no voy a aguantarte que me vengas con melindres, ¿me oyes? Si tanto te gusta chillar, ya te daré yo motivos para hacerlo.

Por cierto que cumplió sus amenazas. Los primeros golpes llegaron pronto. Me zarandeaba, me tiraba del pelo, me propinaba coces o bofetadas, todo sin que yo entendiese el porqué. Pareciera que cualquier razón fuese válida para provocarle aquellos arrebatos; y que, fuere cual fuere la causa, yo hubiera de pagar por ello.

Lo intenté, Dios sabe que sí, con mi mayor empeño. Probé de todo: mostrarme más risueña, más callada, más obediente, más servicial. Nada funcionaba. Seguían las palizas, los insultos. Al principio, me sentía culpable. Después empecé a comprender que nada de aquello era por causa mía. Yo no lo provocaba; ni, mucho menos, lo merecía.

—El matrimonio es sagrado, hija mía —me repetía mi confesor—. Estás unida a tu esposo por un vínculo divino. Tu deber es permanecer a su lado, ocurra lo que ocurra.

Los cielos saben que, antes de la boda, yo nunca había planteado la menor objeción a las palabras de don Cristóbal. Ahora, sin embargo, algo en mi interior se resistía a aceptarlas.

—No sé qué hacer, padre —confesé un día, arrodillada ante el sacerdote—. He suplicado a mi esposo. Le he rogado por la santísima Virgen que no me maltrate así, pero no me ha hecho caso.

Levanté el rostro hacia él, girando la cabeza para observarlo con el ojo diestro. El izquierdo lo tenía hinchado y dolorido a causa de un puñetazo. Él desvió la vista.

—Querida Francisca, yo hablaré con tu esposo —me dijo—. Jerónimo ha de comprender que el marido debe tratar a la mujer con amor y caricia. Así lo quieren Dios y la Santa Madre Iglesia. Le diré que deje de usar en ti tanta aspereza. Pues te conozco bien, y sé que tú no mereces ese trato.

Estuve a punto de decir que ninguna mujer lo merece, ni siquiera la más díscola y desvergonzada. Sé que la costumbre dicta que todo marido tiene derecho a levantar la mano a su esposa porque ella le está sujeta, como Eva a Adán; que la hembra es pecaminosa y débil, y hay que disciplinarla para que no se desmande; que así lo afirma la Biblia. Pero yo siempre he pensado que hay algo equivocado en eso. Pues el mensaje de Nuestro Señor Jesucristo nos enseña algo bien distinto: Dios no está en la violencia, sino en el amor.

—No servirá de nada, padre —contesté—. Ese hombre no atiende a razones. No hay modo de conseguir que me escuche. Por desgracia, no creo que vos podáis...

—Ten fe, hija mía —me interrumpió—. No te resistas a la voluntad de Dios. Recuerda que Él ama a los inocentes. Saldrás adelante, ya verás. Confía en los cielos.

Don Cristóbal cumplió su palabra. Habló con mi esposo. Cuando el sacerdote se marchó de nuestra casa, Jerónimo se vino a mí con el gesto desencajado y el fuego del infierno ardiéndole en los ojos.

—¡Maldita seas tú y la puta que te parió! ¿Cómo te atreves a meter a ese curángano en los asuntos de nuestra casa? Ya te enseñaré yo a ir contando mis cosas. ¡Sucia ramera! ¡Pellejona! ¡Ven acá!

Me dio cuantos golpes quiso, con toda su saña, hasta dejarme tirada en el suelo. Pero, tal y como había dicho mi confesor, salí adelante. Mis carnes aguantaron esa paliza. Y las que vinieron después.

Pero eso no me hacía sentir más fuerte, al contrario. Me notaba empequeñecida, como si viviera encogida a causa del miedo. Comprendí que eso era lo que él buscaba, quebrantarme de todos los modos posibles. Su verdadero propósito no era dejarme el cuerpo molido, sino algo mucho peor: romperme por dentro.

Él pretendía que yo renunciara a todo, ese era su empeño. Primero me quitó cuanto yo le llevé, luego me negó lo que en justicia me correspondía. A los pocos días de casada, ya comprendí que su idea del matrimonio se reducía a despojarme de todo y, después, castigarme por ello.

—Olvídate del convento, de las monjas y todas las necedades que te metieron en la cabeza. Ahora eres mía. Si no entiendes lo que eso significa, ya me encargaré yo de mostrártelo.

Repetía que él me enseñaría a comportarme como una buena esposa, aunque hubiera de meterme las lecciones a golpes; que yo estaba allí para hacer su voluntad y olvidar la mía; que, a partir de entonces, no podría yo poner un pie en la calle ni hablar con nadie sin su consentimiento. En cuanto a mis amigas, me dijo que me hiciera cuenta de que no volvería a verlas.

—Esas condenadas ya no existen para ti, ¿lo entiendes? No voy a consentirte que vuelvas a mentarlas en mi casa.

Su vida consistía en despilfarrar su hacienda y la mía. Se pasaba la jornada en la taberna, bebiendo y apostando; también, según me dijeron, frecuentaba a esas mujeres perdidas que andan por la calle de las Damas.

Regresaba a casa borracho; las más de las veces, deseoso de descargar sobre mí su furia, sin que yo alcanzara a saber qué la había provocado. Solo me dirigía la palabra para exigirme cama y comida, y lo hacía dando aullidos espantosos, voceando los insultos más terribles.

Mi mayor preocupación pasó a ser la de cómo conseguir ponerle comida en la mesa. Él, que en su condición de marido se había hecho con el control de mi hacienda, se negaba a darme ni un maravedí, ni una mísera blanca. Aun así, exigía que yo tuviese la despensa provista, la olla suculenta con su carne y todo, la mesa bien servida.

Yo, por evitar sus pendencias y sus golpes, me desvivía por conseguirlo. Cosía hasta la madrugada, dejándome los ojos a la luz del candil; apenas si cataba lo que alcanzaba a cocinar a base de restos, huesos mondos y pan duro, por guardárselo a él; incluso llegué a pedir limosna a las vecinas. Preparaba la mesa aun sin saber siquiera si él se dignaría aparecer. A veces, no asomaba por la puerta durante días, cosa que yo agradecía a los cielos. En otras ocasiones, entraba como un huracán y engullía lo que hubiera.

—No sé por qué me molesto en venir —gruñía—. Ni los perros se tragarían esta bazofia. ¡Vergüenza debiera darte, zorra! ¡Ni para cocinar sirves! ¡Ni para holgar siquiera!

Aun así, tras atiborrarse, se metía en la saca hasta el último resto de comida para llevárselo y compartirlo con a saber quién, dejándome sin un mendrugo que llevarme a la boca.

Ni siquiera vivíamos en una casa propia. Y eso que él tenía una de su patrimonio, en la calle de Jaras; y yo, otra que me habían dejado en herencia mis padres. Pero las arrendó ambas, por recibir de ellas dinero contante. Como yo le había dicho que conocía a una viuda que alquilaba unas habitaciones, me llevó para allá. Se me cayó el alma a los pies cuando vi aquel par de estancias en la parte de arriba de la vivienda. Eran minúsculas, oscuras y destartaladas, con el techo bajo y escaleras empinadísimas. Más parecían un palomar o un almacén, en lugar de dormitorios.

Yo guardaba en mi ajuar una buena cama de nogal y varillas de hierro, con su cielo azul y dorado y su cobertor turquesa; una colcha blanca de Holanda; almohadas de varios tonos; manteles amarillos; un cofre negro, otro bermejo, una gran alfombra verde y colorada; dos bufetes, tres sillas y un banco de nogal; una arqueta y un velador de pino; un cofrecillo de acero; y también imágenes para decorar las paredes: dos de Nuestra Señora, una de la Encarnación hecha de plata, una santa Catalina mártir, un san Francisco; y una cruz de reliquias, y un relicario de bronce, y un Niño Jesús de bulto, con su vestidito... Y aun muchas otras cosas, que resulta demasiado doloroso enumerar.

Imaginaba que con aquello aderezaría mi casa, y que esta quedaría llena de color, alegre y viva. Pero Jerónimo ni siquiera trajo la mayor parte de mis enseres argumentando que eran demasiados para tan pequeño espacio. Me llegaron pocas de mis cosas, las más pobres y ajadas. Él declaró que el lujo no hace bien al espíritu, que no hay nada como la sobriedad para cultivar la virtud.

Lo mismo ocurrió con mis ropas. Nada de verdugado, ni de gorgueras, ni de camisas con mangas de Holanda y pecheras negras, ni de tafetanes, ni pasamanos, ni sedas, ni terciopelos, ni gorgoranes. Ni tampoco valonas, cintas, guantes ni abanicos. Solo me quedaron tres camisas de lienzo casero, un par de basquiñas y jubones, todo de bayeta y estameña.

—Una buena esposa ha de vestir siempre con humildad y modestia —me dijo—. No quiero que vayas dándote aires de señora.

Allí me quedé. Mal amueblada, mal vestida, sin comida, sin un solo maravedí. Eso era lo que él buscaba. Me quería encadenada, no de cuerpo, sino de espíritu.

Su empeño era tenerme prisionera. Por eso ponía tanto empeño en construir a mi alrededor una mazmorra invisible, pero muy real; un lugar de encierro levantado a base de angustia y penurias, sin sol ni aire fresco, donde solo hubiera cabida para la miseria y el dolor.

Debía luchar con todas mis fuerzas por salir de allí.

Ana

Francisca fue la primera de nosotras que encontró marido. Algo después, llegó mi turno. Solo puedo decir que tuve más fortuna que ella.

El esposo que me tocó en suerte quizá no resultara el mejor del mundo, pero era menos malo que la mayoría. Se llamaba Enrique Salcedo, tenía por oficio el de cirujano y barbero sangrador. En edad me superaba por unos diez u once años, lo habitual según los usos del siglo. Era de buena hechura, aun sin llegar a gallardo. Los pies, un poco más grandes de lo normal. Los ojos, pequeños y algo hundidos. Pero el resto de las facciones eran, de cierto, bastante agradables.

Ya digo que no era mal marido, aunque tenía cosillas que me sulfuraban. La que más, su afán de ser gran conocedor del mundo, como si él lo hubiera dispuesto tal como estaba y echara de ver el porqué de todas las cosas. Que sí, que había tenido que estudiar algunos libros para sangrador, y había tenido que pasar su examen del Protobarberato, como mandan los cánones, supervisado por los Barberos Mayores.

—Las curas de gravedad hay que saber hacerlas a conciencia, Dios lo sabe —repetía, muy ufano—. Cualquiera sirve para cortar barbas y bigotes... ¡Si incluso lo hacen las mujeres! Pero lo de ser sangrador flebotomiano... Lo de sacar dientes y muelas, lo de echar ventosas y sanguijuelas... Y no digamos ya lo de sajar y hacer sangrías... ¡Ah, señor mío! Eso ya es muy distinto. Hay que tener talento, estudios y cualidades especiales que no están al alcance de cualquiera.

No niego yo que eso de saberse las venas mayores, por dónde pasan y cómo sajarlas con una lanceta sean cosas de enjundia. Pero hay diferencia entre conocer estos asuntos y discernir por qué el sol se levanta y se acuesta; que mi Enrique, con eso de que había aprobado su examen, se tenía poco menos que por señor licenciado, como si todo lo alcanzara.

—¡Qué sabrás tú de esas cosas, mujer! —me decía cada vez que le ponía algo en duda, aun sobre materias en que yo distinguía que estaba equivocado.

Él sostenía que Dios creó a las mujeres torpes y sin entendederas. Cierto Aristóteles había explicado que la hembra es una «criatura defectuosa». Y un tal Hipócrates, que tiene los humores fríos y húmedos. Y así, por naturaleza, es dada al desatino y está poseída por emociones descontroladas, mientras que el hombre tiene humores calientes y secos, lo que lo hace inteligente y racional.

—Mira, marido —respondía yo—, que, por mucho que te empeñes, los hombres tampoco se libran. Pues los hay necios y tolondros como asnos, o de temperamento tan descontrolado como bestias salvajes, y aún más.

Al decir esto, pensaba en el esposo de Franca. El muy

animal le tenía el cuerpo marcado a la pobrecilla, y no había mes en que no tuviera yo que aplicarle ungüentos para los moratones. Una vez, el miserable le pegó tal bofetón que le dejó tocada la oreja izquierda. Durante varios días le estuvo saliendo sangre y pus; y ella aguantando el dolor, pues el bruto no le permitía que acudiese a un barbero a buscar cura. Hasta que una mañana en que, como de costumbre, el marido se había ido a la taberna, Franca se armó de valor y vino a vernos.

—Demasiado has esperado —la regañó Enrique, arrugado el ceño—. Y manos mal que te has decidido. Pues, de aquí a un día o dos, de seguro que esto iba a peor.

Franca no respondió. Tenía las mejillas encendidas y la cabeza gacha. No abrió la boca hasta que, al fin, confesó entre balbuceos que no tenía con qué pagar la cura.

—¡Qué vas a darnos tú, chiquilla! —la corté yo de inmediato—. ¡Anda, anda, y no digas más! Pues, ¿no sabes tú que, aquí, mi Enrique hizo juramento de atender de balde a los necesitados?

Mi esposo me dirigió una de esas miradas capaces de cuajar la leche.

—Dile a tu marido que estos no son modos —se limitó a señalar—. Podías haber perdido el oído. Que sepas que aún puedes quedar sorda si esto vuelve a suceder.

Franca y yo intercambiamos una mirada. Hay veces en que, entre mujeres, no son necesarias las palabras.

Cuando ella se marchó, Enrique se vino a mí con cara de perros. Yo, que ya lo había previsto, supe que tocaba arremangarse para amasar aquella artesa.

—¿Para qué diantres has abierto esa bocaza, mujer? A ver por qué tienes tú que decirle que no le cobramos. ¡Arreglados vamos si empezamos a atender por caridad a todo vecino! No irás a contarme ahora que tu amiga no tiene dineros.

—Pues no, no los tiene, esposo. ¿Sabes por qué? Porque ese gusano de su marido le quitó hasta el último maravedí el día en que se casaron. Tanto que no le da ni lo necesario para traer comida a casa. Mientras, venga él a gastarlo en la taberna, en apuestas y en otros sitios que me callo, porque no son para mentarlos en un hogar cristiano. —Di un golpe sobre la mesa con la bacía de cobre que estaba limpiando—. Ahora, ¿por qué no vas y le pides el pago a él? Y, ya puestos, dile eso de que «no son modos», a ver si a ti te escucha. —Me enjugué las manos en el delantal y me volví hacia él con los brazos en jarras—. Aunque no me queda claro si con eso te refieres a que deje de zurrarla; o a que siga haciéndolo, solo que un poco menos; o aun a que lo haga con la misma frecuencia, pero de otra forma que a ti no te dé tanto trabajo.

—¡Calla, mujer, que a veces tienes lengua de serpiente! —bramó él—. Además, en esas cosas no hay que meterse; que el matrimonio de un hombre es cosa suya y de nadie más.

—Pues no, que también es cosa de la esposa —exclamé yo, sulfurada—, y no está bien que ella deba estarse callada y con la cabeza gacha como un cartujo. Así, con esa excusa, tan solo se consigue que ese monstruo siga a lo suyo, sin que la desdichada de la mujer pueda decir ni hacer nada en contra.

De cierto, no me faltaban a mí ganas de decirle dos cositas a aquel hijo de Satanás. No lo hacía porque tenía por seguro que, de alzar yo la voz, acabaría pagándolo la pobre Francisca. Lo que sí veía, tan claro como la mañana, era que había que poner remedio a la situación.

Mi amiga tenía que abandonar de una vez por todas a ese desgraciado.

Afirman los teólogos y hombres de iglesia que el matrimonio es algo sagrado. No soy quién para contradecirlos. Pero a veces me da por pensar que, al fin y al cabo, ellos no están casados. Mirando la cosa desde fuera y sin catarla, todo se ve de otro modo. El asunto cambia cuando se está dentro.

Aunque, como digo, mi matrimonio tampoco estaba mal. Ya he mentado que mi Enrique tenía esa manía de pretender saberlo todo. Y otras que también resultaban fastidiosas, aunque tampoco fueran como para levantar ampollas. Al ayuntamiento marital, por ejemplo, le tenía una afición desmedida. Yo, que no le veía mucha gracia al asunto, cumplía sin faltar porque es obligación de la esposa obedecer siempre en esto. Eso sí, aprendí a hacerlo de forma que fuese más a su gusto porque así durase menos, y él, quedando más satisfecho, se demorase más en solicitarlo de nuevo. No sé si funcionó porque hasta creo que, a partir de entonces, se venía a mí con más frecuencia. El caso es que yo me aplicaba en darle lo suyo cuando me lo pedía. Y luego, a seguir con lo mío.

Otra cosa en que discutimos más de una vez fue a cuenta de su madre. El bueno de mi Enrique tenía querencia por cuidar del prójimo, y eso no había quien se lo quitara. Claro está, que una cosa es ocuparse del paciente que te viene a la barbería y además te deja dineros. Y otra, muy distinta, tener en la casa a una doliente perpetua, de esas que, aun cuando nada la lastima, de todo se queja; que contribuye a vaciar la olla y la cajita de hierro de la recaudación; que todo lo ve, todo lo opina, todo lo juzga, todo lo condena; sobre todo, en lo tocante a la nuera. Porque al hijo lo tenía en tal pedestal que ni los santos del Paraíso alcanzaban a hacerle sombra.

Encima, la muy engreída exigía que la tratara de «señora», nada menos. ¡Habrase visto! ¡Ni que fuese yo la criada o tuviese ella blasón de hidalga!

Conste que no solo me lo reclamaba a mí. Era cosa de ver cómo lo pedía por doquier. Tanto, que ni se dignaba responder a las mozas de servicio ni a las placeras si no le regalaban los oídos con su «señora Justina» por aquí, «señora Justina» por allá...

—Mira, Ana —me dijo Enrique un día, muy serio; cuando me llamaba por mi nombre era señal de que la cosa había llegado a mayores—, entre las dos me tenéis mareado. Mi madre y tú os parecéis más de lo que quisierais. Lo veríais claro si os tomarais tiempo para conoceros mejor la una a la otra, en lugar de andar todo el día a la gresca.

—Eso lo dirás tú... —empecé a replicar, algo picada en mi amor propio. No me dejó proseguir.

—Lo digo yo, cierto. Y te añado otra cosa: te apañas tú con ella, que es tu trabajo.

Sospecho que después Enrique habló con su señora madre en un tono muy similar al que había empleado conmigo. Pues a partir de aquel día las cosas se tornaron más llevaderas. No es que las dos nos volviéramos uña y carne, eso no. Pero sí que empezamos a tolerarnos mejor, y a hacernos más fáciles nuestras respectivas labores.

Una ventaja sí que tenía aquella situación, no vamos a negarlo: yo podía estarme menos tiempo en la casa y más en la barbería, ayudando a mi esposo. Eso no solo me gustaba, sino que también me permitía aprender. Mi Enrique, lo reconozco, me enseñó muchas cosas que entonces me maravillaban y que después me resultaron de gran utilidad. Algo por lo que nunca dejaré de estarle agradecida.

Diré, de paso, que lo de formarme es algo que siempre me ha atraído. De haber nacido varón, tal vez me habría dedicado a una vida de estudio. Pero tales asuntos no tienen cabida en el universo de una hembra. Aclarado este punto, me vuelvo a mi historia.

Una de las cosas que las buenas madres habían hecho en el convento era enseñarnos las letras. Querían que, cuando saliéramos de entre aquellos muros, fuésemos capaces de llevar a nuestras casas los preceptos del Señor. Para eso nos ayudaría en mucho poder leer, para nosotras y para nuestros hijos, obras de devoción y de rezos, como las que allí se recitaban en el refectorio o mientras realizábamos nuestras labores.

Mi Enrique tenía, como muchos hombres de su oficio, una pequeña biblioteca. Nunca se opuso a que yo leyera de ella, al contrario; decía que así podría asistirlo mejor en sus tareas.

Aquellos tomos estaban bastante manoseados, señal de que mi esposo se acercaba mucho a consultarlos. Doy fe de que los leía unas veces por trabajo, pero otras, por el puro placer de hacerlo. En ocasiones, me los recitaba en voz alta y me explicaba ciertas cosas del texto mientras yo me empleaba en coser o zurcir. Entonces los ojillos le brillaban. Yo notaba en su voz una emoción que me hacía sentir como arropada y no podía evitar sonreír para mí.

Los más usados de aquellos eran, sobre todo, dos. Uno, de un tal Juan Calvo, que llevaba por título *Cirugía universal y particular del cuerpo humano*. Y otro, de un Luis Lobera, llamado *Libro de pestilencia curativo y preservativo*. Mi Enrique me recomendó con insistencia que me aplicara a revisar aquel.

—La peste, Ana mía, es uno de los peores males de nuestro tiempo —me dijo cargado de gravedad—, que siempre puede volver a golpear sin previo aviso. Hemos de estar preparados para hacerle frente.

Al principio me costó lo mío porque aquellos tratados eran muy distintos a los catecismos y libros de devoción que teníamos en el convento. Pero como a porfía no me gana nadie, fui haciéndome a ellos hasta entresacar lo más importante. Además, me fueron de gran ayuda las ilustraciones, que las había, y tan bien apañadas que, en algunos volúmenes, buena parte de las letras sobraba, al menos, para lo que a mí me interesaba aprender.

Los libros abren los ojos y el alma, lo sé por experiencia. Tienen una riqueza diferente a la del resto de cosas de este mundo, que no puede medirse en monedas de cobre ni plata. Pero también digo una cosa: aunque contienen muchas verdades, no están libres de incluir algún error. Por eso no hay que empeñarse en creer lo que pone en ellos cuando la realidad demuestra lo contrario.

Tuve alguna disputa con mi esposo a cuenta de esto. Pues él sostenía teorías de lo más peregrinas, so pretexto de que las había leído en no sé qué sitios. Por ejemplo, me dijo que las hembras debían casarse, pues si no se exponían a volverse locas. Esto era a causa de que a las doncellas, que no tienen bien abiertas sus partes por no haber conocido varón ni parido hijos, la sangre del menstruo no puede salirles toda afuera, así que empieza a subirles hacia arriba, hasta que les llega al corazón y este se entorpece, y ella se vuelve melancólica; y si pasa más el tiempo, puede inflamarse, y la mujer empieza a sufrir desvaríos; y en transcurriendo aún más tiempo, puede llegar a la putrefacción, y entonces ella nota gran agitación, y su espíritu se pervierte y siente deseos de matar. Por esa razón, afirmaba, todas las mujeres debieran casarse para prevenir tan terribles males.

Recuerdo que, cuando me lo contó, me lo quedé mirando; ganas me dieron de responderle que, en muchos casos, más loca vuelve a una mujer el tener marido que el no casarse.

—Mira, esposo —le dije, en cambio—, no sé quién sería el que vino con ese invento. Pero puedo asegurarte que no es cosa cierta.

Y él, erre que erre. Lo de siempre: que qué sabría yo; que cómo, no siendo más que una mujer, me atrevía a contradecir a no sé qué doctor en medicina, toda una autoridad, muy leído y sabio; que aquello tenía que ser verdad porque él lo había encontrado en un libro.

—Pues entonces, será que lo leíste mal —respondí yo,

que no estaba dispuesta a ceder ni un palmo en aquella cuestión.

Hubiérades visto sus aspavientos, y la de voces que me dio entonces. Tanto, que hasta bajó su señora madre para ponerse del lado del hijo, cómo no. Poco me importó. Sigo pensando, hoy como entonces, que, en lo tocante a los asuntos femeninos, de nada sirve ser erudito o hablar latín. Más sabe la mujer por experiencia propia que el hombre que lee a otros cien hombres, ninguno de los cuales se ha molestado en preguntar a una hembra.

Esto resulta tan claro como el día; y es gran necedad pensar lo contrario.

Como decía, me gustaba el oficio. La barbería era agradecida, y nos traía sus buenos reales contantes y sonantes, amén del trigo y el mosto que entregaban en pago los vecinos con menos posibles. Se hallaba en plena calle Mayor, la más próspera de Alcalá, a la que Enrique llamaba «la vena principal de la villa». El local estaba en la planta baja de la casa en que vivíamos. Era algo oscuro, pues los soportales de la calle no permitían que le llegase la luz del sol, pero espacioso, eso sí. Tenía incluso sus secciones diferenciadas. Junto a la entrada, los bancos de madera para los clientes que esperaban turno. Más allá, la zona de barbería con sus «sillas del oficio» y sus alacenas para tijeras, navajas, peines y bacías.

—Pon buen empeño en guardar siempre las piedras de afilar lejos de los espejos porque no los dañen —me instruyó Enrique el primer día—. Cuida de que estén bien repletos los calderos y tinajas, y da orden a la moza de que los reponga si ves que se vacían, que el agua nunca ha de faltar. Es tarea tuya ocuparte de las ollas de hervir y los calentadores de paños de afeitar, y de tener siempre llenos los aguamaniles.

Recuerdo que el primer día me llamaron la atención sobre todo unos curiosos hierros. Resultó que servían para calentarlos y, así, «levantar bigotes» y «levantar cogotes», rizando hacia arriba el pelo que caía sobre la nuca. Habiendo vivido yo en el convento, siempre entre mujeres, desconocía aquellos extraños artefactos al servicio de la vanidad masculina.

Allí también se practicaba la «estomatología». Así llamaba mi esposo al cuidado de la boca porque era muy dado a usar palabras aparatosas para referirse a cosas simples. Era la parte del trabajo que menos me agradaba, con sus instrumentos de limpiar dientes y sacar muelas; las tenazas, tenacillas, descarnadores... También estaban los gatillos, que eran como pinzas rectas, y los botadores, unas palanquillas para empujar las muelas fuera de sitio. Aquellos hierros me daban escalofríos, y procuraba mantenerme tan apartada de ellos como me fuera posible.

En ocasiones, me tocaba a mí sujetar la cabeza del desdichado mientras Enrique se afanaba entre sus fauces abiertas, y mantenerlo inmovilizado pese a sus aullidos de dolor. En aquellos momentos lamentaba que Dios me hubiera dado brazos recios y fuertes, casi como de varón. Pues, de haberlos tenido delicados, tal vez mi esposo no me encomendaría aquella tarea tan poco apetecible.

Era de ver que, cuanto más gritaba el paciente, tantos más vecinos se asomaban a la celosía de la ventana, o incluso entraban en la barbería, con o sin pretexto. Es cosa de maravillarse que el sufrimiento ajeno atraiga tanto la curiosidad humana, como la vela a las polillas.

En cualquier caso, aquello siempre estaba lleno de hombres, de todas las edades y variada condición. Como yo era muchacha lozana y con buenas carnes, no faltaban manos que volaban para palpar las redondeces que había bajo la basquiña y el jubón. No dudo que otras mujeres aguantarán los toqueteos con más paciencia, pero yo nunca he sido de esas. Golpeaba sin piedad aquellos dedos con lo primero que tuviera accesible, ya fuese una bacía de metal, un paño de lino o incluso una piedra de amolar. Tanta maña me di que pronto aprendieron a no alargarme el brazo. Así, pudimos estarnos todos en paz y armonía.

Adentro, más apartada y discreta, estaba la sección de los cuidados médicos, la que mi marido llamaba «de cirugía». A esta podía accederse por una puertecilla lateral, sin tener que pasar por la cortina de entrada y la zona de espera, en caso de que el paciente quisiera esquivar las miradas de los curiosos. Aquí se administraban las ayudas —aunque mi Enrique les daba por nombre «lavativas»— por medio de jeringas de metal. Había agujas para abrir las cataratas de los ojos, hierros de suplicación, tientas para hurgar en el interior de las heridas, pinzas y tijeras de varios tipos, sajadores, embudos para sonda, apostemeros. Había incluso una sierra de cortar huesos, que —a Dios gracias— nunca tuve que ayudar a usar.

Y, por supuesto, estaba el instrumental para sangrar. Muy pronto empecé a asistir a Enrique en aquellas operaciones. De oír cómo él las elogiaba, se diría que sirvieran para curarlo todo. Me explicó que la enfermedad aparece cuando se desequilibran los humores internos y que las sangrías ayudan a eliminar esa sustancia que, al haber crecido en exceso, se desnivela sobre las demás.

A veces usábamos sanguijuelas. Las manteníamos bien cuidadas, en sus frascos llenos de agua, colocados en estantes alejados de las ventanas. Mi esposo decía que en España tenemos la fortuna de que nos crezcan en abundancia, al contar con tantas tierras pantanosas; tanto que incluso se exportan a Francia en grandes cantidades. Y allí se pagan a buen precio, pues son tenidas por las mejores de la cristiandad.

Tampoco es que aquí resulten baratas, así que conviene tratarlas de forma que puedan volver a utilizarse. El problema está en que, si se alimenta bien, el animal se pasa meses sin volver a chupar sangre. Así que, tras despegarla del paciente —para eso usábamos sal o vinagre—, las metíamos en agua con salvado, para que vomitaran y se pudieran emplear de nuevo.

En opinión de Enrique, el uso de sanguijuelas era un arte de escasa valía, pues no requería de conocimientos ni habilidades especiales. Su método favorito era la «flebotomía», esa ciencia superior para la que tanto había estudiado, practicando durante cuatro años antes de presentarse al examen del Protobarberato en la villa de Madrid.

Era de ver cómo se le iluminaban los ojos cuando había que practicar una de estas operaciones. La gente afirma que los cirujanos y barberos tienen excesiva afición a este procedimiento, que lo realizan mucho más de lo debido, a veces con riesgo de la salud o incluso la vida del paciente. Muchas son las burlas que corren al respecto, y hay decenas y decenas de refranes sobre ello.

La opinión popular es que lo hacen por codicia. No negaré que el tratamiento cuesta sus buenos maravedís, pero puedo asegurar que a mi Enrique no lo movía tanto el dinero. Para él, aquella era la práctica más elevada de su profesión, algo que requería de una habilidad realmente superior. Estaba convencido de que aquella era la función para la que Dios lo había creado; la única que lo hacía sentirse un cirujano cumplido.

Todo lo preparaba con gran ceremonial: recostar al paciente; sumergirle la mano en agua caliente para que las venas se hincharan y se vieran con más claridad; ponerle un torniquete alrededor del brazo; decidir en cuál de las cinco venas mayores hacer la punción. Este era el paso más delicado, pues cada una de ellas está asociaba a un órgano vital y estos, a su vez, se relacionan con los diferentes humores internos, por lo que elegir una u otra provoca efectos diversos. Una vez tomada la decisión, sujetaba con firmeza la mano del enfermo y le abría una hendidura en la vena con una lanceta.

Yo lo acompañaba durante ese proceso, y luego me quedaba vigilando mientras aquel líquido rojo iba fluyendo en la sangradera. Esta tiene en su interior unas líneas para marcar la cantidad de fluido recogido. Cuando se llegaba a la muesca señalada por mi esposo, lo avisaba para que él ven dase la herida. A no ser que el paciente se desmayara antes; según mi Enrique, eso era señal de que el tratamiento había llegado a buen término y convenía interrumpirlo, pues el cuerpo ya había expulsado todo el fluido que lo dañaba.

No sé si lo que voy a decir sonará a sacrilegio. A veces pienso que, para él, ese acto era casi como una segunda religión. Toda su existencia giraba alrededor de aquello. Y, como él tenía por muy cierto que para sangrar eran necesarios buena vista y buen pulso, se cuidaba ambas cosas como si le fuera la vida en ello. Jamás cavaba, cortaba madera o hacía tareas semejantes, por ser ejercicios violentos que hacen temblar la mano y echan a perder el tacto.

También cataba el vino con gran moderación, para tener siempre la cabeza serena y el pulso firme. Esto es algo que le agradeceré mientras viva, pues nunca se emborrachó. Yo había aprendido que pocas cosas hay tan terribles como un esposo demasiado amigo de la embriaguez, ya que dilapida la hacienda familiar en las tabernas dejando a su casa hambrienta. Pero si además el muy desgraciado es de temperamento colérico, no se queda en eso, sino que llega a la violencia y al maltrato.

Ese era el caso de mi querida Franca. Solo Dios sabe cuánto sufría yo por ella. Deseaba con todas mis fuerzas que el miserable de su marido desapareciese de la faz de la tierra, para que así la situación encontrase remedio.

Francisca

Jerónimo estaba obcecado con que me encerrase en mí misma. Me quería dócil, encogida y cabizbaja, sin contacto con el mundo. Pronto supe que aquello acabaría asfixiando mi espíritu. Eso era justo lo que él pretendía.

Por mi parte, yo seguía poniendo todo mi empeño en comportarme como buena casada. No por él, pues ya había yo entendido que, hiciere lo que hiciere, me ganaría sus reproches y sus gritos. Lo hacía por mí misma.

Me resulta difícil explicar por qué. Tal vez algún día los cielos me permitan expresar mejor mis razones. Tan solo puedo decir que era una especie de sentimiento, muy profundo y muy claro, como una convicción. Así me veía yo a mí misma, como luchando por ser aquello que siempre había deseado. Desde la infancia tenía yo aquella idea sobre mi propia persona, por así decir, y todo mi afán estaba en mantenerme fiel a esa imagen.

Yo era Francisca de Pedraza, una buena esposa. Y, con la ayuda de Dios, un día llegaría a ser también una buena madre.

Ese era mi propósito y, al mismo tiempo, mi consuelo.

Por mucho que los malos tratos de Jerónimo intentaran sacarme a empellones de aquel camino, yo no lo permitiría. Seguiría adelante, costare lo que costare, pues aquella era mi senda, la que yo había elegido y quería seguir.

Así y todo, había empezado a comprender que ciertas cosas no resultaban tolerables, ni siquiera para la mejor y más virtuosa de las esposas. La primera, ese suplicio de vivir asfixiada, sin contacto alguno con el exterior. Los cielos habían querido que tuviese yo amigas, caseras, vecinos; y sentía que tratar con ellos era como respirar aire fresco. No podía ni quería renunciar a eso. Al fin y al cabo, Jerónimo estaba ausente gran parte del tiempo, y mi conciencia me decía que el trato con esas gentes no suponía pecado ni delito, aun si a mi esposo le molestaba.

Pese a lo que él dijese, nunca se me pasó por las mientes cortar todo contacto con mis amigas. Mi querida Clara seguía en el convento esperando a un esposo que la sacara de allí. En cuanto a la buena de Ana, la barbería de su Enrique no estaba demasiado lejos de mi casa. Me llegaba a veces a visitarla. Otras, era ella quien acudía a verme. Cuando lo hacía, nunca olvidaba traerme un puñado de garbanzos o algunos ajos para la olla, o unas tajadas de pan con su pedacito de manteca; siempre venía, además, con un tarro de su famoso ungüento blanco.

—Por si veo que lo necesitas, niña, que con ese animal que tienes por marido nunca se sabe —gruñía. Notaba yo que mi amiga me repasaba con los ojos buscando rastros de golpes—. Pero no te creas que lo hago con gusto. Que, igual que te digo que esto es mano de santo para tus moratones, te digo también que preferiría mil veces que se echara a perder por no tener que untártelo nunca.

Al llevarme a los cuartos en que vivíamos entonces, Jerónimo me dejó sin apenas muebles ni vestidos, sin comida ni dineros para procurármela. Y, aunque el alquiler de las habitaciones era más que modesto, ni siquiera se molestaba en pagarlo.

Al principio, la casera, que vivía en el piso de abajo, se venía a mí a pedirme lo debido. Luego dejó de hacerlo. Mal negocio hizo la pobre, desde luego. Pues no solo no sacaba de mí con qué aderezar su olla, sino que a veces incluso me ofrecía una escudilla de su propia comida, si me veía demasiado consumida y era uno de esos días en que Jerónimo no asomaba por casa.

Yo la conocía desde hacía tiempo. Se llamaba Catalina de Molina, era viuda, mujer de bien, piadosa, y diligente. Para mantenerse a sí y a su hija Beatriz se empleaba de costurera. Viendo mi necesidad, me ofreció trabajar con ella.

—¡Qué manos tienes, hija! ¡Qué delicadeza! —comentó admirada al ver mi primer bordado. Luego, entre dientes, añadió—: Lástima que tengas que estropeártelas parando los golpes de ese malnacido.

Lo cierto es que siempre me ha gustado el trabajo de aguja; Dios me concedió talento para ello. Como no me asusta trabajar —hasta la extenuación, si es necesario—, ya me había planteado yo aquello. En los tiempos del convento imaginaba que, si un día necesitara ganarme el pan con un oficio, podría vivir de mis labores de costura.

Pero ni siquiera con aquello podía contar cuando a mi esposo le entraban sus arrebatos. Recuerdo que un día, en que había salido yo a recoger un encargo a casa de una clienta, al volver me encontré a Catalina muy alterada. Estaba en lo alto de la escalera, como esperándome a la puerta de mi habitación. Aquello me hizo sospechar que algo terrible había ocurrido.

—¡Ay, hija, cuánto lo siento! —me dijo. Se retorcía el delantal con las manos, muy apurada—. Intenté detenerlo, pero ya sabes cómo es...

Comprendí que se refería a Jerónimo y el pulso se me aceleró. La buena mujer, como entendiendo mis preocupaciones, señaló al cofre en el que guardaba yo mi labor de costurera. Estaba abierto.

—Tu esposo se vino acá lanzando maldiciones. Como no encontraba la llave para abrirlo, primero le dio un puntapié. Después se fue a buscar una hebra de hilo y se estuvo trasteando hasta que abrió la cerradura con ella.

Entonces sacó cuanto se le antojó: almohadas, sábanas, toallas... Incluso las labores que yo estaba haciendo de encargo. No solo se había llevado mis posesiones, sino también ropas que no me pertenecían.

No era posible. Virgen santa, no...

Me dejé caer frente al cofre. Lo registré con lágrimas en los ojos, temblándome el pulso. Mi trabajo, mi esfuerzo, mi buen nombre... Todo aquello lo había dejado yo en aquel mueble desvencijado, al que había confiado mis tesoros más valiosos. Todo había desaparecido.

Nunca antes había llegado Jerónimo tan lejos. Hasta entonces me había despojado de mi pasado, de mi herencia; ahora me robaba también mi futuro. Destruía mi crédito entre las buenas gentes que me habían confiado sus prendas, sin imaginar que acabarían vendidas como harapos a un ropavejero. ¿Cómo podía labrarme un porvenir si aquella noticia corría por la villa?

¿Y todo a cambio de qué? ¿De un trago de vino agrio en una taberna maloliente? Dios santo, ¿cómo era posible?

—¿Qué estáis haciendo? —había protestado la casera—. Mirad bien, que ese es el trabajo de vuestra esposa. Dejad al menos eso, por piedad. ¿Qué dirá ella cuando regrese?

—¡Cuerpo de Cristo! ¡Calla la boca, mujer! —rugió él—. ¡Maldito el día en que me casé con esa furcia! ¡Al infierno con ella!

Al referirme esas palabras, Catalina bajó la vista. Era el vivo retrato de la impotencia.

—Lo intenté, hija. No sirvió de nada. Nosotras somos pobres mujeres. Si él se empeña y pone su fuerza, no podemos evitar que haga esas cosas.

Recordé que, el día en que le menté por primera vez aquella vivienda, Jerónimo me preguntó si había allí algún varón. Quedó muy satisfecho al saber que solo estaban Catalina y su hija Beatriz.

—Como ha de ser, ¿me oyes? Que no quiero yo hombres en mi casa.

Pensé entonces que hablaba así a causa de los celos, que en los varones siempre son caprichosos y desmedidos. Más tarde comprendí que la razón era muy otra. Para él resultaba fácil imponerse por la violencia allá donde solo hubiera mujeres, sin hombre alguno que pudiera interponerse.

Cuando su madre terminó de contarme el episodio, Beatriz se adelantó. Tenía los labios fruncidos y una arruga de enojo en el ceño.

—No lo tomes a mal, pero conociendo a tu esposo se le quitan a una las ganas de casarse.

¿Qué iba a decirle yo? Los cielos sabían cuánto lamentaba yo tener por marido a aquel poseso. Por desgracia, el asunto no tenía ya remedio.

Desde niña soñaba con que, en el futuro, los cielos me concederían hijos y me permitirían verlos crecer. Nada había que anhelase yo tanto como aquello. Rezaba cada noche por que la Providencia escuchase mis plegarias y tuviese a bien atender a mis deseos. Imaginaba que, cuando me llegase la noticia de mi preñez, sentiría una dicha inmensa. No ignoraba los muchos peligros que entraña el embarazo, el parto, el puerperio, y que toda mujer teme, con razón. Aun así, confiaba en la bondad del Altísimo para protegernos, a mí y al pequeño que llevara en mi interior, de todas las dificultades que habríamos de hallar en el camino.

Pero mis circunstancias eran muy distintas a todo lo que había imaginado en el pasado. Cuando al fin tuve noticia de estar preñada, no pude evitar sentir un profundo temor. Me preguntaba qué sería de mi criatura en un hogar como aquel, si estaría a salvo de los arrebatos de Jerónimo, temiendo la respuesta. Tan solo estaba segura de una cosa: debía proteger a aquella alma inocente, pues nadie más iba a hacerlo. Costare lo que costare, tenía que mantenerla alejada de la furia de mi esposo.

No lo conseguí. Mi estado no duró mucho. Al poco de quedarme preñada, él me propinó una paliza terrible. Perdí al hijo que esperaba.

—Estas cosas pueden pasar, sobre todo al principio de la preñez. Nadie sabe por qué ocurre —me dijo Carolina mientras se llevaba los trapos empapados en sangre—. No lo culpes a él, que eso solo te hará más daño.

¿Cómo no hacerlo? Solo Dios sabe cuánto lloré. Dentro de mí, algo se había roto. Culpaba a los cielos, a los infiernos, a la humanidad en pleno. Porque todos veían, todos callaban, todos permitían que aquellas atrocidades se produjeran, sin hacer nada por evitarlas.

«Señor —decía para mí—. Si tú me das a esa criatura, ¿por qué dejas que él me la quite?».

Me prometí entonces que aquello no volvería a suceder. Si Jerónimo no ponía remedio a la situación, me encargaría de hacerlo yo. Me había quedado claro que él no tenía la menor intención de enmendarse. Así que reuní lo poco que me quedaba y salí de allí sin echar la vista atrás.

Así fue como abandoné aquella casa y a mi marido. Entonces creí que me marchaba para siempre. Pero el mundo, que no pide cuentas a los hombres por cómo se comportan con su familia, no reserva el mismo trato a las mujeres. Yo estaba a punto de comprobarlo.

Bartolomé de Alcocer

Así fue como todo empezó. Corría el mes de enero de 1614 cuando un vecino llamado Jerónimo de Jaras vino a mi despacho. Quería que actuase de procurador en un proceso contra su esposa.

Me explicó que «la muy bellaca» lo había abandonado «sin causa ninguna». Y, lo que era peor, llevándose consigo algunos bienes.

—Ella dice que son suyos, la desvergonzada, ¿lo creerá vuestra merced? ¿Qué suyos ni qué diantres? ¿Acaso no soy su marido? ¿Acaso no me pertenece ella misma, y todo cuanto traiga consigo? ¡Por Dios que sí!

Aquel era, sin duda, un desatino en toda regla. Aun así, el vecino Jaras lo proclamó con absoluta convicción. Para recalcarlo, dio un puñetazo brutal en el brazo de la silla frailera.

—Así me agradece que la sacara del convento y le diera una vida decente, la muy bribona. Era huérfana de padre y madre, ¿sabe vuestra merced? Y yo cometí el error de llevarla a mi casa. Si no fuera por mí, ni siquiera tendría donde caerse muerta.

Yo sabía sin sombra de duda que aquel hombre mentía. La brusquedad de sus modales, los ojos vidriosos, la voz enronquecida, las venas rojas de su nariz... Resultaba evidente que era un individuo dado a la bebida; y, además, de mal temperamento. Aun sin tener constancia de los hechos, dudaba mucho que su mujer lo hubiese abandonado «sin causa ninguna».

Allí, sentado ante mí, aquel desconocido rebosaba furia, sin hacer el menor esfuerzo por ocultarla. Parecía incapaz de comprender cómo aquella «mala hembra», aquella «patana ignorante» había concebido la idea de abandonar el domicilio donde vivían solicitando una separación legal ante la Audiencia Arzobispal.

—«Divorcio», dicen que se llama, ¡cuerpo de Cristo! —rezongó, señalando el escrito que yo tenía sobre mi mesa—. A fe, que nunca había oído mentar tal dislate, ni tenía noticia de que existiese. ¿Dónde se ha visto que una hembra pida irse de la compañía de su marido? Otra cosa es que él la repudie. Voto a tal que, con una mujer como la mía, a veces me dan ganas de hacerlo. ¿Vuestra merced está casado?

—Lo estoy, aunque eso no viene al caso.

—Entonces entenderá de sobra a qué me refiero. Que el marido repudie a la esposa es una de esas cosas que pasan y que no espantan a nadie, por ser bien conocidas y hasta naturales, pero... ¿esto?

Sin duda, el propio concepto del divorcio escapaba no solo a su conocimiento, sino también a sus capacidades de comprensión. Parecía que todo el asunto se le antojase una barbaridad, algo contra razón y aun contra natura.

—Alguien ha tenido que meterle esa necedad en la cabeza, sépalo vuestra merced, que ella sola jamás habría sido capaz de idear tal despropósito. Cuando encuentre al malnacido que me la ha vuelto en contra, se lo haré pagar bien caro, como hay Dios que sí.

Lo cierto era que el vecino Jaras no me inspiraba simpatía. Pero poco importa eso en esta profesión. Mi trabajo consiste en tramitar papeles, en seguir el caso en los tribunales, en ocuparme de emplazamientos, citaciones y notificaciones. No sería la primera vez que tuviese por cliente a un canalla, ni tampoco la última. Lo importante era que pagase todo lo que yo cargase a su costa. A juzgar por la hechura de sus ropas, aquel hombre podía permitírselo.

—Según decís, vuestra esposa, Francisca de Pedraza, ha abandonado el domicilio conyugal sin proceder causa, llevándose sus bienes y negándose a hacer vida maridable. ¿Correcto?

—Se ha ido de casa, sí, la muy rufiana, pero ya os digo que esas cosas que se ha llevado no son suyas.

Hice caso omiso de este último comentario.

—Además, ha interpuesto demanda de divorcio ante el vicario general de la Corte Arzobispal. ¿No es así?

—Dice que quiere salirse de mi compañía e ir por su cuenta. ¡Será malnacida! Pero ella es mi esposa, mal que le pese, y tiene que estarse donde yo le diga.

Asentí; luego tomé los anteojos y me los coloqué sobre la nariz.

—Bien, señor Jerónimo de Jaras, puedo ocuparme de tramitar vuestro caso. Ya os he comentado cuáles son mis honorarios. —Repasé el escrito que el procurador de la esposa había enviado a mi cliente, actuando ella en calidad de demandante—. Aunque argumentar el pleito no esté en mi mano, os aseguro que no tenéis de qué preocuparos. La vuestra es una causa ganada.

Esta es una afirmación que todo letrado que se precie pronuncia ante su cliente, aun cuando no siempre responda a la verdad. Pero, en las circunstancias concretas del vecino Jaras, no podía ser más cierta. La suya era una causa ganada. No importaba que su esposa tuviese razón, ni que él fuese un miserable. La Audiencia Arzobispal tenía por principio rechazar cualquier petición de divorcio. Había que proteger la unidad del matrimonio; al fin y al cabo, es un sacramento y, por tanto, un vínculo sagrado. Incluso se comentaba —aunque esto no hubiese forma de comprobarlo— que el arzobispado toledano amenazaba con severísimas sanciones a cualquier juez eclesiástico que concediese la separación marital. Si alguno tuviere la tentación de promulgar tal sentencia, aquello bastaba para hacerle mudar de idea.

Limitándome yo a actuar de procurador, no me influía el resultado final del pleito. Pero siempre es preferible actuar para la parte ganadora, pues el perdedor puede verse tan menoscabado que, al cabo, no tenga para pagar a su representante. Por eso hay que intentar buscar ciertas garantías. El caso del vecino Jaras las tenía. Al menos, eso pensé en aquel momento.

—La muy sinvergüenza... Esto va a costarme una fortuna. Mira que empeñarse en ir a juicio... ¡Malhaya la madre que la parió!

Sonreí para mis adentros. No le faltaba razón. A Dios gracias, corren buenos tiempos para los tribunales. En épocas de descontento y malestar, como la nuestra, todo el mundo se revuelve. Al no poder protestar contra las injusticias de quienes están más arriba, la gente vuelve sus querellas contra el vecino de al lado. Todo el mundo está insatisfecho, todos quisieran más de lo que tienen y reclaman más de lo que en realidad les corresponde. Así, entre peticiones, querellas, interrogatorios, protestas y requerimientos se van engrosando nuestras bolsas, las de los procuradores. Y, en las diversas fases del pleito, las de escribanos, abogados y jueces.

—Razón tenéis, señor mío; es decir, si realmente creéis que vuestra esposa está empeñada en ir a juicio.

—¿Que si lo está? ¡Cuerpo de Cristo! No la conoce vuestra merced, pero yo os juro que no hay hembra más terca y maliciosa. Pone todo su afán en disgustarme. ¿Pues no os digo que hay días en que ni me trae comida a la mesa?

No respondí. Mi escribano, que acababa de redactar el poder general para pleitos, se había llegado con él a la mesa. Esperé a que el vecino Jaras lo firmase. Una vez hecho, ordené a mi ayudante que llevase a la audiencia la respuesta a la petición enviada por el procurador de Francisca de Pedraza. Así, la causa quedaba inaugurada; y yo me aseguraba de cobrar mi parte con independencia de lo que ocurriese a continuación.

Mi asistente se llamaba Luis de Santarén. Era joven y no llevaba mucho tiempo empleado conmigo. Tenía un talante despierto y curioso. Aprendía tan rápido que yo empezaba a sospechar que asimilaba más de lo que yo enseñaba, como hacen los que ambicionan encaramarse a lo alto demasiado aprisa.

Aguardé un rato, manteniendo la conversación centrada en temas de poca enjundia, hasta que ya no hubiera modo de evitar que Luis cumpliese lo encomendado.

—Os seré sincero, señor Jerónimo de Jaras —dije entonces—. Aún no es tarde para reconsiderar las cosas. Podéis ir a juicio, y ver mermada vuestra hacienda en el proceso; o bien podéis conseguir que vuestra esposa retire la demanda. De vos depende.

—¿Conseguirlo? ¿Cómo? ¿Pues no os digo que es más testaruda que una recua de mulas? Si la única manera de lograr que obedezca es dándole de palos, maldita sea.

No parecía, desde luego, que aquel individuo estuviese en condiciones de tratar a su mujer a base de paciencia y razonamientos. Aun así, había que intentarlo.

—Hablad con vuestra Francisca. Hacedle comprender que lo mejor para todos, incluida ella misma, es que regrese a vuestra casa por voluntad propia. Si no, os aseguro que acabará haciéndolo de todos modos. Solo que será por mandato de la Corte Arzobispal, bajo pena de multa o amenaza de excomunión.

—¿Y eso me ahorraría el coste del juicio?

—A vos y a ella, sí.

—Esa malnacida no me hará caso —rezongó, aún con el gesto torvo. De repente, la cara le cambió, como si hubiese tenido una felicísima idea—. Aunque tal vez podría hablar con ella vuestra merced y explicarle lo mismo que me acaba de decir.

Me quedé de piedra. Aquella propuesta era tan incongruente que no sabía si echarme a reír o sentirme ofendido.

—Señor Jerónimo de Jaras —le dije, preguntándome si lograría explicarme de forma que lo comprendiera—, mi cometido no es ese. Soy procurador y depositario general de esta villa de Alcalá. No me corresponde intervenir ni mediar, sino representaros en el caso.

—¿Y qué mejor manera de representarme que conseguirme lo que más me interesa? ¿No tiene vuestra merced que entregar esos papeles a la renegada de mi mujer? ¿Qué problema hay en que, mientras lo hace, se ponga a charlar un poco con ella y, de paso, le aclare bien las cosas?

—Señor mío —repetí—, temo no haberme explicado. No sería ético por mi parte...

Me interrumpió.

—¿Y si os pagase por hacerlo? Aparte de cobrar vuestra tarifa habitual, claro está.

Quedé en suspenso. Lo primero que hice fue mirar por la ventana, para asegurarme de que Luis no volvía aún de realizar sus gestiones. Lo segundo, preguntar:

—Decidme: ¿de cuánto dinero estamos hablando?

Bien pensado, tal vez aquel cometido no resultase incompatible con mis funciones, si ponía atención y astucia en el modo de tramitarlo.

Clara

En aquel tiempo, yo seguía en el convento. A diferencia de Ana y Francisca, no había encontrado esposo que me sacara de allí. Fingía yo que aquel no era asunto para tomármelo a pecho; pero, de cierto, estaba contrariada. Y no poco, sino tanto que, a veces, me quedaba despierta por las noches pensando si los cielos no me estarían avisando de que la gracia del rostro y la gentileza de cuerpo no siempre traen consigo beneficio, sino que pueden ser fuente de más desdichas que de venturas.

Me incomodaba que Ana en sus visitas rezongase tanto sobre su Enrique. ¿No veía ella lo valioso que había en un marido como aquel? Era un hombre nada molesto ni al trato ni a la vista, con buen oficio para mantenerla a ella y a la familia y, encima, no demasiado viejo. ¿Qué tendría, unos diez años más que ella? Peor podía haber sido, ya lo creo. Mucho peor.

¿Y qué, si era un poco bachiller? ¿Acaso no se comportan así los hombres, como queriendo conocerlo todo y tratando de necias a sus esposas? Entonces ¿a qué espantarse tanto? Además, no le venía mal a Ana probar un poco de su propia medicina; contentas nos había tenido ella durante años queriendo mostrar siempre que sabía más que nosotras.

Yo estaba enterada, eso sí, de que la situación de Francisca era muy distinta. Eso me dolía tanto que no puedo expresarlo con palabras. Aunque reconozco que no me esperaba lo que ocurrió. A principios de enero, un día en que me encontraba yo con las pequeñas enseñándoles a hacer sus bordados, la hermana lega Catalina vino a decirme que me aguardaban en la sala de recibir.

Cuando llegué, me quedé pasmada. Allí estaba Franca. Al verla, se me cayó el alma. Llevaba ropas bastas y desgastadas, como de pedigüeña. Tenía el cuerpo tan consumido que se veía a la legua que llevaba mucho sin probar comida con sustancia. Su cara mostraba señales de golpes ya casi borradas. Me temí que ocultara otras marcas bajo la camisa y la basquiña.

—Ay, mi niña —exclamé, sin poder contenerme—, ¿qué te han hecho?

Intenté que no se me saltaran las lágrimas. Ella, por su parte, no se contuvo; tal vez no tuviera siquiera ánimos para intentarlo. Estalló en sollozos. Corrí hasta ella y la abracé con fuerza.

—No te preocupes —le susurré—. Ahora estás en casa.

Me equivocaba. Nuestro convento había dejado de ser el hogar de Francisca. Ella era una mujer casada. Había recibido un sacramento sagrado, el matrimonio, y eso la obligaba a seguir a su esposo allá donde él fuese. Separarse de él, aun por causas tan justificadas, era un terrible pecado. Debía marcharse, regresar a su casa. Así se lo repitieron las monjas. Y también nuestro confesor, don Cristóbal, que se vino corriendo en cuanto tuvo noticia del suceso.

Pero he de reconocer que el buen sacerdote me sorprendió. Pues, aunque no dejó de amonestar a Franca por su comportamiento «tan poco cristiano», al mismo tiempo fue él quien le explicó el modo «correcto de hacer las cosas», que era el de mandar un escrito a la Audiencia Arzobispal para solicitar el divorcio.

Añadió que tales materias son cosa de los tribunales eclesiásticos, pues afectaban al sagrado sacramento del matrimonio, que es algo divino, y por eso la justicia laica, como la del corregidor o la chancillería, no pueden entrometerse.

Aunque esto no lo dijo de buenas a primeras, no. Solo lo mentó cuando, tras mucho insistirle él en que se volviera a su casa con su esposo, Francisca dejó bien claro que no estaba dispuesta a hacerlo.

—¿Y con eso, padre —preguntó ella—, podré estarme lejos de mi marido?

—En eso consiste el divorcio, hija. Es un permiso para que tu esposo y tú podáis romper la convivencia marital y vivir apartados. Aunque seguiréis casados para siempre porque el del matrimonio es un lazo sagrado e indisoluble, como sacramento de la Santa Madre Iglesia. —Mantenía su tono afable, pero se le notaba dolido—. Ten en cuenta, Francisca, que esto que has hecho, además de grave pecado, es también serio delito.

Nos explicó que si los esposos se apartan —aunque sea de mutuo acuerdo— sin mediar sentencia de divorcio de un tribunal eclesiástico, reciben un serio castigo. Es más, que pueden ser denunciados —y a menudo lo son— por sus parientes, párrocos, criados o vecinos. Y entonces vienen las grandes multas, la excomunión o incluso la pena de cárcel; cosas que nadie quiere que pesen sobre su vida ni su conciencia.

—¿Y la Audiencia Arzobispal me dará ese divorcio, padre?

Aquí don Cristóbal se turbó aún más. Él, que siempre afirmaba todo con tanta seguridad, parecía no saber si contestar que sí o que no; tal vez no le gustase ninguna de las dos respuestas.

—En lo que debes pensar ahora, hija mía, es en dejar de estar en pecado y en delito. Eso solo lo conseguirás si mandas ese documento. Además, en el tiempo que se decide el asunto, podrás estar «depositada», que es como decir alojada en otro lugar que no sea la casa conyugal. Pediremos que ese refugio sea el convento, si así lo prefieres y la madre priora está de acuerdo.

Aquello ya era otra cosa. Pues, en ese caso, mi amiga no se estaría allí de balde, sino que el monasterio recibiría cuatro o cinco reales por día a modo de mesada; el vicario ya decidiría la cantidad, dijo don Cristóbal. Aunque nada mencionó al respecto, todos sabíamos que, sin duda, eso contribuiría a que la madre superiora se mostrase más favorable a tenerla allí.

De paso, seguro que aquello también servía para enojar aún más al marido. Pues, como él había tomado para sí todo el dinero de la familia, aquel pago tenía que salir de su bolsa. O, al menos, así lo vería él; que, aunque la bolsa, en justicia, no fuese solo suya, él se pensaba que sí. Y, según contaba Franca, nada lo irritaba más que el que le tocasen los dineros.

Pocos días duró aquella situación, pues muy pronto nos vino una visita inesperada. El marido de Franca ya había contratado procurador para el caso, y este se acercó al convento a ver a mi amiga, so pretexto de entregarle unos documentos.

—¿No debería vuestra merced dar estos papeles a mi representante? —preguntó ella, extrañada.

—A él o a vos, señora, que eso es indiferente. Si esto os inquieta, yo hablaré con mi colega para explicarle la situación.

Aquel hombre se había presentado como Bartolomé de Alcocer. Tenía algo que me llevaba a desconfiar. Era serio, ya entrado en años, con semblante cuadrado, los ojos y las orejas un poco desparejos. La barba y el cabello bien cuidados, eso sí, y ropas sin adornos, pero de buen paño negro, que le caían con gracia sobre el cuerpo delgado. Pensé que, si se dignara sonreír, causaría un efecto muy diferente.

Mucho más interesante se me antojó el joven que lo acompañaba. Había algo de femenino en su rostro, por así decir, con su barba escasa, su tez delicada, sus largas pestañas, sus cejas finas. Pero el cuello era recio y viril; también las manos y las pantorrillas. Aun sin ser de hechura robusta, se le adivinaba fuerte bajo el jubón. Al menos, eso me pareció.

Desvié la vista cuando advertí que me miraba. Pero, cada vez que me volvía a él, de reojo, comprobaba que seguía observándome. No parecía tener deseos de apartar las pupilas de mí.

—Ya que estoy aquí, señora Francisca de Pedraza —continuó el procurador—, dejadme deciros que este pleito no beneficia a vuestro esposo, pero tampoco a vos.

Acabáramos. Para eso había venido, el muy charlatán. A engatusar a Franca para que no siguiera adelante. O tal vez a intentar amedrentarla, eso estaba por ver.

—Lo cierto es que no tenéis posibilidad ninguna de ganar esta causa. Apenas lleváis dos años casada. No es tiempo suficiente para que el tribunal acepte que ya habéis sido maltratada *con exceso*...

No pude contenerme.

—¡Virgen santa! ¿Dónde vais a encontrar más excesos que los de ese animal, que no paraba de asestarle golpes, coces y mojicones? ¿Sabéis cómo le tenía el cuerpo y la cara, a la pobre? Tan marcados y llenos de cardenales que daba lástima verla.

Él me miró con unos ojos cortantes y helados.

—¿Estabais vos presente cuando se produjeron los golpes? ¿O sois acaso médico, capaz de emitir declaración sobre el estado físico de la paciente? En otras palabras: ¿podéis servir de testigo en este caso?

—Bien sabéis que no.

—Pues entonces, callad.

Sentí que se me acaloraba el rostro.

—¡Escuche vuestra merced, señor rábula...! —estallé, indignada. Pero Franca me hizo seña de que no dijese más. Escuchaba con atención las palabras de aquel hombre, como si viese en ellas algo que yo no alcanzaba a vislumbrar. Siempre he pensado que es lista. Mucho. La más inteligente de las tres con diferencia. Aunque, por ser tan callada y discreta, esto no salte a los ojos.

—En nuestro mundo, señora Francisca de Pedraza, las cosas no son iguales para todos, bien lo sabéis —prosiguió el procurador—. Una dama de alcurnia puede conseguir el divorcio por el simple hecho de que su esposo la trate con desprecio. Pero entre el vulgo se aplica diferente vara de medir. Los mojicones son tenidos por normales dentro del matrimonio, así como los gritos e insultos. Y, os lo repito, vos lleváis poco tiempo casada. Ningún juez considerará que hayáis acumulado golpes suficientes. —Se tomó un momento, como si a él mismo le pesara lo que acababa de decir. Cuando volvió a hablar, su tono había cambiado. Era menos frío, menos afilado—. No digo que sea justo, catad bien. Pero el mundo es como es. Por mucho que os esforcéis, no conseguiréis que el tribunal lo vea de otro modo.

Franca quedó en silencio. Yo, que estaba a su vera, vi que tenía los ojos húmedos, aunque no dejó que las lágrimas cayeran.

—Yo confío en la justicia, señor Bartolomé de Alcocer —dijo con voz firme, contra lo que cabía esperar.

—Confiad en ella, señora, eso os honra —respondió él. Para mi sorpresa, esbozó una sonrisa, y tuve el convencimiento de que era del todo sincero—. Pero no le pidáis imposibles.

Aquellas palabras eran tan desoladoras que me vi obligada a intervenir.

—Eso es lo que queréis, ¿verdad? Que Francisca retire la demanda, como si nada ocurriese.

—No se trata de lo que yo quiera —replicó, sin dejar de dirigirse a mi amiga—. Tal y como están las cosas, no tenéis nada que ganar, y sí mucho que perder. Dejaos aconsejar por alguien que sepa lo que es posible y lo que no. Un divorcio es impensable, señora mía. —Aquí bajó la voz y se inclinó un poco hacia delante, como quien se dispone a contar un secreto—. Pero hay otras cosas que sí podrían estar a vuestro alcance. Más fácil os resultaría conseguir, por ejemplo, la custodia de vuestros bienes, y pasar a ser vos quien maneje la hacienda familiar.

En este punto, hizo una seña discreta a su ayudante; no tan oculta, sin embargo, para que yo no la advirtiese. El joven vació su vaso de un trago y luego me dijo:

—Señora, tengo la garganta seca. ¿Seríais tan amable de servirme?

Estábamos sentados alrededor de la mesa, en la sala de recibir. A unos pasos de distancia, apoyada en la pared, había una pequeña consola y, sobre ella, una vasija con agua recién sacada del pozo. Para alcanzarla tendría que levantarme y dejar a Franca sola con aquellos dos hombres.

—Yo no me aparto de mi amiga —respondí—. Pero ahí tiene vuestra merced la jarra. Sírvase a su gusto.

Estando presentes nosotras —mujeres que, por nuestra condición femenina, debíamos plegarnos a acatar las órdenes del varón— era todo un agravio indicar a este que se ocupase de aquello.

—Yo me encargo —dijo Francisca mientras se alzaba. Para mi sorpresa, el procurador Alcocer la imitó. De hecho, la acompañó hasta la consola. Una vez allí, ambos iniciaron una conversación en susurros, de la que nada alcancé a oír.

Me volví entonces hacia el joven ayudante, rígida. Estando los dos cara a cara, ya no podía fingir que ignoraba la atención que me dedicaban sus ojos.

—Permitid que me presente. Me llamo Luis de Santarén.

—¿Y eso por qué habría de interesarme? —respondí yo.

Él tenía una voz profunda y masculina, aunque suave, igual que su forma de mirarme. Reconozco que me gustó. Pero no podía permitirme revelar esto, así que añadí:

—¿Vuestro patrono habla en serio? ¿O solo está tratando de embaucar a Francisca para que ella retire el pleito y así haga lo que conviene al indeseable de su esposo?

Él meneó la cabeza, como si dudase entre hablar o no. Al fin, dijo:

—El señor Bartolomé de Alcocer me ha dicho que vuestra amiga es sensata y bien hablada. Que no importa que lleve esas ropas tan burdas porque ni ese escapulario ni esa basquiña de estameña frailega pueden hacerla pasar por una mujer simple. Y que, en eso, nada tiene que ver con el patán del marido, por mucho que él lleve golilla, o jubón y calzas de buen terciopelo.

—Entonces, el señor Bartolomé de Alcocer no es tan botarate como parece.

Se sonrió. Con aquel gesto se le marcaron hoyuelos en las mejillas. Me pareció que sus ojos, que antes eran como de avellana, ahora parecían más de miel. Intuí que estaba a punto de decir algo, y sentí el impulso de hablar yo antes de que él lo hiciera:

—¿Y qué opina vuestra merced?

—Os los diré sin tapujos, señora mía: opino que sois la criatura más hermosa que jamás haya visto en mi vida.

—No diré yo lo contrario. —Esta vez, fui yo la que sonreí, aunque solo un poco; no fuera él a pensarse que podía labrar este campo con tan escaso esfuerzo—. Pero eso no es de mucha utilidad en el caso que nos traemos entre manos. Aquí estamos tratando el asunto de mi amiga Francisca. Lo que yo pregunto es qué opina vuestra merced de ella.

Se inclinó más hacia mí, quedando muy cerca. Pensé que tenía que apartarme, pero no lo hice. Ni siquiera sentí deseos de hacerlo.

—Pienso que vuestra amiga merece que le concedan lo que pide. Pero que no tiene posibilidad ninguna de lograrlo. La ley, mal que nos pese, no está de su parte.

Quedé en silencio. Francisca ya regresaba, acompañada del procurador. Mi amiga puso frente a Luis de Santarén el vaso lleno de agua fresca y volvió a sentarse.

—Vuestro marido está dispuesto a declarar que, de ahora en adelante, aprenderá a refrenarse —informó Bartolomé de Alcocer tras tomar también asiento—; que, si abandonáis este pleito y volvéis a vuestra casa y a hacer vida maridable con él, os tratará con el respeto y cariño que vuestra condición de esposa merece. Para que quede constancia, se aviene a ponerlo por escrito y firmarlo ante testigos.

—Si tan arrepentido está, ¿por qué no ha venido él a decirlo? —repliqué.

Para variar, el señor procurador no se dignó contestarme. En lugar de eso, dijo a mi amiga:

—Vos conocéis a vuestro esposo, Francisca. Ya sabéis la respuesta a esa pregunta.

Franca asintió. No parecía tener ánimo para seguir hablando. Él lo percibió, así que no se demoró más en despedirse. Eso sí, antes de levantarse, añadió:

—Meditad lo que os he dicho, señora. Si no me creéis a mí, preguntad a vuestro procurador. Insistidle en que os diga la verdad. Es hombre honrado y os confirmará que tengo razón.

Su ayudante también se puso en pie y lo acompañó hasta la puerta. Pero, habiendo olvidado convenientemente el cartapacio sobre la mesa, tuvo que regresar a recogerlo. Así, aprovechó para susurrarme:

—¿No me diréis al menos vuestro nombre?

—Clara —murmuré—. Me llamo Clara Huertas.

Vi cómo se le iluminaban los ojos.

—Bien, Clara Huertas, sabed que volveré.

—Más os vale, señor Luis de Santarén.

Así quedó la cosa. A día 4 de febrero, mi amiga se reunió de nuevo con Bartolomé de Alcocer. Esta vez, en casa de la beata doña Francisca de Orozco, que, habiendo sido antes depositaria de su dote, ahora le servía de garante. Allí, Franca se comprometió a retirar la demanda de divorcio contra su esposo y a volver a hacer vida maridable con él. Así lo firmó ante notario y testigos.

Eso sí, quiso que constase en el documento que su marido había prometido tratarla bien y proporcionarle lo necesario para mantenerla a ella, a sus hijos y a la casa, sin excusarse ni cometer falta alguna. Y, que, si no lo hiciere, la justicia procedería contra él.

Pues el vicario general de la Audiencia Arzobispal había firmado un auto ordenando a Jerónimo que tratase bien a su mujer, «sin poner las manos en ella» y que viviese «con moderación, de forma que no la inquietara»; de lo contrario, debería pagar una multa de cien ducados y se le desterraría durante un año de la villa de Alcalá.

—Son amenazas serias, señora —había asegurado el procurador Alcocer a Francisca—. Vuestro esposo debe cambiar. Es más, le conviene hacerlo.

Pero yo no las tenía todas conmigo.

—¿Cambiar? —pregunté—. ¿De veras crees que lo hará?

—Tengo que creerlo —dijo ella.

Nos abrazamos con fuerza. Era la segunda vez que nos despedíamos. De nuevo, Franca saldría para ir con su esposo y yo me quedaría entre los muros del convento.

Me consolé pensando que la separación no sería larga. Ya intuía yo que, en poco tiempo, un hombre me llevaría a vivir en el siglo. Hasta podía ponerle nombre, voz y cara, e imaginar el cuerpo que ocultaba bajo las calzas y el jubón.

Cuando eso ocurriera, Francisca me tendría a su lado.

Coloqué la mano diestra sobre el pecho de mi amiga, sintiendo contra mi palma las palpitaciones de su corazón.

—Cuando llegaste aquí, estabas consumida por fuera —le dije—. Pero nunca, nunca, dejes que se te consuma lo de ahí dentro, que es lo que importa.

Tercera parte

(1615-1618)

Ana

Cuando quedé preñada, a mi Enrique se le metió en la cabeza ponerse a partear. Sospecho que, en realidad, ya lo traía pensado de antes. Esa era una de las ventajas de conseguirse una esposa: a los maridos no les place que otro hombre ande hurgando en las partes privadas de su mujer, ni siquiera para ayudarla a traer un hijo al mundo. Y él había discurrido que, llevándome a mí consigo, no despertaría tantos recelos, pues yo podría encargarme de mirar y tocar aquellas zonas sin problemas.

Por supuesto, me enfadé. Me indignaba que los físicos y cirujanos empezasen a entremeterse en el único campo de la medicina que había pertenecido a las mujeres desde siempre. Estando aún en el convento, ya recelaba yo que, antes o después, los varones se empeñarían en quitar a las hembras los pocos oficios que la tradición les permitía realizar, siempre que en su práctica mediasen dineros.

Hasta lo hablé con el padre Cristóbal, que quedó espantado al oír aquello.

—Eso que cuentas, hija mía, no es conveniente ni honesto —me reprendió, como si la culpa fuese mía—. Debes convencer a tu esposo de que abandone ese empeño que atenta contra la moral y las buenas costumbres.

De nada sirvió que yo repitiese a Enrique las palabras de mi confesor. Pues mi esposo dijo que, aunque aquel fuera licenciado en Teología, nada sabía de medicina. Para colmo, añadió que los sacerdotes no son siempre amigos de los galenos, sino más bien lo contrario.

—Pues has de saber que ellos ordenan que el médico rece y santigüe cuando cura o da medicinas, pues que Dios todo lo alcanza. Así luego atribuyen a los cielos las sanaciones que se logran por la ciencia. Los más ignorantes de entre ellos aun sostienen que el poder del diablo es la causa más frecuente de enfermedades, y que los remedios médicos no ayudan tanto como las oraciones de un clérigo.

No quise discutir este punto. Mas no por eso callé en lo referente al arte de partear. Le reproché que a los hombres les diera por meterse ahora en aquel oficio que desde siempre habían desempeñado las mujeres.

—Y si es así, marido, por algo será. Porque eso de que a mí me ayude un varón en el parto se me antoja casi contra natura. El trabajo del hombre es empreñar a la hembra, que no sacarle al hijo de dentro. Para eso ya están las mujeres de la familia y las vecinas. Y también las parteras, que vienen haciéndolo desde el principio de los tiempos y son más diestras en esta arte de lo que ningún varón lo será jamás.

—¿Diestras, dices? —repitió, ronco—. ¿Diestras, esas mujeres supersticiosas e ignorantes? ¿Por qué crees que hay tantas muertes en el momento del parto, sino por las barbaridades y despropósitos de esas hembras desatinadas, con sus conjuros y brebajes? ¡Voto a tal, si muchas tienen más de brujas que de parteras! ¿Irías a fiarle a una de esas tu vida y la de mi hijo? No mientras yo respire, mujer, tenlo por seguro.

Estaba enojado de veras; tanto que le temblaba la barba y tenía el rostro enrojecido. Los ojos, ya de por sí pequeños, se le habían vuelto como ranuras.

—¡Como hay Dios que esas mujeres son un peligro! —exclamó—. Seguirán siéndolo mientras no aprendan la verdadera arte de partear, tal y como ha sido escrita y perfeccionada por hombres hábiles, que sí saben de anatomía y cirugía. Mientras tanto, es disparate fiarse de las comadres para asuntos que no sean bañar a la criatura y mudar de ropa a la parida.

—¿Y cómo quieres que hagan eso, marido, si a las mujeres no se les enseña a leer?

Yo soy afortunada en ese aspecto, pues las buenas monjas nos instruyeron en el uso de las letras. Pocas otras pueden decir lo mismo. ¿Cómo van a apañárselas para acercarse a un libro, las pobres, si en cuanto alzan un palmo del suelo les ponen en las manos un trapo y una escobilla, entendiendo que eso es todo lo que necesitan para enfrentarse a la vida?

Quise añadir más, pero Enrique me cortó sin ningún miramiento.

—¡Ya basta, Ana! Calla la boca, que tú no sabes ni media palabra del tema y no voy a tolerarte más sandeces.

Se empeñó en demostrarme que los hombres bien estudiados sabían de las mujeres más que ellas mismas. Me habló de un tal Gabriel Falopio, que había sido profesor en no sé qué universidades italianas. Mentaba aquellos sitios con admiración, pues afirmaba que allí se había avanzado mucho en los estudios de anatomía, gracias a que no había Inquisición como la nuestra que prohibiera abrir los cadáveres para estudiarlos por dentro. A mí aquello, para ser sincera, me revolvía las tripas; y tampoco se me antojaba muy cristiano. Porque a los difuntos hay que guardarles respeto y dejarlos como Dios manda, quietecitos y enterrados, en lugar de andar revolviéndoles las vísceras, digo yo.

El caso era que el tal profesor Falopio había descubierto cómo eran en realidad las entrañas femeninas, las que sirven para quedarse preñada, incluyendo unos extraños tubos o «trompas». A este respecto, me mostró unas ilustraciones que me causaron cierto espanto, pues no podía yo ni imaginar que las hembras llevásemos tales cosas dentro del cuerpo.

También me sacó a colación a cierto Ambrosio Paré, un francés que había desarrollado la «versión podálica». Aunque el nombrecito se las traiga, es el efecto de meter la mano dentro de la parturienta, agarrar al niño del pie y darle la vuelta para hacerlo quedar cabeza abajo. Ni que decir tiene que esta explicación, preñada como yo estaba, me puso un mal cuerpo que no puedo ni describir.

Decidido a seguir adelante con aquello, mi esposo se hizo con algunos libros y se aplicó a estudiarlos con gran interés. De entre esos, quiso que yo leyera uno que tenía por título *Diez privilegios para mujeres preñadas*. Lo había escrito un tal profesor Ruices de Fontecha, que había sido catedrático de Medicina en la universidad de nuestra villa. En especial, insistió en que repasara el privilegio octavo. Puedo asegurar que, desde entonces, no hay texto que yo haya releído más veces ni con más provecho a lo largo de mi vida, hasta el punto de llegarme a aprender de memoria buen número de pasajes.

El caso es que, antes de atender a otras preñadas, Enrique se despachó a gusto conmigo. Lo hizo a conciencia, como él solía, tanto en el embarazo como en el alumbramiento. Baste saber que tomó la costumbre de medirme la tripa y poner sobre ella el oído, y de hurgarme las partes con los dedos o con un espejito, por mucho que a mí me molestase aquello. Y, a veces, apuntaba después no sé qué cosas en sus papeles.

El parto fue un calvario, más aún de lo que suele serlo. Pues él no me permitió cambiar de postura en todo lo que duró. Y eso que yo quería ponerme de pie, o pasear, o sentarme un rato, porque intuía que así serían más llevaderos los dolores; pero él no me dejaba, empeñado en que me quedara acostada en la cama porque era la posición que más le convenía. Para colmo, su señora madre no hacía más que reprenderme porque, según ella, todo lo hacía yo mal. Supongo que ya se le había olvidado que, las más de las veces, la cuitada de la parturienta no hace lo que quiere, sino lo que buenamente puede, porque en esos momentos el cuerpo le pertenece para sentir en él los empujes y el sufrimiento, pero no para manejarlo a voluntad.

En resumen, así fue como, tras un día cumplido de gritos

y martirio, llegó mi pequeño Joaquín. Cuando me lo pusieron al pecho, ya lavadito y fajado, no puedo decir que se me olvidara el dolor sufrido, pero sí que lo di por bien empleado. Aun siendo amarillento y arrugaducho, me pareció la criatura más hermosa que nunca hubiese venido al mundo.

Eso sí, reconozco que me alegré de que fuese varón para que, en el futuro, no tuviera que sufrir aquel suplicio que aún me seguía torturando las carnes.

Mi Enrique, cómo no, se salió con la suya. Como añadido a la barbería, se dio también al arte de partear. Esto lo hacía acompañado siempre por mí, dándome él las instrucciones para que yo me encargase de los palpamientos y de remirar las partes, para no despertar recelos de las preñadas ni de sus hombres.

Contra lo que yo pensaba, sí había familias dispuestas a emplear a un cirujano varón antes que a una partera. Eran esas que, al igual que mi Enrique, tenían a las comadres por patanas vulgares e ignorantes, por charlatanas y brujas, capaces de aojar al niño y a la madre con sus conjuros. Además, dábase la circunstancia de que eran casas con dineros, pues no es igual pagar a una de aquellas que a un barbero con sus estudios y su examen y todo su aparato, aunque ambos vengan a hacer lo mismo.

Estando así las cosas, cuando llevábamos ya como un año de haber empezado con aquello, se produjo un suceso que me dejó afectada. Recuerdo que caía la tarde. No había clientes en la barbería y yo estaba limpiando bacías, lancetas y paños en el cuartito de atrás. Entonces me llegaron voces del local. Una de ellas era la de Enrique. La otra, de mujer, sonora y grave, como varonil. La reconocí al instante, pese a haberla oído solo una vez. Era la de la matrona Rafaela Márquez, a la que yo había espiado cierto día en el convento encogida en un hueco oscuro, con la oreja apretada contra un panel de madera.

De eso hacía quizá unos seis años, pero tenía tan presente aquella conversación, el tono y las palabras de aquella mujer, como si lo hubiese oído esa misma mañana. Sentí un escalofrío, igual que si se me apareciera un difunto que, al tiempo que me espantaba, me traía recuerdos muy queridos.

—No es cosa lícita lo que hace vuestra merced —estaba diciendo ella— y me encargaré de que se sepa.

Comprendí que había venido a reprochar a Enrique su dedicación a los partos, pues aquel era trabajo que le correspondía a ella, así que la intrusión de mi esposo la perjudicaba. Me enjugué las manos en el mandil y me encaminé aprisa hacia ellos.

—Claro que es lícito, señora mía —replicó mi esposo, con un tono desdeñoso que convertía el tratamiento de cortesía casi en un insulto—. Aún más, haría un gran servicio a nuestra villa el que, desde ahora, se ocupasen de estas cosas hombres leídos y estudiados, no mujeres sin título ni formación.

—La formación la dan los años y la buena práctica —replicó ella—. Y en cuanto a esos títulos, sabed que los tuvimos antaño, pero que los perdimos al poco a causa de hombres como vuestra merced.

Con el paso del tiempo, he venido a saber que eso es cierto. Hace unos dos siglos, existían ordenanzas por las que, antes de ejercer su oficio, las parteras tenían que pasar una prueba frente a los alcaldes de las villas. Luego llegaron nuestros buenos Reyes Católicos y crearon el Tribunal del Protomedicato, para que en él se examinaran los médicos, cirujanos y matronas. Entonces los primeros aprovecharon para darse a sí todos los títulos, incluidos los del oficio de partear, sin reconocer a las comadres que lo solicitaban. Así, reinando Felipe II, abuelo de ese otro Felipe que nos gobierna, se prohibió que las parteras recibiesen título del Protomedicato.

En esas seguimos. Por eso ahora no hay diploma que atestigüe si la matrona sabe bien su oficio o no es más que una de esas charlatanas que tan mala fama dan al negocio. Aunque, bien pensado, también entre los médicos los hay curadores y matasanos, por mucho que todos ellos hayan pasado su dichoso examen. Y es que las malas usanzas de unos pocos no debieran desacreditar a toda la profesión.

Pero me vuelvo a mi historia. Después de que Rafaela dijese aquello, mi Enrique, sin dejar su tono arrogante, le contestó:

—Eso que llamáis «buenas prácticas» no son tales, sino bobadas y supersticiones de viejas, pasadas de boca en boca por mujeres ignorantes. Si de veras queréis practicar como es debido, aprended de los médicos y hombres leídos, que sí conocen la naturaleza de la mujer y saben de lo que hablan.

—Bien decís —respondió ella. No esperaba que le diese la razón a mi esposo, y menos en aquello, y quedé anonadada. Pero enseguida añadió—: No lo niego, bien está aprender de quien sabe. Es así que vuestros señores médicos, cuando hablan de la preñada, la parturienta, la puérpera y el recién nacido muchas veces dan como suyas cosas sacadas de las comadres. ¿De dónde creéis, si no, que viene lo de usar cornezuelo de centeno para acelerar el parto cuando este se tarda demasiado? Y aun puedo poneros otros ejemplos. —Aquí alzó la voz, e imaginé que Enrique había hecho ademán de interrumpirla, como acostumbraba a hacer conmigo—. Eso sí, los señores médicos las dan como invenciones suyas, sin decir de quién las han tomado porque sería desdoro para ellos confesar que les vienen de «brujas» o de «mujeres supersticiosas e ignorantes».

A todo esto, yo había llegado hasta el quicio de la estancia donde ellos discutían. Allí vi a Rafaela Márquez por primera vez. Era una mujer contundente: de grandes hombros, grandes pechos y caderas, grandes brazos, grandes manos; de pelo muy oscuro, fuerte y abundante en la cabeza, en las cejas, en los antebrazos desnudos. El gesto, enérgico; los ojos, fieros. La cara, redonda, de facciones marcadas, con nariz y labios carnosos que transmitían firmeza.

—¿Cómo os atrevéis? —A Enrique se le veía furibundo—. ¿Es así como embaucáis a las incautas de vuestras clientas, con ficciones y embustes? Y después les sacáis los dineros con vuestras bizmas y bebedizos, que en unas ocasiones no tienen siquiera efecto y, en otras, aun les empeoran las dolencias.

—Preguntad a mis clientas. Ellas os dirán que mis remedios sí les funcionan. Pues mis recetas vienen de la tradición antigua y están mejoradas con la práctica. En cuanto a los dineros, ya os digo que apenas cuestan unas blancas. No como los polvos y aceites de los barberos, que se tasan a precio de oro aun estando hechos con ingredientes de poco o ningún valor.

Doy fe de que esto último es cierto. Pues yo había aprendido a fabricar los potingues del negocio y sabía de qué se componían. Para curar llagas y heridas usábamos, por ejemplo, aceite de Aparicio elaborado con romero, resina de lentisco en polvo, hierba de San Juan, aceite de oliva, trementina y resina de enebro, lombrices de tierra e incienso para darle olor. Y se vendía bien caro. Tanto que incluso hay proverbios al respecto. Por eso cuando algo es muy subido de precio se dice que es «caro como aceite de Aparicio».

Para cerrar las heridas de las sangrías aplicábamos algo que también costaba sus buenos cuartos. Era el famoso «polvo de cirujano», cuya composición guarda en secreto cada barbero, pues la receta varía según la familia, pasándose de generación en generación. La nuestra incluía cuerno quemado de ciervo, sangre humana seca y molida, piel de liebre y polvo de estiércol de mula.

Volviendo al tema, allí estaba yo en la puerta mirándolos discutir, pero sin que ellos me vieran de acalorados que estaban.

—¡Por Cristo, que nos os falta desvergüenza! Mucha os sobra, de hecho, para platicar así sobre cosas de las que no tenéis ni idea —arremetió Enrique—. Mas yo os diré algo: que las comadres rompen por dentro a la parturienta con sus costumbres bárbaras. Es cosa sabida que, cuando el niño viene mal colocado, golpean y empujan y estrujan la tripa, tumbándose incluso sobre ella, arrancando a la mujer grandes gritos y dañando a la criatura que está dentro.

—También os diré yo algo: que los cirujanos rompen a la mujer por fuera. Es cosa sabida que les gusta demasiado usar lancetas. Así, cuando el niño viene mal puesto, abren la tripa a la parturienta, aun cuando no sea necesario y puedan usarse otras formas, dejando que las cuitadas se desangren como cerdos en la matanza. Solo que esto no es considerado por ellos «costumbre bárbara», sino «ciencia». Porque a los señores les encanta convertirse en protagonistas y olvidan algo que nosotras tenemos presente siempre: que lo primero es la paciente, no el médico.

Me resulta difícil explicar lo que sentía yo al oírlos. Solo puedo decir que era algo similar a que me sujetasen cada brazo con una cuerda y que luego estirasen en sentidos contrarios; un dolor parecido al de partirme en dos, solo que dañándome no las carnes, sino por dentro.

Para colmo, ninguno cejaba, ni parecía dispuesto a parar. Se me antojaba que seguirían así hasta el fin de los tiempos o hasta que, alertados por los vecinos, apareciesen por allí los alguaciles. Lo que, más o menos, venía a tardarse lo mismo. Y ellos, dale que dale. El uno, con que las matronas eran brujas; la otra, con que los cirujanos, carniceros.

—¡Ya basta! —grité, sin poder contenerme más—. ¡Basta de discusión, basta de insultos! ¿Qué buscáis con tales voces y alaridos? ¿Que os oigan en la calle, y aun en la villa entera? Porque en esta disputa no sale bien parado ninguno de los dos.

Callaron ambos, volviéndose hacia mí. Juro por lo más sagrado que no recuerdo el gesto de mi esposo pero que no olvido, ni olvidaré nunca, la mirada de Rafaela Márquez y el modo en que esos ojos oscuros, furiosos y encendidos, me entraron por debajo de la piel, como si me quemasen las entrañas.

—Esto no quedará así, señor Enrique Salcedo —rubricó ella, dando por zanjada la discusión—. No os salgáis de vuestras bacías para remojar barbas, ni de vuestras sajaduras y sanguijuelas. No os corresponde a vos atender partos, que es oficio que requiere de cuidados bien diferentes y debe dejarse a las entendidas en tales materias.

Señaló hacia el cartel colgado a la puerta del establecimiento, que se entreveía a través de la celosía de la ventana. Era la insignia que la ley establecía para la profesión de mi esposo: la mano levantada goteando líquido rojo, con la sangradera bajo ella.

—Ese es vuestro cometido, no otro. Si insistís en partear, sabed que os denunciaré ante el concejo y la Iglesia.

Enrique se mantuvo bien erguido, como si aquella amenaza no lo inquietase ni una migaja. Hasta apuntó una sonrisa socarrona.

—¿Y si quisiera denunciaros yo, señora? —preguntó escupiendo desprecio en esta última palabra—. ¿Cómo sé de vos, o dónde hallaros? Puesto que conocéis mi nombre y mi casa, justo sería decirme los vuestros.

Ella asintió.

—Podéis encontrarme sin problemas, soy bien conocida en la villa. Me llamo Rafaela Márquez y vivo en la calle que llaman de Becerras, llegando ya a la puerta del Vado.

Se despidió con la mayor sequedad, saliéndose de la vivienda con sus andares recios y firmes. Al verla marchar, me quedó un regusto extraño. El recuerdo de aquella mujer me había acompañado durante años. No el recuerdo de su aspecto, porque nunca antes la había visto, sino de su voz y sus palabras, y el eco que me habían creado por dentro.

Ahora la veía desaparecer de verdad. Aunque en apariencia no se llevase nada, me dejó con la sensación de que, al irse, me despojaba de algo importante.

Clara

Las cosas no fueron mal al principio; todo lo contrario. Luis de Santarén me desposó y me llevó a su casa. Yo estaba encantada con mi marido, tan joven, animoso y gallardo, y con su hogar, más amplio, vistoso y bien compuesto de lo que cabía esperar en alguien de su condición.

Resultaba evidente que Luis no se empleaba solo como escribano. Andaba metido en cien negocios, muchos de los cuales requerían de papeles y escrituras nada claros. Nunca me explicó en qué consistían, ni yo insistí en averiguarlo. Me bastaba con saber que, según decía él, no habrían de causarnos problemas con la justicia.

—Hay hombres que temen a las corrientes turbias —comentó una vez, con esa sonrisa socarrona que le ponía hoyuelos en las mejillas—. Pero quien sabe nadar en ellas puede atravesarlas sin perjuicio alguno. Y salir de ellas más limpio y perfumado que aquel que se zambulle en agua clara.

También declaraba que la justicia es caprichosa, como la suerte, y que no favorece a quien la teme, sino a quien sabe cómo emplearla. Aunque me encomendaba que yo no revelase esto a nadie, ni siquiera a Ana ni a Franca. Pues las palabras las arrastra el viento adonde uno menos se espera, y no convenía que estas llegasen a oídos de su patrono, el procurador Bartolomé de Alcocer.

Me aseguraba que contaba con valedores importantes. Que, Dios mediante, pronto conseguiría un empleo de mayor mérito. Y que este, a su vez, le llevaría a negocios más lucrativos.

—Tendrás tu estrado de recibir. Ya lo verás, vida mía —me susurraba—. Las mujeres de la villa te respetarán y envidiarán, como te mereces.

Cuando me decía cosas como aquellas, se me encendía el vientre. Y él lo sabía. Me venían ganas de recibir sus besos y sus caricias, de darle los míos. Me gustaba que me apartara las ropas, quitárselas yo a él, que se metiera en mí y me llenase, que me galopara el corazón, que se me fundiesen las entrañas por el roce hasta llegar casi al desmayo.

Luis se desvivía por complacerme. Yo le respondía con la misma moneda. Además, lo hacía con agrado. Las tareas de la casa eran llevaderas, pues tenía a mi cargo a unas chiquillas, dos hermanas de siete y nueve años de edad. Como es costumbre en las familias necesitadas, el padre nos las había entregado como sirvientas a cambio de comida, vestido, cama y de unas pocas monedas de salario, con las que ellas irían formando su dote. De día se encargaban de las faenas más duras; de noche dormían en jergones extendidos junto al fuego de la cocina.

Ambas se llamaban de igual modo, María López, pues, al parecer, la familia consideraba un quebradero de cabeza ponerse a buscarles nombres distintos. Algo que, como se sabe, sucede a veces en las casas pobres. Se considera que los hijos varones traen prosperidad mientras que las hijas suponen una carga. Tanta que, en algunos hogares, ni merecen que se las diferencie de sus hermanas.

Me dio por llamar Marita a la mayor y a la pequeña, Maricuela. Ya que las pobres no tenían siquiera nombres distintos, que al menos lo pareciese.

Así, me vi como señora de aquella casa, lo que me agradaba mucho. Cada día tenía que lidiar con cien problemas, de esos que a los hombres se les antojan minucias, pero que no lo son. Se necesita empeño y buenas mañas para sacar adelante los negocios del hogar, tener la casa limpia y vistosa, la mesa bien surtida. Y artes variadas para tratar con el enjambre de mercaderes, artesanos, prestamistas, recaderos, mozos de carga, lavanderas, pedigüeños y acreedores que pululan por todo hogar de buen nombre.

Luis y yo sabíamos que, de puertas adentro, las penurias quedan en secreto; que lo fundamental es lo que se aparenta de puertas afuera. No importaba mucho tener la olla aguada ni el pan correoso si eso pagaba vestidos y adornos que lucir en público. Eso sí, cuando era menester agasajar a personas de calidad con las que mi esposo tenía negocios o esperaba tenerlos, no se ahorraba en luces, viandas ni vino, aunque luego hubiéramos de quedar a oscuras y comer sopa de ajo durante un mes para compensar el dispendio.

En estas ocasiones, él me hacía participar en la velada. Mientras muchos prefieren tener a sus mujeres encerradas a cal y canto, él estimaba que una esposa galana, que además se comporte con gracia y donaire, puede resultar de gran ayuda. Hay hembras cuya presencia ablanda el corazón del varón; y le turba el ánimo de modo que este se aviene a cerrar negocios en mejores condiciones para el marido, con tal de contentarla a ella.

A tal efecto, me tenía contratado un profesor de vihuela para que me instruyese en tañerla con suavidad y dulzura. Y me tenía pedido que en tales convites no vistiese yo los corpiños más elegantes, pues aplastan con dureza el pecho dejándolo plano y borrado bajo las ropas. Prefería que llevase sayuelos muy bajos de escote, de esos que exhiben buena parte del busto y lo ponen como en escaparate, por así decir; de modo que los senos bailen con la risa o se eleven al ritmo de la respiración.

—Tú eres la joya principal de mi casa. Quiero que todos lo vean —me decía.

Me traía engalanada como una dama de calidad, con mis chapines adornados, mis buenos vestidos y alhajas, mi manto bordado, mi verdugado. Notaba las miradas sobre nosotros cuando salíamos a la plaza, a la iglesia, al teatro. Pues también Luis era joven y garrido, y se acicalaba con elegancia.

Yo daba gracias a los cielos, no lo niego. Tenía buena parte de aquello con lo que siempre había soñado. Tan solo echaba en falta una cosa, algo que me dolía a los ojos cada vez que entraba en la sala de recibir. No había allí un estrado como el de las damas distinguidas o de las que, aun sin serlo, las imitan.

Pero todo se andaría.

Lo de atraer las miradas me placía de veras. Aunque tenía sus desventajas, no vamos a negarlo. Una de ellas, los piropos y atenciones de los señores estudiantes, que tanto abundan en una villa universitaria como la nuestra. Asunto que, por cierto, no resulta baladí; pues siendo ellos hidalgos y miembros de grandes familias, no es cosa de responderles con la misma impertinencia que ellos emplean con los vecinos complutenses.

Ana, siempre cargada de razón, probó a darme su remedio para el caso:

—Para los tales no hay mejor medicina que ignorarlos —rubricó, toda bachillera, como si yo necesitara sus lecciones—. Si te alargan la mano, como suelen, se la golpeas con el abanico si es verano; si es época fría, con la poma de olor. Que la zona de los dedos es delicada, y ellos deben cuidarla para escribir sus lecciones. Así, aunque no vayas a hacerles más daño que un tábano, verás que enseguida te dejan tranquila.

¡Válgame el cielo! ¿Cómo esperaba que yo hiciese cosa tan vulgar? Bien estaba que ella se comportase como una verdulera del mercado, si así le placía. Pero yo, con mis hechuras y atuendo de señora, no podía rebajarme así.

Pronto me vi en el caso de tener que aplicar remedio a tal situación. Esta vino a cargo de Carlos Ortiz, que así se llamaba el profesor que Luis había contratado para enseñarme a tañer la vihuela. Tenía unas manos largas y ágiles, que movía con elegancia sobre las cuerdas, aunque el resto de él fuese chato y más bien torpe de movimientos. El otoño de la vida lo había alcanzado: el pelo se le iba cayendo como las hojas de una higuera. Con todo, vino a mostrarme que el pasar de los años no garantiza adquirir buen tino.

Yo ya había notado que empezaba a mostrar una sonrisa boba y me miraba como atontado. El remate llegó el día en que, so pretexto de enseñarme una copla nueva, me cantó:

> *Ojos claros, serenos,*
> *si de un dulce mirar sois alabados,*
> *¿por qué, si me miráis, miráis airados?*
> *Si cuanto más piadosos,*
> *más bellos parecéis a aquel que os mira,*
> *no me miréis con ira*
> *porque no parezcáis menos hermosos...*

Tengo por cierto que hasta las palabras más bellas y mejor concertadas dejan de serlo cuando se pronuncian con engañosa intención. Aquel era, sin duda, el caso, pues la entonación y la mirada revelaban a las claras que el propósito de tales frases no resultaba nada inocente.

Tanto que incluso Marita, que se sentaba a mi lado durante las clases para que yo nunca estuviese a solas con el músico, levantó la vista de su labor de aguja. Cosa, de por sí, señalada; pues siendo ella la mayor de las dos hermanas, también resultaba ser la más distraída, y parecía que anduviera siempre con la cabeza por los montes de Toledo. El hecho de que aun ella, estando concentrada en la costura, alcanzase a percibir el verdadero objeto del requiebro resultaba muy significativo.

Si hubiera seguido los consejos de Ana, me habría tocado responder pinchando a aquel descarado con la aguja de Marita, o asestándole un golpetazo con mi vihuela. Pero ya digo que esos remedios son tan poco distinguidos como comer algarrobas a puñados. Me tengo por persona refinada, que anda muy por encima de tales métodos.

Así que, por respuesta, me puse a tañer las cuerdas. Sobre la música de una copla muy conocida, improvisé una letrilla sobre cómo el señor Juan de Guzmán había cenado unos días antes en aquella misma estancia y el honor que suponía tenerlo por patrono y valedor de nuestra familia.

Eso hizo que al musiquillo se le mudase la color. En la villa todos conocían aquel nombre. Era el patriarca de un linaje poderoso, al que convenía no contrariar. No digo más, sino que su opinión pesaba en el concejo, que tenía mano con los alcaldes y hasta con el mismísimo señor corregidor. Corrían rumores de que su brazo se extendía incluso hasta la Corte.

Era persona de calidad, ya lo creo. Tanto como para que su sola mención amedrentase a muchos. Cualquier familia bajo la protección de don Juan de Guzmán podía estar segura de que se vengaría con dureza cualquier agravio realizado contra ella, por nimio que fuese.

La respuesta no se hizo esperar. El músico empezó a desgranar un rosario de excusas y disculpas.

—Os ruego me perdonéis, señora. Temo no haber sabido expresarme —lanzó estas y otras razones con tono pesa roso, para concluir diciendo—: Os aseguro humildemente que vuestra persona me merece el mayor de los respetos. Espero que no hayáis confundido mis intenciones...

—Me basta con que vos no hayáis confundido las mías.

Así quedó el asunto, zanjado de raíz.

Por supuesto, el cuitado me encareció que no mentase nada de aquello a mi esposo. Vaya si lo hice. Lejos de enojarse, Luis me escuchó con expresión divertida.

—¡A fe mía...! Ya me hubiese gustado estar ahí para ver la cara de ese desvergonzado.

—No es menester. Ya te muestro yo —respondí, realizando una imitación que le arrancó una carcajada.

—Te prometo que voy a llegar lejos, ya lo verás —contestó—. Tanto que, algún día, don Juan de Guzmán sí vendrá a sentarse a nuestra mesa.

Pues la verdad era que el tal nunca había entrado en nuestro hogar. Luis tenía algún negocio con él, cierto. Aunque no gozaba de tanto crédito ante el señor de Guzmán como para que él nos honrase con una visita.

Pero mi esposo miraba el mundo con la vista siempre dirigida a las alturas. Me aseguraba que pronto dejaría atrás a su actual patrón, el procurador Bartolomé de Alcocer; que este era un hombre insignificante, sin ingenio ni ambición suficiente para conseguir grandes cosas.

—Vendrán tiempos, vida mía, en que los Guzmanes frecuenten nuestra casa. Todos en la villa sabrán que gozamos de su favor —añadió, con tanta seguridad como si pudiese ver el futuro escrito y rubricado en sus papeles—. Pero sabes que ese momento aún no ha llegado, ¿cierto?

—Yo lo sé. Pero el maestro de música no.

Por respuesta, Luis se echó a reír de nuevo. Ni él ni yo éramos conscientes de que sus palabras encerraban una profecía. Y estas no siempre se cumplen según lo esperado.

Una cosa sí diré: con todo lo que teníamos, nos faltaba algo importante. Algo que nos dolía dentro del alma y que, pese a nuestros esfuerzos, los cielos se negaban a concedernos.

No lográbamos que me quedase preñada. No por falta de empeño, que el ayuntamiento lo hacíamos con gusto y harta frecuencia. Era una de esas cosas que suceden así, sin más, y para las que no se halla explicación.

—Tú encomiéndate a Dios, hija mía —me decía el padre Cristóbal, mi confesor—. Pues, ¿acaso no hizo Él que Zacarías e Isabel concibieran, aunque eran ya ancianos y nunca antes habían engendrado? Considéralo así: otras ha habido con menos esperanzas que tú, y que al fin lo han logrado gracias a la misericordia divina, que todo lo alcanza. Piensa que tal vez los cielos te están sometiendo a una prueba. Esfuérzate y persevera. Cuida tu casa, obedece en todo a tu esposo; que tú eres de natural díscola y esa no es cualidad que convenga a una mujer.

Enrique, el marido de Ana, tenía distinta opinión.

—Nunca está de más rezar y encomendarse a los cielos. Pero esas cosas, de por sí, no bastan. Este es un mal reconocido en los tratados médicos, al que los físicos llaman «esterilidad uterina». Para curarlo, es menester usar mandrágora y servirse de sangrías bien aplicadas por un profesional.

Una cosa tenían todos en común. Suponían que la culpa era mía, por ser mujer, y que era yo quien debía dar solución al problema. En estos casos, se considera que el defecto siempre se encuentra en la esposa, nunca en el marido. Incluso Luis me lo repetía. Hasta que un día, ya harta, estallé:

—¿Qué te hace creer que soy yo la que falla? ¿Y si fuera cosa tuya?

Os hubiera espantado cómo le cambió el rostro. Nunca lo había visto tan desencajado, tan fuera de sí. Estábamos sentados a la mesa. Se levantó hecho una furia y pensé que se venía a pegarme. Pero, en vez de eso, agarró mi escudilla y la estampó contra el suelo, rompiéndola en pedazos.

—¡Maldita sea, mujer! ¿Cómo te atreves? —bramó—. ¡No vuelvas a decir eso, o te juro que no respondo!

Lanzó una retahíla de imprecaciones que no voy a mentar aquí, mezclando santos y demonios. Como remate, dio un puntapié a los restos de la escudilla y vociferó:

—¡Por de pronto, limpia esto! Hoy te quedas sin cenar.

Limpié, claro. Mejor dicho, me encargué de que lo hiciera Maricuela. No porque Luis lo hubiera ordenado, ojo, sino porque no era cuestión de dejar el suelo en ese estado, para que vinieran ratones, cucarachas y moscas. En cuanto a la cena, vaya si me la tomé. ¡Solo faltaba! Aunque de forma que él no lo viera, que aún quedaban buenos restos de olla en la cocina.

Porque no se diga, señalaré que puse de mi parte todo cuanto pude. Me encomendé al esposo de Ana y a sus métodos. Así, empezaron los benditos cocimientos de mandrágora, que me provocaban náuseas y me dejaban el cuerpo revuelto. Y las benditas sangrías, que, más que curarme, parecía que me quitasen la salud y las fuerzas.

Tan desmayada me dejaban, tan sin color, que Ana vino a alarmarse. Un día, estando conmigo durante el proceso, me soltó:

—Te diré una cosa, si prometes no mentarla. Los remedios de los cirujanos son de ayuda en otros casos. Pero dudo que sirvan de mucho para esto de empreñarse.

Yo, que para entonces había cobrado inquina a todo lo relacionado con sanguijuelas, lancetas y sangraderas, vi el cielo abierto ante tales palabras. Aunque, también es verdad, habría preferido que mi amiga no hubiese esperado semanas para revelarme aquello.

Nada dije al respecto porque se veía que a Ana no le resultaba fácil. Muy al contrario. Parecía estar luchando contra sí misma, como si aquellas palabras y los pensamientos que las acompañaban la estuviesen lastimando por dentro.

—Entonces ¿qué? —insistí—. ¿Qué debería hacer, dime? ¿Quedarme de brazos cruzados? ¡Valiente solución!

Ella bajó la cabeza, arrugó el ceño y apretó los labios, como si se reprendiese a sí misma por lo que estaba a punto de proponer.

—Hay un sitio... —contestó con voz queda, igual que quien revela un secreto vergonzoso—. Yo podría llevarte allí. Pero has de prometerme no decirle nada a mi Enrique, ¿me oyes? Te lo pido por lo más sagrado.

Así las cosas, ¿qué iba a hacer yo? Tras aquella advertencia, no me quedaba más remedio que ir a ver de qué se trataba.

El día señalado, Ana llegó a casa muy seria. Traía un

manto de lana oscuro, grueso y tupido. Pensé que lo había elegido por lo frío de la estación, pero enseguida me desengañé. Me puso como condición que pidiésemos un carruaje para el trayecto y que fuésemos con las cortinas cerradas, a fin de no ser vistas. Aún más: que al llegar al destino nos apeásemos tapadas, con el manto sobre el rostro dejando solo los ojos al descubierto.

El lugar se encontraba en la zona sur de villa, en un barrio de callejas estrechas, llenas de casas desconchadas y gritos procedentes de las corralas de vecinos. Mi amiga me guio hasta una pequeña vivienda de techo bajo, no lejos de la puerta del Vado. Se detuvo indecisa ante el batiente abierto.

—¿Has venido aquí otras veces? —le pregunté, extrañada por su vacilación.

—He venido. Pero nunca he entrado.

Así las cosas, opté por tomar la delantera. Golpeé con la palma de la mano la puerta abierta y penetré sin más en el domicilio. Cuando mis ojos se acostumbraron a la penumbra, me vi en una estancia modesta, atestada pero dispuesta con orden, bastante más limpia de lo que cabía esperar a tenor de la calle. Parecía una mezcla entre botica, cocina y despensa, con sacas, toneles, trébedes, paños tendidos, estantes llenos de tarros, ramilletes de hierbas colgados a secar, unos camastros similares a parihuelas...

Me salió al paso una mujer robusta, de amplias caderas, pechos enormes y brazos como los de un mozo de carga.

—Dios os guarde. Buscamos a la partera Rafaela Márquez —me lancé, recordando el nombre que me había dado Ana, ya que ella no parecía dispuesta a decir palabra.

La mujer me miró a mí. Luego, a mi amiga. Me pareció verle una mueca de desagrado.

—Soy yo misma —respondió con sequedad—. ¿Quién lo pregunta?

Me presenté y expliqué mi situación. Ella me escuchó y asintió en silencio; aunque, cosa extraña, mantenía los ojos clavados sobre Ana.

—¿Y el señor Enrique Salcedo no ha podido ayudaros en eso? —preguntó, con la sorna bailando en su voz ronca—. ¿Ni siquiera con todas sus artes de cirujano?

—No estamos aquí por él, sino por Clara —replicó mi amiga. Tenía un tono tenso y dolido, que casi no parecía suyo—. Su relación conmigo o con mi esposo debiera importaros un rábano. ¿No es eso lo que os comprometéis a hacer, asistir a las mujeres cuando más lo necesitan?

La partera se tomó un rato para sopesar esas palabras. Al fin, asintió con sequedad.

—Conozco una bizma que tal vez podría seros de utilidad. Tendríais que extenderla en un paño caliente y aplicárosla sobre el vientre y los riñones. Y dejaos de sangrías, que no ayudan nada en vuestro caso; más bien al contrario.

Me miró, a la espera de mi reacción. Ante mi gesto afirmativo, pasó a comunicarme el precio. Lo acepté sin regateos.

—Bien. Entonces, tomad asiento mientras la preparo.

Durante el tiempo que la comadre empleó en aquel menester, Ana se negó a acomodarse. Se movía nerviosa entre los cachivaches de la estancia, con los brazos arropados en el manto y cruzados sobre el pecho. Hasta la vi morderse los labios, como solo hacía cuando se encontraba realmente alterada. Me costaba comprender qué tenía aquella mujer para intimidarla tanto, cuando ella, de ordinario, no se achicaba ante nada.

Al cabo, la partera volvió. Llevaba en la mano un pequeño bulto envuelto en lienzo. Mientras yo rebuscaba en la faltriquera, Ana se armó de valor, se adelantó y se plantó ante la dueña de la casa.

—Debo deciros algo. Una cosa me está reconcomiendo por dentro. Mal que me pese, no sé a quién más acudir.

—No, señora mía —la cortó la comadre—. Voacé y yo no tenemos nada de que hablar.

Pero Ana no estaba dispuesta a cejar. Comprendí que llevaba tiempo queriendo visitar aquel lugar, dirigir la palabra a aquella mujer. Que, ahora que al fin había reunido el coraje para hacerlo, no iba a echarse atrás.

—Se trata de mi esposo —insistió—. Ya sabéis que practica el oficio de partear y que yo lo asisto en ello. Bien sé lo mucho que lo censuráis. Os aseguro que lo comprendo, pues ni yo misma lo apruebo. Pero ni vuestros reproches ni los míos servirán de nada. Así es como están las cosas, querámoslo o no.

La partera la miraba, con los ojos tan llenos de furia que tuve la impresión de que a punto estaba de tomar una escoba y echar a mi amiga de su casa, como se hace con una alimaña. Sin embargo, se contuvo; aunque saltaba a la vista que su esfuerzo le costaba.

Ana seguía hablando. Comentó que su Enrique no era perfecto, por mucho que él lo creyese. Que intentaba ayudar. Pero que a veces daba la impresión de no valorar en su justa medida la situación o el sufrimiento de las parturientas. Confesó que ella lo había vivido en carne propia y que tan solo deseaba evitar a otras mujeres angustias innecesarias.

—Esas cuitadas... —vaciló, sin saber cómo continuar—. Estoy segura de que vos podríais aconsejarme... Debe de haber mejor modo de hacer las cosas; algunas de ellas, al menos...

Rafaela Márquez tenía los puños crispados, los labios borrados de tanto fruncirlos. Era la viva imagen de la furia. Aun así, escuchó hasta el final.

—Este no es momento para discutir tales temas —zanjó entonces, con aspereza. Su voz parecía casi un gruñido—. Volved por aquí en un par de días y ya lo discutiremos.

Así quedó el asunto. Cuando salimos a la calle de Becerras y Ana se ajustó el manto para volver a taparse el rostro, vi que el pulso le temblaba.

Tardó un rato en decidirse a hablar. Cuando lo hizo, su voz también sonó estremecida:

—Dime la verdad... ¿No te parece que estoy, de algún modo... traicionando a mi Enrique?

La miré sin comprender.

—¡Válgame Dios! ¿Puede saberse de qué hablas?

Se lo pensó unos momentos, antes de volver a la carga:

—¿Crees que soy buena esposa?

—¿Qué pregunta es esa? Por supuesto que sí.

Dirigió la mirada a las alturas, no del todo convencida.

—¡Ay, chiquilla! ¡Los cielos te oigan!

Francisca

A poco de regresar a casa con mi esposo, volví a quedar preñada. Recé con todas mis fuerzas para que lo ocurrido en mi primer embarazo no se repitiera. Esta vez, los cielos me escucharon. Así, mi Juanín vino al mundo. Aunque yo estaba enflaquecida, él nació hermoso como un querubín.

Ese día lloré como nunca antes. No a causa del dolor del parto, eso no. Eran lágrimas de miedo, impotencia, desesperanza. No quería que mi pobre niño sufriera lo que yo, pero no sabía cómo evitarlo.

Pero sí tenía claro que aquella criatura era mía, solo mía. Pues ya intuía que mi esposo no trataría a nuestro hijo como debe hacerlo un padre.

En esa ocasión, Ana estaba conmigo. También mi casera, Catalina, y su hija Beatriz. Mi amiga se quedó a mi lado tomándome de la mano.

—Quiero que Enrique y tú seáis los padrinos —le rogué—. No dejéis que Jerónimo se lo quede. Si algo me ocurriera...

—Calla, mujer. Lo haremos de mil amores, ya sabes que

estamos encantados de ayudarte con el crío. Pero no pienses que tú has de faltarle, ¿me oyes? De eso, ni hablar.

Beatriz se había llevado las toallas manchadas mientras su madre se ponía a lavar a mi pequeño. Supongo que no imaginaba que yo pudiera oírla. Pero Dios quiso lo contrario. Tras hacer la señal de la cruz sobre el bebé, la buena mujer musitó:

—Llora, llora, criatura, a ver si a ti los cielos te escuchan. Pide ayuda al Señor, que no sabes lo que te espera en casa.

Jerónimo había prometido enmendarse. No lo hizo. Comprendí que nunca me perdonaría el haber huido de casa, aun si luego acepté regresar.

Lo enfurecía que yo hubiese llevado el caso ante la justicia, haciendo públicas sus monstruosidades; y que, en respuesta, el señor vicario de la Audiencia Arzobispal le hubiese ordenado tratarme como convenía a un buen marido, sin inquietarme ni ponerme las manos encima.

Aunque lo que más lo sulfuraba era que le hubiesen amenazado la bolsa; que, si volvía a las andadas, pudiesen desterrarlo de la villa durante un año y hubiese de pagar una cuantiosísima multa de cien ducados.

Mandaba al diablo a «toda la clerigalla», al infierno a «los golillas y corchetes». En su mente desquiciada, ellos traían el mal a nuestra casa. Se veía a sí mismo como un hombre que actuaba según su derecho. *Ellos* ejercían la violencia. Ellos, y solo ellos, cometían los atropellos.

—¿Aún creen que pueden robarme los dineros? ¡Que lo

intenten! —aullaba—. Que venga aquí el señor corregidor en persona, si se atreve, que sabré recibirlo como se merece.

Otras veces, con el aliento agriado por el vino y los ojos como encharcados de sangre, arremetía contra mí.

—¿Qué tienen que decir ellos en este asunto? ¡Es mi casa, solo mía! ¡Tú los has traído aquí, bellaca! ¡Maldita seas, y malditos los hijos que has parido! —Mientras bramaba esas cosas, me daba patadas y puñetazos. Si conseguía zafarme, me arrojaba cualquier cosa que tuviera al alcance de la mano—. ¡Esa gente no te conoce, zorra! Pero yo sí. ¡Y sé muy bien cómo hay que tratarte!

En cierta ocasión, con la excusa de ir a cuidar unas huertas que teníamos en Torrejón de Ardoz, se marchó de casa y estuvo fuera durante más de dos meses. En todo ese tiempo, no envió ni una mísera blanca para que el niño y yo pudiéramos costearnos un mendrugo de pan. Llegué a enfermar de gravedad y, de no ser por la caridad de mi casera y mis amigas, tengo por cierto que me habría despedido de este mundo, de tan desfallecida como me sentía.

Me convencí entonces de que, a menos que las cosas mejorasen, ninguna vida podría crecer a salvo en mi vientre. Ni tampoco sentirse segura si alguna vez llegaba a ver la luz. Eso me angustiaba de un modo que no puedo describir. Pues los cielos habían querido que en ese tiempo volviera yo a estar preñada.

Mi pequeña Mari llegó a este mundo unos meses después. La bautizamos enseguida, con Clara y Luis como padrinos, igual que Ana y su Enrique lo eran de Juanín. Recé por que su venida ablandase el corazón de Jerónimo, de modo que su comportamiento cambiase. Poco tardé en convencerme de que no sucedería así.

Nada de lo ocurrido había servido para escarmentar a esa bestia carnicera que era mi esposo. Muy al contrario. Una noche, más enloquecido y rabioso que nunca, se lanzó sobre mí con saña asesina.

—¡Voy a matarte, puta! ¡Irás al infierno de cabeza, como te mereces!

Lanzaba tan terribles alaridos como si quisiera que lo oyeran los cielos y los infiernos. También yo grité, pidiendo auxilio. Tanto que, con el clamor, se alborotó la calle entera. No solo acudieron nuestra casera Catalina y su hija Beatriz, sino también el señor cura don Andrés, que vivía unas pocas casas más abajo. El buen sacerdote se había cuidado de traer consigo a algunos vecinos; entre todos lograron reducir a Jerónimo, que parecía poseído por una legión de demonios. Lo arrastraron a su dormitorio y se quedaron guardando la puerta hasta que él, agotado de aullar atrocidades empapadas en alcohol, quedó dormido.

Ana se presentó en casa enseguida, apenas supo de lo ocurrido. Como siempre hacía en tales casos, venía cargada de vendas y ungüento blanco.

—Esto tiene que acabar, Franca —me dijo muy seria—. Tú y los niños no podéis seguir con ese energúmeno.

Por entonces mi pequeña Mari vendría a estar cerca del año de edad. Era una criatura frágil, pues mi leche, consumida como yo estaba, no tenía cuerpo y no alcanzaba a engordarla como es debido.

Las cosas tenían que cambiar, cierto. Beatriz, la hija de

mi casera, vino a hacérmelo saber aquella misma noche. Pasó la madrugada en mi habitación, por si a Jerónimo se le ocurría regresar. Pero su expresión mostraba a las claras su disgusto y tenía el gesto torcido.

—Hasta acá hemos llegado —declaró tajante—. Cada día que pasa tengo más miedo por mi madre y por mí misma. La cosa se agrava más y más, Dios sabe que sí. ¿Quién nos dice que una mala noche el bestia de tu esposo no se viene a zurrarnos a nosotras? Tienes que irte de nuestra casa y llevártelo contigo.

Así pues, no me quedó otro remedio que marcharme. Gracias a los cielos, no hube de quedarme en la calle. En pocos días me había mudado a otra vivienda muy cercana, la del señor cura don Andrés González, el mismo que se había venido a ayudar la noche en que Jerónimo amenazara con matarme. Era pariente cercano de mi confesor, don Cristóbal, que me había emparejado con mi esposo. Así que aquel buen sacerdote conocía mi situación y se mostró más que dispuesto a ayudar.

—Sabed que os tendremos en nuestras oraciones —me dijo mi antigua casera, Catalina, el día en que salí de su hogar.

Ana, que a la sazón me acompañaba, masculló:

—Menos rezar y más hilar el copo. Así querrá la gente que las cosas mejoren. —Meneó la cabeza, disgustada a las claras—. Nada cambiará mientras todos, en lugar de intentar arreglar el problema, se contenten con que se vaya adonde no les afecte.

Mi amiga estaba en lo cierto. La solución no está en empujar las miserias con la escoba hasta la puerta vecina. Es gran yerro creer que los abusos desaparecen cuando ya no se producen ante nuestros ojos. Hay injusticias que suponen una mancha para todos, por mucho que se den en carne ajena.

Yo, por cierto, sí tenía intención de que las cosas cambiasen. Había decidido que en nuestra nueva casa todo sería distinto. Jerónimo se envalentonaba cuando a su alrededor solo había mujeres; así pues, me encargaría de que hubiese varones. No uno, sino varios. Todos ellos, en esa edad en que el vigor permite plantar cara frente a los abusos de la fuerza.

Mi nuevo casero, el señor cura don Andrés, se mostró más que conforme cuando le expliqué mis planes. Tenía una casa grande, partida por un patio con su huerta y su establo. Él vivía a uno de los lados mientras que a nosotros nos había reservado el otro, más oscuro y frío, pero también más espacioso. Allí había lugar suficiente para poner habitaciones de huéspedes.

En una villa universitaria como nuestra Alcalá, nunca hay carencia de estudiantes en busca de alojamiento. Sobre todo, teniendo en cuenta que no todos los pupilajes ni viviendas de camaristas dan buen trato a los que allí residen. Corren mil historias sobre dómines tan avariciosos que menguan las raciones hasta el punto de que, con ellos, todos los días son de ayuno. O de amas tan perezosas para las faenas del hogar que tienen la casa sucia, a los inquilinos, mal remendados y peor vestidos, en cuya olla escasea la carne y hasta los garbanzos y que, además, son maestras en hurtar los dineros ajenos de mil maneras.

Así las cosas, no son pocos los que andan mudándose cada poco, en busca de un lugar en que sentirse mejor cuidados. El señor cura don Andrés, que conocía bien cuanto conviene a los estudiantes, me aconsejó sobre las normas que debían regir en mi casa. Los inquilinos tenían que llevar vida honesta y recogida, así como cumplir con sus deberes religiosos. La puerta se cerraba al anochecer. No se consentían en la casa juegos de naipes ni dados; ni, aún menos, mujeres sospechosas. Tendrían su ración de carne en el almuerzo y en la cena, y pescado los días de vigilia, así como pan bien sazonado y vino en cada comida. La casa, limpia. La ropa, bien lavada y cuidada, de modo que nunca se viese sucia, rota ni descosida.

Como quiera que yo me esforzaba por cumplir tales cosas, aun a fuerza de grandes trabajos y desvelos, y que trataba a los inquilinos con esmero y amabilidad, enseguida vine a tener cubiertas todas las camas. Mucho me ufano de que ninguno de mis huéspedes se marchase jamás en busca de mejor aposento, a no ser alguno que, habiendo completado los estudios, abandonase la villa.

Y eso que la presencia de Jerónimo no era plato de gusto para nadie. Para sacar adelante las faenas, yo me había buscado una sirvienta, María Maráñez, que debía de andar ya por los cuarenta años de edad. Mi esposo no ahorraba insultos hacia ella, ni hacia mí por haberla contratado. Ni una sola vez se dirigió a la cuitada por su nombre; no cesaba de llamarla «vieja», «rancia», «pasa arrugada» y otras lindezas por el estilo.

—¡Voto a tal! Ni agenciarte ayuda sabes —me espetaba, cargado de desprecio, sin importarle que la pobre estuviera delante—. No podías buscarte una moza joven, no. Tenías que elegir a esta, que tiene ya un pie en la tumba. ¡Cuerpo de Cristo, si hasta da vergüenza verla!

Ni siquiera intenté explicarle que, en mi situación, no podía aspirar a una muchacha joven. Pues estas, de lo solicitadas que están, aun se permiten el lujo de elegir dónde servir y huyen de casas como la mía: con niños pequeños, con varios hombres jóvenes a los que asistir, con escaleras, sin pozo... Y, para colmo de males, con un amo de la condición de Jerónimo.

Como yo estaba acostumbrada a las malas condiciones de los cuartos de Catalina de Molina, dejé a mi marido la cama grande del mejor dormitorio. Me puse otra en altillo, la parte más fría y con más corrientes de la casa, donde dormía con los niños y la sirvienta. Así, a veces me evitaba que él subiera, sobre todo cuando llegaba tan borracho que tropezaba con su sombra.

Pronto quedó claro que mi esposo no estaba dispuesto a tratar bien a los estudiantes, por mucho que ellos, con el pago de su alquiler, trajesen a casa los dineros y la comida que él me exigía a base de insultos y golpes. Eso me costó más de un disgusto, pues yo tenía que acrecer mis esfuerzos para mantener contentos a los huéspedes. Sobre todo, al maestro Alonso de Ibáñez, que no resultaba poco exigente y era, como si dijéramos, el cabecilla del grupo. Casi todos venían de Yepes. Se conocían de años atrás, como vecinos, y formaban un círculo muy unido.

Solo uno se mantenía algo más al margen. Se llamaba Antonio Macías y era natural del reino de Portugal. Me contó que venía de un lugar llamado Poiares, en la diócesis de Braga. Tenía corta estatura, carnes secas, pelo muy negro y abundante. Las cejas, de tan pobladas, se le juntaban sobre la nariz. La barba era tan espesa que, por mucho que se le pasara la navaja cada mañana, siempre tenía la quijada oscurecida.

—Señora Francisca —me decía, con ese acento cantarín que le venía de su tierra de origen—, debéis descansar más. Acabaréis enfermando si seguís trabajando de ese modo.

Me trataba con tanta amabilidad que, al principio, recelé; pues las atenciones que los varones dedican a una mujer joven siempre suelen venir con propósitos deshonestos. Pero pronto comprendí que su cortesía no traía malicia alguna.

Eso ocurrió cierta noche de invierno, que fustigaba la villa con crudeza. Las contraventanas crujían, azotadas por la ventisca, y el aire ululaba con furia en el hueco de la chimenea. Yo cosía, alumbrada por el fuego de la cocina, mientras María se encargaba de limpiar ollas y platos. Del salón llegaban las risas de los estudiantes, que fingían repasar sus lecciones, pero, en realidad, se daban menos a abrir los libros que a trasegar los restos del vino de la cena.

María señaló hacia la olla, que aún seguía puesta al fuego, por si a Jerónimo se le ocurría regresar.

—De nada sirve mantenerlo encendido —reconocí—. Esta noche ya no viene.

—Dios quiera que eso sea cierto —contestó la sirvienta, con ese tono semejante a un gruñido que solía emplear al referirse a mi esposo—. Pero ya os digo que no es menester esforzarse tanto, cuando todos los desvelos y sacrificios van a caer en saco roto.

No respondí. Me sentía agotada. Además, no era necesario. María ya se encargaba de estar a razones ella sola, sin necesidad de réplica. Era capaz de perorar sin descanso, usando su turno, el mío y el de todas las comadres del vecindario.

—No habéis de venirme con explicaciones. Bien sé por qué hacéis lo que hacéis —prosiguió—. Que sé que no es por él, sino por vos y por todos los que vivimos en esta bendita casa. Que intentáis contentarlo por ver si así se está quieto y callado. Pero ya os digo yo que eso no funciona, señora mía. Pues, aun siendo vos una santa, y hasta con trazas de mártir, ya se las apaña él para inventarse razones de estar enojado, gritaros y levantaros la mano. Siendo así, ¿por qué tantos afanes para quien no los aprecia y ni siquiera los merece?

—No debemos obrar pensando en las alabanzas ni los reproches del prójimo —respondí— ni en lo que creemos que los demás merecen, sino según la voz de la conciencia.

—Sí, sí, ya me conozco yo la cantinela. Solo que eso suena más a sermón de domingo o prédica de confesionario. Que hemos oído hasta la saciedad lo de hacer bien sin mirar a quién o lo de poner la otra mejilla. Pero una cosa es predicar y otra, dar trigo. ¿Aguantar palos y palos con la testa gacha, como una bestia de carga? ¡No, no y no! ¡Pues estaría bonito! Yo os digo que no hay razón para tratar bien a quien mal nos trata.

—María, mujer, no saques las cosas de quicio. Una cosa es actuar en conciencia y otra, estarse de brazos cruzados. El bien obrar también incluye el luchar por lo que es justo. Yo busco hacer lo mejor y, en el futuro, no tener nada que reprocharme.

—Bien dice la señora Francisca —comentó una voz a nuestras espaldas, que nos hizo dar a las dos un respingo. Su acento lo delataba. Era el estudiante portugués, que se había acercado en silencio a la cocina.

—Señor don Antonio, ¿necesita algo vuestra merced? —preguntó la sirvienta, un poco inquieta. Comprendí que se le antojaba impropio que el huésped se llegase a aquella zona, que era propia del servicio y, por lo demás, reservada a las mujeres.

—No solo la necesidad mueve al hombre —replicó él, con ese tono sentencioso que acostumbraba a emplear aun en las ocasiones triviales. Luego, sin esperar invitación, tomó una banqueta, la acercó a la lumbre y se sentó allí, con las manos extendidas hacia las ascuas.

—¿Tenéis frío en la sala? —insistió María—. ¿Queréis que vaya a echar más huesos de aceituna en el brasero?

Él negó con la cabeza, sin mirar a la sirvienta. Me observaba a mí, con una mirada benévola en sus ojos oscuros, que resplandecían al rubor del hogar.

—Bien decís, señora —repitió—. No debéis arrepentiros de tratar bien aun a quien no lo merece. Vuestros actos hablan de vos, no de él.

—¿Y por qué tantos desvelos para quien no es amable con nadie? —rezongó la sirvienta—. No irá a decirme vuestra merced que le tiene simpatía a ese poseso.

—No lo diré, por cierto —concedió el portugués—. Pero os equivocáis al suponer que no es amable con nadie. A buen seguro, sí lo es con sus compañeros de francachela.

—¿Cómo lo sabéis? —pregunté—. ¿Habéis estado allí, por ventura?

—¡Dios me libre de tal cosa! —exclamó espantado—. No, señora mía. Digamos, más bien, que hablo por experiencia... —Miró en silencio sus manos, sonrosadas por la lumbre—. Mi padre... Él también era un hombre... irascible.

Yo no conocía esa palabra, pero comprendí a qué se refería.

—Vuestro padre... ¿él también se enoja con furia y sin motivo? ¿También se pone violento sin que alcancéis a saber por qué?

—Ya no —reconoció—. Que Dios lo tenga en su gloria, si Él lo considera oportuno. No penséis mal de mí si os digo que su fallecimiento representó un alivio para toda la familia. Es terrible que así sea, lo sé. —Apretó los labios—. Tengo madre y hermana. Ellas se llevaron la peor parte.

Entonces comprendí los motivos de esa simpatía que parecía sentir por mí. Él, para su desgracia, había vivido en un hogar similar al mío.

—Las leyes del Señor nos enseñan a honrar al padre —prosiguió—, como sin duda sabéis.

—Lo sé. Y también enseñan a la esposa a honrar al marido.

—Bien decís. Pero, a veces...

Calló, y meneó la cabeza.

—¿A veces...? —insistí.

—A veces, resulta difícil cumplir con las leyes del Señor, por santas que sean.

No dije nada. Hasta María, pese a su querencia a la cháchara, parecía haberse quedado sin palabras.

—Hay algo que recuerdo de él... aunque los cielos saben que preferiría olvidarlo —continuó el estudiante—. Cuando perdía el control, había algo en sus ojos... Algo que ningún alma cristiana desearía ver: la confirmación de que existe el mal, de que el infierno es tan real como nuestro mundo corpóreo, y que hasta que puede vivirse aquí. En nuestro hogar, en nuestra propia carne.

Se santiguó. Sentí el impulso de hacer lo mismo.

—¿Y ese mal, esa cosa perversa que veíais en los ojos de vuestro padre... —pregunté— lo veis igual en mi esposo?

—Igual no, señora Francisca. En vuestro Jerónimo es aún peor.

Dios sabe que la presencia de los estudiantes me salvó de alguna que otra paliza. Pero no fue suficiente para que mi esposo desistiera por completo de su maltrato. Y es que él, que para muchas cosas se descontrolaba como un perro rabioso, para algunas otras sí mostraba agudeza y buen tino.

Así, pronto vino a comprender que a ciertas horas los huéspedes se ausentaban, pues debían acudir a sus lecciones. Aprovechaba estos periodos para llegarse a mí con los peores propósitos.

Además, el dinero seguía faltando, pues Jerónimo no dudaba en saquear las arquetas. De no hallar nada en ellas, venía a «arrancármelo del alma» —como él decía— haciendo uso de la fuerza más brutal. Aun así, más de una vez logré escamotearle parte del alquiler o de lo que ganaba con mis labores de costura. Apenas tenía ocasión, yo daba esos dineros a Ana o a Clara, para que ellas se encargasen de entregarlo en el mercado o pagar a los acreedores, escapando así a la vigilancia de mi esposo.

Mas, pese a todos mis esfuerzos, nada de aquello resultaba suficiente. Debía ir más allá, tomar medidas más drásticas. Recordaba que, tiempo atrás, alguien me había dado un buen consejo. Alguien que sabía de lo que hablaba.

Bartolomé de Alcocer

En aquellos tiempos, notaba el ánimo abatido. Como procurador, seguía tan activo como siempre, incluso más de lo habitual. Siempre me había dicho a mí mismo que las leyes no eran sino un negocio, que no existían para lograr justicia, sino para suministrar privilegios al poderoso, provecho a los que vivimos de ejercerlas y ganancias a los que saben emplearlas a su favor.

No faltaban querellas de las que sacar beneficio. Pero, por alguna razón, eso no me satisfacía como antaño. Sentía la incómoda sensación de ser un hombre hambriento que, sentado a una mesa repleta de manjares, no encuentra en ella nada que sacie su apetito.

No podía dejar de pensar en cierto suceso reciente. Mi ayudante, Luis de Santarén, se había despedido de mi servicio con no muy buenos modos.

—¿Qué ocurre? —le pregunté cuando me notificó su decisión—. ¿Tenéis alguna queja relativa a mi casa o al trato que habéis recibido en el tiempo pasado aquí?

—No guarda relación con eso, os lo aseguro —respondió, con una suavidad que no presagiaba la aspereza de las palabras que vinieron a continuación—. La causa es muy otra, señor Alcocer: vos y vuestro negocio no sois sino un medio para conseguir un fin.

Me dijo que había encontrado «un mejor valedor», que ejercería de comisionado para don Juan de Guzmán, uno de los hombres principales de la villa; que, a partir de entonces, su nombre quedaría asociado a la casa de ese gran señor y no podía dedicar su tiempo a «asuntos menores».

—Mala política es esa —le dije.

Sabía de sobra que el destino de un individuo depende menos de sus actos que de la calidad de sus protectores. Tantos años dedicados a un negocio como el mío demostraban que la buena fortuna no acostumbra a llegar con manos vacías; las más de las veces, viene comprada.

Pero esa misma experiencia me había enseñado otra cosa: que apostar la vida entera a la carta de una ambición desmedida suele conducir al precipicio.

Bien claro lo formula la santa Biblia: «quien a hierro mata, a hierro muere». Lo que mi interlocutor no había considerado, cegado por su avaricia, era que se estaba adentrando en terreno peligroso. La riqueza y el poder de aquella familia se conquistaba a cambio de luchas y traiciones. Eso incluía ciertos desafueros y asuntos turbios, así como rivalidades feroces con otras estirpes igual de influyentes. En el caso de que las alianzas cambiasen, o de que los desmanes quedasen expuestos —es decir, cuando se necesitase un chivo expiatorio—, era fácil imaginar dónde recaería el golpe. La víctima propiciatoria rara vez cae de la cima. El gran señor hará responsable de sus yerros al asistente cuya firma aparece en el papel.

—Si tan decidido estáis, no intentaré convenceros de lo contrario —continué—. Veo claro que mi casa no es lugar para vos, puesto que nunca tuvisteis intención de buscar sitio en ella. Pensad, eso sí, que las tornas cambian. Esa gente a la que entráis a servir bien podría considerar, a su vez, que vos no sois más que un medio para conseguir sus fines.

Él, sin embargo, no vio en estas palabras una advertencia sincera, sino una muestra de resentimiento y bajeza. Se irguió, como si así pudiese elevarse por encima de mí y de todo cuanto lo rodeaba.

—En vuestra casa he aprendido algo, señor Alcocer: en este mundo, la justicia es un traje que se corta a medida de los grandes. Vos sois un hombre pequeño y vivís satisfecho con ello. Pero yo necesito crecer.

Fue poco después, a principios de octubre, cuando me llegó un caso inesperado. El día era grisáceo, con trazas de sol templado y lloviznas indecisas. A eso de media mañana, Andrés Costa, mi nuevo ayudante, me anunció que tenía una visita.

—Hazla pasar —indiqué tras estirar mis ropas y adoptar mi postura de recibir clientes. Una primera impresión favorable podía resultar esencial a la hora de conseguir un contrato.

Entró una mujer aún joven, bastante desmejorada. Su aspecto se me antojó familiar. Vestía ropas bastas, casi como las de una indigente. Pero en cuanto abrió la boca, vi claro que, aparte del atuendo, no había nada en ella que resultase bajo ni vulgar.

—Me llamo Francisca de Pedraza. Tal vez no me recuerde vuestra merced. Hará cosa de dos años, actuó como procurador de mi marido en un caso de divorcio que presenté contra él ante la Audiencia y Corte Arzobispal.

Aquellas frases sacudieron algo en mi memoria. La recordaba, cierto, Dios sabría por qué. Aunque no me venían a la mente los pormenores de su caso, sí sabía que aquella mujer me había impresionado en su momento, cualesquiera que fuesen las razones.

—¿Y el nombre de vuestro esposo, señora? —pregunté.

—Jerónimo de Jaras.

En ese momento, todo vino. Volví a ver ante mí a aquel individuo zafio y violento cuyo recuerdo, aun con el paso del tiempo, seguía causándome una sensación de intenso desagrado.

—Comprendo. ¿Y puedo saber el motivo de vuestra visita?

—Entonces me dijisteis que de nada serviría seguir adelante con mi querella, que los jueces nunca me darían el divorcio que pedía.

—Lo dije entonces y os lo confirmo ahora, señora. Solicitar un divorcio, creedme, es una batalla inútil. Por válidas que sean vuestras razones, ningún tribunal eclesiástico accederá a concedéroslo. Los custodios de la fe tienen por misión preservar, bajo toda circunstancia, la unidad de ese santo sacramento que es el matrimonio.

—También me dijisteis que lo mejor que podía hacer era volverme con mi esposo. Que él se comprometía a mudar de costumbres y tratarme con el amor y respeto que todo marido debe a su mujer.

—Deduzco que no lo ha hecho —aventuré.

No era de extrañar. Tal y como lo recordaba, el vecino Jaras no era hombre que inspirase confianza en tal sentido. Por desgracia, esas eran las costumbres del mundo. Los hombres prometen cualquier cosa con tal de obtener lo que desean, sin la mínima intención de respetar después el juramento.

—No lo ha hecho, no. Y creo, señor Bartolomé de Alcocer, que vos teníais la sospecha de que ocurriría así.

No había acusación en su tono, ni reproche, ni ánimo de ofensa. No tenía motivos para sentirme atacado por sus palabras, y no lo hice. Aun así, no pude evitar una profunda incomodidad.

—¿Qué hay de vos, señora? —repliqué, sin confirmar ni desmentir sus palabras—. ¿Cuáles eran vuestras suposiciones al respecto?

—También lo sospechaba. Pero no quería creerlo. Porque no tenía elección.

Mi sensación de desazón aumentó. Dudo que ella lo percibiera, pues me esforcé bien por ocultarlo.

—Entonces, señora Francisca de Pedraza, ¿qué es lo que os ha traído aquí? Diría que, pese a todo, no habéis venido a quejaros.

Me miró como si mis palabras le provocaran un gran asombro.

—¿Quejarme? ¿A vuestra merced? ¿Acaso tenéis vos la culpa de lo ocurrido? Mucho crédito os dais, señor procurador. No, aquí no hay más que un culpable. Y todos sabemos quién es.

Callé. Los cielos son testigos de que no había nada que alegar contra tales argumentos.

—No me entendáis mal —prosiguió ella—. Dios sabe que tengo motivos de queja, y sobrados. Pero ¿de qué servirían las lamentaciones? El único remedio es actuar. Por eso he venido. Si mi marido se niega a entregarme lo que es mío, se lo reclamaré ante la justicia. Estoy aquí para contrataros.

—¿A mí, que fui el representante de vuestro esposo? —pregunté. Ahora era yo quien estaba anonadado y no intenté ocultarlo—. ¿Puedo saber por qué razón?

—Porque me disteis un buen consejo. Tal vez el mejor que nadie me haya dado desde que este infierno empezó. —Por primera vez, bajó la mirada hacia su regazo, como si las palabras que estaba a punto de pronunciar le provocasen cierta turbación—. Porque confío en vos, señor procurador Alcocer. Ese es el motivo.

El 13 de octubre de 1618 presentamos la petición ante el corregidor de la villa. Francisca solicitaba que se le concediera en exclusividad la gestión de la hacienda familiar, en contra de la norma legal que otorga tal privilegio al esposo.

Para justificar aquella reclamación tan inusual aportaba una nutrida documentación en forma de cartas de pago y declaraciones de abundantes testigos, que ella misma se había encargado de recoger.

Todo aquello dejaba constancia irrefutable de los desmanes del vecino Jaras. Numerosos testimonios aseguraban, como cosa pública y notoria, que aquel granuja andaba por la villa gastando su hacienda y la de su esposa sin atender al sustento de esta ni al de los hijos habidos en el matrimonio, sin proporcionarles siquiera lo necesario para vestirse y alimentarse.

Quedaba fehacientemente demostrado cómo el miserable recibía el trigo de las tierras arrendadas, los alquileres de las casas y las viñas sin llevar nada de ese dinero a su casa, ignorando su obligación de procurar sustento a su familia; cómo cobraba los pagos a menor precio del debido a cambio de que se los entregasen en maravedís contantes, que de inmediato derrochaba en el juego y otros vicios.

Ante aquel aluvión de pruebas, la justicia actuó con rapidez. El último día de aquel mismo mes, la audiencia civil emitió un veredicto rotundo:

«El licenciado Agustín Flores, corregidor de esta villa, ordena que la administración de la hacienda de Jerónimo de Jaras, así vinculada como libre, la realice Francisca de Pedraza, su mujer. Y que ella se encargue de cobrarla, arrendarla y beneficiarla, sin que el marido pueda intervenir. Y que todos los arrendadores o personas que de aquí en adelante tuvieren las tierras, viñas y casas a renta de la dicha hacienda acudan con sus cartas de pago a Francisca de Pedraza como única administradora. Y que, si entregan la paga a cualquier otra persona, esta se considerará nula y deberán abonarla de nuevo a la administradora legal, la dicha Francisca de Pedraza. La cual se compromete a administrar la hacienda bien y fielmente, y a dar cuenta de su gestión cada vez que así se lo ordenare cualquier juez competente».

Aun siendo yo parte neutral en el pleito, aquella sentencia me trastocó de forma que no esperaba. Me hizo recordar un sentimiento que creía olvidado: la esperanza de que la ley puede traer bien a este mundo y corregir los abusos que sufren los más débiles. Al menos, en parte.

—¿Lo veis, señor Bartolomé de Alcocer? —me dijo Francisca—. Ya os dije que debemos creer en la justicia.

Sonreía. El color había vuelto a sus mejillas, tenía brillantes los ojos. No cabía duda. Aquella mujer irradiaba una confianza capaz de contagiarse a quienes la rodeaban. Por un momento, sentí el deseo de compartir aquel entusiasmo. Por un momento, recordé al mozo que una vez había sido, gozando de esos dones ilusorios que son la juventud y la ingenuidad.

—Bien decís. Hoy se ha hecho justicia —me limité a decir. Palabras que, en boca de otro, sonarían banales. Pero yo sabía cuánto había en ellas de excepcional.

Pasaría tiempo antes de que reconociese ante mí mismo que la partida de mi antiguo ayudante, Luis de Santarén, me había afectado más de lo que estaba dispuesto a admitir. Su forma de despedirse, sus últimas palabras... Eran autos de acusación despiadados, de los que dejan huella en el recuerdo y en el ánimo.

Francisca de Pedraza apareció ante mí como una absolución. Un indulto ante una sentencia condenatoria que yo ni siquiera era consciente de haber recibido.

Aquella mujer tenía algo realmente especial. En ella se veía vulnerabilidad, pero, al mismo tiempo, reunía una fortaleza extraordinaria. Era una luchadora dispuesta a no desistir jamás, aun teniendo que batallar contra molinos de viento. Poseía una tenacidad que la empujaba a levantarse y volver a embestir. Por mucho que las aspas la estrellasen contra el suelo, por mucho que la dejasen rota, reuniría fuerzas para ponerse en pie y volver a la carga una, otra y otra vez.

Intuí algo de eso cuando ella acudió a mí por primera vez, aquel otoño de 1618. Aún no sabía hasta dónde era capaz de llegar aquella criatura menuda, de apariencia frágil. Ni era consciente de que yo recorrería aquel camino con ella.

Cuarta parte

(1619-1620)

Ana

Ya he mentado que, cuando mi esposo se empeñaba en algo, no había quien le hiciese cambiar de idea. Pero yo tenía mis mañas para conseguir que a veces atendiese a razones. Por ejemplo, le decía:

—¿Has visto, marido, que el buen doctor Núñez recomienda la silla de partear como cosa excelente para atender a la mujer que da a luz?

Entonces le enseñaba el texto de *Libro intitulado del parto humano*, escrito por el famoso Francisco Núñez de Coria, que a este respecto venía con su ilustración y todo. Así podía estar segura de que, al menos, él tomaría aquello en consideración. No había cosa que le mereciese mayor respeto que esos libros escritos por doctos varones que toman la pluma para adoctrinar a los demás. Y prestaba gran atención a lo que en ellos se aconsejaba en materia de medicina y cirugía.

Con estas y otras industrias, iba consiguiendo que él mudase algunos de sus métodos. Todo para lograr que el trance resultase más cómodo a las parturientas —si pucde hablarse de comodidad cuando una está en tal brete—, aun a costa de ser menos llevadero para la persona que las atiende.

Mi Enrique, por ejemplo, me había tenido de parto tumbada boca arriba en la cama, por ser la posición que a él le resultaba más fácil. Pero a mí no me importaba que la mujer estuviese de pie, o en cuclillas, o en su silla paridera, o cambiando de postura, si así lo prefería; aunque yo tuviese que estarme de rodillas, postrada en el suelo, mecerla o sostenerla. Bastante tiene la cuitada en esas circunstancias como para encima complicarle más las cosas.

Aunque nunca se lo revelé a mi esposo, todo esto lo hacía en base a indicaciones de la comadre Rafaela Márquez. La buena mujer no se había mostrado muy asequible al principio, y con razón. Pero, al cabo, viendo mi insistencia, acabó revelándome algunas de sus técnicas. Pues ella, como yo, pensaba que lo primordial era atender a las parturientas del mejor modo posible.

—Lo hago por ellas, sabedlo, que más de una se juega la vida en el trance, y no es cuestión de darles la espalda —me advirtió en una ocasión—. Por ellas, no por voacé. Ni, mucho menos, por el charlatán de vuestro esposo, que a necio y bachiller no le gana nadie.

Aquello, bien sabe Dios, aumentó mi admiración por aquella mujer. Pocas personas son capaces de dejar atrás de tal modo sus rencillas personales y de admitir que nada valen frente a las necesidades de un bien mayor. Es más, en el caso de la mayoría, casi se diría que esas rencillas sean la razón de su existencia, de tanto como las alimentan, engordan y las anteponen a cualquier otra consideración. Diré que, más bien, a mí eso se me antoja mezquindad, soberbia y egoísmo. Pero no entraré a juzgar las costumbres del mundo, que ya hay muchos que se encargan de eso, con o sin razón.

Volviendo a la partera Rafaela Márquez, debo señalar una última cosa: que los insultos a mi Enrique no le faltaban, ya lo creo que no. Pero yo me hice a la idea de que aquel era poco peaje a pagar por tan valioso cargamento.

Aunque no me gustase que otra mujer se refiriese a mi marido en tales términos. Que lo de las recriminaciones al hombre es un privilegio que se gana la esposa, como pobre compensación a la santa paciencia que los cielos le exigen en el matrimonio.

Así las cosas, llegó una de esas ocasiones en que la vida te pone al borde de un precipicio al que nadie quisiera tener que asomarse. Advierto que lo que viene a continuación no es hermoso ni agradable. Bien sabe Dios que se trata de un recuerdo que, aún hoy, me duele en lo más hondo.

Hubimos de asistir a una parturienta primeriza, aunque ya entrada en años. Se llamaba Marta Ruiz. Desde que le puse la vista encima, pensé que la cosa no iba a resultar nada fácil. La pobre mujer tenía las carnes escurridas, la color blanquecina, las caderas tan estrechas como las de un muchacho.

Los chismes y habladurías del vecindario aseguraban que estaba aojada y que por eso nunca había logrado concebir. El ingrato de su marido maldecía sin tapujos el día en que se había casado con ella, pues se veía con una esposa ya vieja sin haber engendrado heredero para su casa y negocio.

Cuando al fin la desdichada quedó encinta, unos pensaron que era milagro; otros, que cosa de brujería. Toda la preñez estuvo plagada de achaques y dificultades. Para cuando la cuitada quiso ponerse de parto, era ya bien pasado el plazo. Tenía una panza tan abultada que dolía hasta el mirarla.

Ahí empezó el calvario. Cinco días. Cinco, que se dice pronto. ¡Válgame el cielo! ¡Y qué gritos, qué llantos, qué dolores, qué manera de revolverse y chillar! Sobre todo, al principio. Porque, a medida que corría el tiempo, la desdichada se consumía, cada vez más pálida, más deshecha.

En honor a la verdad, diré que mi Enrique se empeñó como nunca. Durante ese tiempo, probó de todo: mil cambios de postura, incontables filtros y amuletos, varios dilatadores; había empujado a la criatura desde fuera, arrancando a la madre gritos de agonía; había metido la mano dentro de ella para probar a sacarlo; incluso había intentado extraerlo usando las tenazuelas y el uncino, ese instrumento en forma de garfio que me produce escalofríos... No había modo. El niño no salía. La madre, ya al borde de las humanas fuerzas, estaba amarillenta como un cirio y parecía estar a punto de apagarse.

En cierto momento, Enrique perdió toda esperanza. Se inclinó hacia mí y me dijo en voz queda que no había más que dos opciones: o trocear a la criatura para sacarla, ya muerta, por las partes de la madre, o abrir el vientre de la parturienta para intentar extraer al niño entero.

Tras lo cual, salió a hablar con el esposo. Yo me quedé junto a la mujer, en compañía de una sirvienta. Quería cambiarle las toallas, empapadas en sudor y sangre, y darle unos sorbos de caldo. Pero ni para beber tenía el ánimo, la desdichada. Me hizo señal de que no con la cabeza. Y con voz ahogada, suplicó:

—¡Ay, señora Ana, no dejéis que ese hombre me toque más, que me mata! —Me buscó la mano a tientas, e, incapaz de decir otra cosa, repitió—: ¡Ay, señora Ana, que no quiero morirme!

Era de ver que la cuitada parecía ya a punto de entrar en el otro mundo. Aun así, no cabía duda de que ansiaba seguir viviendo. Empleaba toda su voluntad en eso, pese a que las fuerzas le fallasen.

—No dejéis que me abra las tripas, por lo que más queráis. No le dejéis, os lo imploro. ¡No quiero acabar abierta en canal como un cerdo en la matanza!

Comprendí que la paciente había oído las palabras de Enrique, aunque él me las había susurrado casi al oído. Y que sabía, como yo misma, que esa operación puede salvar a la criatura, pero es una sentencia de muerte para la madre.

Se me encogió el corazón. Aquella mujer quería seguir viva a cualquier precio. ¿Y quién era yo para reprochárselo?

Me incliné sobre ella. En voz baja, por temor a que mi esposo lo oyera, le revelé:

—Hay algo que podéis hacer. Decid a vuestro marido que

queréis llamar a una partera, para que os mire y vea si hay alguna otra opción.

Pues yo sabía que en ningún caso una comadre propondría abrir en canal el vientre de una parturienta.

—Decídselo vos por mí, señora Ana —respondió ella—. ¡Corred!

—Si alguien os pregunta —indiqué a la sirvienta mientras me levantaba—, decid que vuestra ama ha pedido ver a la señora Rafaela Márquez. ¿Recordaréis ese nombre?

La muchacha asintió. Inspiré hondo y salí de la estancia, para encontrarme a Enrique y al marido de Marta Ruiz en conciliábulo. Me armé de valor y me fui hacia ellos. Ninguno de los dos notó que me acercaba.

Mi esposo estaba explicando las opciones. Describía dos posibles formas de hacer la cesárea: un corte vertical en el costado —que ofrecía esperanza de supervivencia algo mayor para la mujer, pero dificultaba la extracción del feto— o uno en pleno abdomen, que facilitaba lo segundo y complicaba lo primero.

—Abridla por el centro de la barriga. Vuestra merced tiene que sacar al niño, que es lo que importa —declaró el esposo—. Si Dios ha decidido llevarse a mi Marta, que así sea. Os seguro que ella será dichosa sabiendo que ha dado vida al hijo que tanto deseamos.

Por supuesto, no había modo de saber si la criatura era niña o varón, pero eso no alteraba los cálculos de aquel hombre. A buen seguro, una vez enterrada su mujer, no tardaría en buscarse otra —más joven y, a ser posible, con buena dote— que cubriera la vacante y le diese más hijos.

Pero, si su esposa seguía viva, era indudable que no volvería a procrear. Y él seguiría cargando con una hembra anciana, malparida e incapaz de darle herederos.

—Vuestra esposa, la señora Marta, no opina lo mismo —intervine—. Pide que, antes de seguir adelante, venga una partera y vea si hay otra posibilidad.

Ambos se giraron hacia mí. Se veía a la legua el enojo que les causaba aquella interrupción, para ellos del todo inapropiada.

—¡Voto a...! —repuso el marido con desdén—. ¿Y qué importa eso? Es cosa sabida que las hembras no piensan con claridad, y menos en este trance.

—La señora Marta insiste en que venga una partera —repetí, dispuesta a no ceder un ápice—. Y está en su derecho a pedirlo. Pues es privilegio suyo, bien reconocido por los mejores médicos.

Yo había aprendido que así estaba escrito en uno de los libros más venerados por mi esposo, los *Diez privilegios para mujeres preñadas,* del doctor Ruices de Fontecha. Aquí se incluía como octavo privilegio el de elegir comadre.

El marido, sin saber muy bien cómo tomarse aquellas palabras, se volvió hacia mi Enrique, que me miraba con ojos furiosos y los labios pálidos de tan apretados.

Siguió un largo silencio, roto solo por los estertores que llegaban de la habitación de al lado.

—Es cierto —admitió al fin mi esposo. Pero su voz era ronca, cortante como un cuchillo de carnicero.

—¿Y eso cuánto va a costarme? —rezongó el señor de la casa.

—No mucho —respondí—. Menos de lo que vale la vida de una esposa.

El gesto de Enrique se endureció aún más ante aquella impertinencia. Pero yo estaba bien decidida a no echarme atrás.

—¡Por todos los cielos...! ¿A santo de qué traerse una comadre a estas alturas? —insistió el marido—. ¿Y cómo se supone que va a elegirla? Si mi Marta no ha tratado jamás con una de esas arpías...

Enrique no apartaba los ojos de mí. Su mirada tenía algo que se me incrustaba en el alma. Se diría que fuera la de uno de esos hechiceros que, según dicen, poseen el poder de escudriñar las verdades más ocultas en el interior de las personas.

—Supongo —comentó— que doña Marta no habrá dicho el nombre de la partera en cuestión.

Inspiré hondo.

—Sí. Dice que quiere a la señora Rafaela Márquez.

—¿Que quiere a quién...? ¿Será posible? —gruñó el patrono—. ¡Juanica! ¡Ven acá ahora mismo! —bramó, dirigiéndose a la sirvienta. En cuanto la muchacha asomó la cabeza por la puerta, la increpó—. ¿Qué disparate es ese que me dicen que anda pidiendo tu señora?

La moza dudó, encogida. Me miró a mí. Luego a su amo. En un hilo de voz, musitó:

—La señora ha pedido que venga la comadre a la que llaman Rafaela Márquez.

—¡Por vida de Cristo! ¡Habrase visto desatino...! ¿Y cómo diantres quiere que localicemos a esa mujer?

—Yo sé dónde encontrarla —intervine—. Vive en la calle de Becerras, cerca de la puerta del Vado.

Enrique seguía con la mirada fija sobre mí. Yo notaba su furia. Podía absorberla cada vez que respiraba, como los vapores de una inhalación.

Al fin, mi esposo se volvió al marido de la parturienta y le susurró algo al oído. Este asintió, de mala gana.

—Galopa, muchacha —gruñó—. Ve a buscar a esa condenada mujer.

—Corre, sí —indicó Enrique, con la voz aún seca—. Tan deprisa como puedas.

Ya intuía que mi esposo no se tomaría con indulgencia aquello; que, cuando llegásemos a casa, me tocaría pagar bien cara la fanega de trigo. Pero, por de pronto, lo importante era atender a esa cuitada que se nos moría en el dormitorio.

Me ocupé de atenderla. Cuando mi marido entró en la habitación, no me dirigió la palabra. Se concentró en la paciente como si yo no estuviese allí. La pobre tenía una color gris, como de ceniza, y parecía no respirar.

Vi preocupación en el rostro de Enrique. Abrió los párpados cerrados de la mujer. Le puso el espejito bajo la nariz, para comprobar si aún tenía aliento. Le tocó el pulso, le escuchó el corazón, aplicó su oreja a la barriga. Su aprensión aumentaba a ojos vista.

—Voy a abrirla. Hay que sacarle el feto.

Yo, que estaba sentada en el lecho, me incorporé de un salto.

—¡Pero aún respira! ¡Y ella ha dicho...!

—Da igual lo que haya dicho —me interrumpió—. A esta mujer ya nadie puede salvarla. Pero tal vez aún no sea tarde para el niño.

Con un gesto que no admitía réplica, extendió la mano hacia mí. Giré la vista a mi espalda. Ahí, sobre una mesita, estaba el fajo aún atado con las sierras y los cuchillos necesarios para una cirugía.

Me di la vuelta. Los pies me pesaban como si fueran de piedra. Me dirigí a la mesita y, con dedos entumecidos, empecé a desatar el nudo de la tela.

Aun a pesar de la sangre, se veía que la criatura no traía buena color. Cuando Enrique cortó el cordón y me lo entregó, comprobé que era niño y que tenía la piel azulada. Incluso sus labios mostraban un tono violáceo.

No respiraba. Angustiada, lo tomé de los tobillos, lo coloqué boca abajo y me dispuse a golpearlo.

—¡No! —gritó una voz tras de mí.

Era la comadre Rafaela Márquez, que acababa de llegar, con la cara roja y resollando. Sin detenerse, corrió hasta mí y me quitó a la criatura.

—Así no —resopló—. Dejadme.

Actuó con una rapidez pasmosa. Me pareció que limpiaba la nariz y la boca del recién nacido, con un paño entre los dedos. Se lo colocó sobre las rodillas, le dio palmadas en los pies, le restregó la espalda con fuerza. Le aspiró la nariz y los labios abiertos con su propia boca, repitió las palmadas y fricciones...

Cuando ya iba yo a persignarme, convencida de que todo aquello no servía de nada, el bebé lanzó un vagido. Luego rompió a llorar.

Di gracias a los cielos. Miré a Enrique que, sin decir palabra, se estaba limpiando la sangre de las manos y antebrazos. No supe cómo interpretar su expresión.

—Venga aquí voacé, señora —me llamó la comadre—. Y traed con qué envolver bien a este cuitado. Tenemos mucho que hacer.

Allá que me fui, para ayudarla a atender a la criatura. Aunque no podía evitar que, de vez en cuando, mis ojos se volvieran hacia la cama, donde había quedado el cadáver de la madre, abierta y ensangrentada.

Advertí que Rafaela Márquez meneaba la cabeza.

—Catad, señora Ana, que los partos no siempre acaban bien. Si queréis dedicaros a este oficio debéis aceptar que estas cosas suceden. Estamos todos en manos de Dios. Y ya sabéis lo que se dice acerca de los designios de la Providencia.

—Ella no quería esto —respondí—. Me suplicó que no lo hiciéramos...

Chasqueó la lengua.

—Cuando hay vidas en juego, hay que hacer lo que hay que hacer. A veces resulta que no es lo que a una le gustaría... Lo cierto es que, en ocasiones, todo se complica y no hay modo de salvar a la desdichada madre.

No dije nada. También ella permaneció un rato en silencio. Después añadió:

—Vuestro esposo hizo cuanto estaba en su mano. Era

mal lance, pero él picó bien. Dudo que se hubiera podido conseguir mejor resultado.

Aunque esto último lo dijo en voz baja, no fuese que Enrique alcanzase a oírla. Luego volvió a su tono normal, estruendoso y ronco:

—Señora mía: lo hecho, hecho está. Ahora, rezad por el alma de esa cuitada y por que el niño salga adelante. Los dos lo necesitarán.

En casa, Enrique se pasó un par de días sin dirigirme la palabra. Pero —¡vaya por Dios!—, sí le dio por hablar con su señora madre.

Fue ella la que se vino a soltarme las lindezas. Que si yo era una ingrata, desleal y mala esposa, que había obrado a traición; que con tales tropelías echaba por tierra el buen nombre de mi marido; que no me merecía los cuidados con que Enrique me trataba; que respondía a sus atenciones y desvelos con ruindad. No se ahorró una lista de los castigos que hubieran merecido mis desmanes. Hasta llegó a tratarme de pecadora y mala cristiana, con eso lo digo todo.

Acostumbrada como estaba yo a sus ataques de bilis, nada de eso me pilló por sorpresa. Lo que sí me extrañó fue que él, aparte de su frialdad, no mostrase signos de enojo.

Es más, poco tardó en tratarme como si nada hubiese ocurrido. El día en que me permitió volver con él a la barbería, aprovechando que yo estaba a solas cambiando el agua a las sanguijuelas, se vino y me soltó:

—Sé que fue cosa tuya el llamar a esa mujer. —Tras un

silencio, añadió—: No fue algo bueno, pero hubiera sido peor no hacerlo.

Al ver que me disponía a responder, levantó la mano para imponerme silencio, tan grave y severo como un juez.

—Pase por esta vez. Pero que no se repita. Eres mi esposa, más te vale comportarte como tal. Si vuelves a obrar de ese modo, te aseguró que habrá consecuencias. Y no van a gustarte.

Clara

Los meses pasaban. Yo seguía sin quedar preñada, aunque Luis y yo nos aplicábamos bien al asunto.

Había tardado poco en abandonar el ungüento que Ana me había llevado a conseguir en casa de esa extraña comadre. Ignoro si surtía efecto o no. Todo cuanto sé es que olía terriblemente a vinagre, incluso a su pizca de ajo. Mi esposo vino a decirme que no entraría en la cama mientras apestase a encurtido. Así que opté por no volver a embadurnarme. Por milagrosas que resultasen aquellas bizmas, poco servicio me harían si Luis no se me acercaba.

Huelga decir que nada le menté a Ana. Solo me faltaba aguantar sus sermones. ¡Menuda es ella! Francisca opina que no debemos tenérselo en cuenta, pues lo hace con la mejor intención. A mí eso me importa un comino. Con buen propósito o sin él, sus peroratas siguen siendo insufribles.

Así y todo, no hay persona en quien yo más confíe. Sé que puedo ponerme en sus manos para lo que de veras importa. Y comentar los asuntos que, de ordinario, ocultamos al mundo. Con ella es posible hablar de las cosas más graves aun sin mentarlas.

Dios sabe el desasosiego que me causaba aquello y lo mucho que rumiaba para mí todo el tema de la preñez. O, en mi caso, la falta de ella. Me decía a mí misma que tal vez el yerro no fuese mío, por mucho que todo el mundo se empecinase en lo contrario. De tanto darle vueltas y vueltas, me convencí de que achacar la causa de todo fallo a la hembra, así sin más, es como juzgar un pan con manteca sin haberlo catado, solo porque alguien viene a decir que esa rebanada sabe mal. Puede que el pan esté echado a perder o la manteca, rancia. Pero empeñarse en que la culpa ha de ser siempre de la una, y nunca del otro, es pecar de cortedad.

Cierto día en que me encontraba junto a Ana, como quiera que no dejaba yo de meditar el asunto, me dio por comentarle:

—Los médicos dicen que, cuando una mujer no se empreña, la culpa siempre es suya, nunca del varón. Están tan convencidos de que es así, que ninguno se plantea que las cosas puedan ser de otro modo.

Recuerdo que había comprado yo unas camisas crecederas de buen lienzo para los niños de Francisca. No le había dicho nada a ella, pues quería que fuese una sorpresa. Los pobres chiquillos no tenían ropas decentes que ponerse los domingos y fiestas y me daba pena verlos así. Además, la pequeña Mari era mi ahijada. Se merecía lo mejor que yo pudiera darle. No solo había elegido paño de calidad, sino que, por añadido, Ana y yo estábamos bordándoles unas pecheras de lo más primoroso.

Mi amiga no respondió, como si aquel asunto de la preñez no fuese con ella. Levanté la cabeza.

—¿Qué pasa? ¿No me has oído?

—Sí.

¡Valiente contestación! Yo, claro está, no iba a darme por satisfecha con eso, así que insistí:

—Y tú, ¿qué opinas sobre eso?

Me miró con el morro fruncido.

—Lo mismo que tú —respondió.

Aparte de eso, no tenía motivos de queja. Luis andaba metido en negocios nuevos. Eso se echaba de ver. Nos mudamos a mejor vivienda y me encargué de aderezarla con mobiliario lujoso, o que, al menos, lo pareciera. En nuestro dormitorio había cama de columnas doradas, tocador con sus incrustaciones de laca y dos arcas de ciprés, muy cotizadas por ser las que mejor aroma dan a la ropa. En la sala de recibir, guadamecíes, sillas a la portuguesa, un bufete con incrustaciones de palosanto y una lámpara de bronce a la flamenca.

Lo mejor fue que, al fin, conseguí mi estrado. Lo hubiera preferido de nogal, como en las estancias señoriales, pero hube de conformarme con tarima de corcho. Aunque bien está lo que bien parece; así que me encargué de disimularla con arte y elegancia recubriéndola con telas de buen porte, hermosos cojines bordados, sillas de devanar seda y bufetillos, y poniendo en las paredes escaparates llenos de bujerías de plata, marfil, cerámica de las Indias y cristal italiano.

—¡Válgame...! —comentó Ana—. ¡Si casi diría una estar

en las habitaciones de un hidalgo! Y no de los que presumen de ejecutoria y luego andan royendo pan duro, sino de esos con sus privilegios y sus muchos ducados de renta. Chiquilla, a mí esto no me parece casa de escribano.

No le faltaba razón. Luis no solo se encargaba de conseguir ciertos contratos muy provechosos para la casa de don Juan de Guzmán, que le dejaban a él sus buenos beneficios. También se daba otra circunstancia que preferíamos no divulgar.

Aquellos objetos tan valiosos los habíamos adquirido a bajo precio. Luis había encontrado a un agente experto en almonedas, que conseguía los mejores objetos antes de que saliesen a subasta a cambio de una discreta suma a los oficiales de justicia. Siempre sin dar nuestro nombre, claro; de poco sirve ganar en estado si por ello se pierde reputación.

Con esto me mantenía ocupada. Y no podía por menos que agradecer mi buena fortuna. Disfrutaba de todo aquello que sirve para crearse un buen nombre; que es, al fin y al cabo, lo que tiene valor hoy en día.

Ninguna de mis amigas gozaba de lujos como aquellos. Ana vivía sin ahogos, y hasta pareciera que satisfecha, aunque fuese más dada a quejas que a elogios. De oírla hablar, se diría que anduviese a la gresca de continuo con su Enrique; aunque, al tiempo, resultaba claro que no podía vivir sin él. Pero así era ella: toda críticas y rezongos, y empeñada en disimular su afecto.

Eso sí, el gesto le cambiaba cuando se animaba a contarnos alguna de sus experiencias en el arte de partear. Se veía que aquello le llegaba a lo más hondo. Si se lo quitasen, se quedaría pobre y necesitada, aunque no le tocasen hacienda, estado ni reputación. Al menos, daba la impresión de que ella misma lo sentía así.

Mas no se prodigaba en tales temas. Argumentaba que eran asuntos que una partera no debiera airear; cosa que nunca llegué a comprender bien. ¿A qué tanto misterio, vamos a ver? Si es bien sabido que los nacimientos son una de las comidillas de todo barrio que se precie. En lo que la mujer trae al mundo a la criatura, ya se han pasado por allí un enjambre de vecinas y familiares. ¿Qué secreto queda por guardar?

Pensaba yo entonces que era en vano acallar ciertas cuestiones, intentar mantenerlas de muros adentro. Cada casa tiene puertas y ventanas. De ahí sale todo a la calle, donde los asuntos del prójimo se pregonan sin pudor y todos andan en boca de todos.

El caso de Francisca daba prueba de ello. En su barrio y los aledaños, no había quién no estuviera al cabo de la situación, aunque nadie hiciera nada por remediarla. «Son cosas de familia», decían unos. «Nadie es quién para meterse entre un marido y su mujer», remataban otros. Así, no había quien moviese un dedo, aunque todos coincidían en que se trataba de un caso extremo y el esposo la maltrataba «con saña excesiva».

¡Válgame el cielo! Empecé a sospechar que la gente obra de tal guisa no por desentenderse, sino por recelo. Se figuran que más vale no tomar medidas en casa ajena porque es invitar a que alguien venga a hacer lo mismo en la propia.

Para nuestra Franca, la situación no había cambiado, por mucho que hubiésemos llegado a pensar lo contrario. El día en que la justicia le concedió manejar los dineros de la familia, creímos sinceramente que las penurias de nuestra amiga habían llegado a su fin. Al menos, que no volvería a pasar tan grandes privaciones, ni tanto sufrimiento para alimentarse ella y dar sustento a sus hijos. No podíamos estar más erradas.

El desalmado del marido se burlaba de las leyes humanas tanto como de los mandamientos divinos. Así, a base de engaños y amenazas, seguía cobrando él las rentas familiares, derrochándolas en vicios de toda índole sin llevar a casa un maravedí. Es más, sus ataques a la pobre de su esposa arreciaron. Aunque ella seguía teniendo a estudiantes jóvenes en la casa y se deslomaba por atenderlos, eso no siempre le aseguraba poder llevar comida a la mesa, ni siquiera evitar las palizas.

—No es un hombre, es una alimaña —le dije un día a Ana—. Ni entrañas tiene, el miserable.

—Ese hijo de Satanás no cejará hasta que esté muerto —replicó ella—, o hasta que se lleve a Franca a la tumba.

Pero, como es bien sabido, la Providencia obra de forma imprevista al decidir quién se va y quién se queda, como en tantas otras cosas.

Ese año, el de 1620, trajo graves desgracias a Alcalá de Henares y a nuestras vidas. A día 29 de mayo, tuvo lugar una de las mayores tragedias que los vecinos recuerdan.

Tras varias jornadas de lluvias, se produjo una terrible inundación que arrasó el centro de la villa. La calle Mayor y la de Santiago fueron arrolladas por una riada que causó también destrozos en las zonas de alrededor. Paredes, techumbres, casas enteras derrumbadas... Muebles hechos pedazos, enseres arrastrados... Incontables animales ahogados. Y los vecinos... Virgen santa, resulta demasiado doloroso intentar calcular cuántas almas perecieron en la catástrofe.

Recuerdo cuando recibí la noticia. Marita, que vino a decírmelo sin aliento y demudada, cuenta que perdí toda la color. Lo primero que me vino a las mientes fue que, gracias a los cielos, Luis se había marchado a Madrid, cosa que hacía con frecuencia, pues tenía tratos con ciertas personalidades de la Corte.

Mi hogar, por fortuna, parecía estar fuera de peligro, aun si era imposible prever adónde llegarían las aguas y, con ellas, los destrozos. Entonces recordé a mis amigas. La casa de Francisca tampoco se encontraba en la zona amenazada. Pero la de Ana...

El estómago me dio un vuelco.

«¡Virgen santa, no...! —recé para mí—. Te lo ruego, te lo ruego, por lo que más quieras...».

La barbería de Enrique estaba en la calle Mayor, en pleno centro del desastre. Temí lo peor. Los cielos saben que en ese instante dejé de pensar en cualquier otra cosa.

—Preparaos. Nos vamos para allá ahora mismo —ordené a Marita y Maricuela, que me miraron espantadas, como temiendo que yo hubiese perdido por completo el seso.

—Señora... —aventuró la menor—, ¿os traigo los chapines?

¡Habrase visto...! Valga que, de ordinario, no salga jamás

sin alzas. ¿De qué otra forma, si no, protegería mis elegantes zapatos y el borde inferior de las basquiñas, tan ricamente bordado, del barro y las inmundicias del suelo? Pero ¿a santo de qué traerlas a colación en ese instante? ¿De qué se suponía que me iban a servir en plena riada?

Aunque no hay que juzgar a las muchachas con dureza. Estaban horrorizadas. No podía esperarse que pensaran con claridad. Para ser sincera, creo que tampoco yo lo hacía.

—¡Déjate de majaderías y abre la puerta ahora mismo! —ordené sin muchas contemplaciones. Pero la moza aún dudaba.

—Señora... Echaréis a perder vuestras ropas.

¡Bendita Maricuela, y cuánto miraba por mí! De sobra sabía ella qué empeño ponía yo en cuidar mis vestidos. Pero Dios sabe que, en aquel momento, me importaban un ardite.

—Pues que se pierdan. ¡Abre, te digo!

Hubiérades visto la cara que puso Ana cuando nos vio llegar a su puerta, las tres avanzando a base de tropiezos y empellones, de lodo hasta la cintura.

Estaba asomada al balcón de la primera planta sujetándose la tripa con ambas manos, con gesto de esforzarse por respirar. Creo que he olvidado decir que por entonces mi amiga estaba preñada. Y mucho; tanto como para ponerse a parir de un momento a otro.

Razón de más para no quedarse allí. Por las rejas se veía que el piso a pie de calle, con su barbería incluida, estaba inundado. El revoque había caído de las paredes dejando a la vista las riostras de madera, la paja y el adobe. Había porciones de los muros medio deshechas. Restos de mobiliario sobresalían por doquier; enseres y paños flotaban a merced de las corrientes cenagosas.

—¡Bajad! —les dije—. ¡Os venís a casa conmigo!

Tuve que gritar para hacerme oír, pues todo en derredor eran estruendos y chillidos. La suegra de Ana, con Joaquín en brazos, se asomó también al balcón. El niño tendría ya sus cuatro años. Sin duda pesaba lo suyo, pero la anciana, aun siendo menuda y de carnes escurridas, lo aferraba haciendo acopio de sus pobres fuerzas. El pequeño lloraba desconsolado, con la cara enterrada en el hombro de su abuela.

Después apareció Enrique, sin jubón, la camisa sudorosa, las calzas embarradas. Me miró apenas un momento. Era hombre resuelto, de decisiones rápidas.

—Id con ella —ordenó—. Allí estaréis a salvo.

Temí que Ana, por pura costumbre, se lanzara a llevarle la contraria. Pero se limitó a arrugar el entrecejo.

—¿Y tú, marido? ¿No vienes?

—Tengo mucho que hacer. Hay muchos afectados, con daños y heridas. Necesitan ayuda.

Mi amiga se miró el vientre.

—Ve, pues —respondió. Saltaba a la vista que, de haber podido, lo habría acompañado—. Ayuda a esa pobre gente.

Entonces hizo algo que me maravilló. Se volvió hacia su Enrique, lo tomó de la mano y, dejando de lado todo recato, lo besó en los labios. Ella, siempre tan seca y avinagrada, se abandonó sin dudarlo a ese arremuesco que, atendiendo a los dictados del pudor, los esposos nunca realizan en público.

—Vete ya —rezongó después—, pero más te vale volver cuanto antes.

A pesar de su habitual aplomo, también Enrique parecía confundido por el arrebato de su esposa. Carraspeó, como si buscara recuperar la compostura.

—Eso haré. Me reuniré con vosotras apenas pueda.

Lo recuerdo así, a la puerta de la barbería arrasada, con el agua sucia hasta la cintura, el gesto serio. Llevaba al hombro un zurrón lleno de ungüentos y utensilios médicos.

No volvimos a verlo.

Nos dijeron que Enrique estaba en una especie de dispensario improvisado cuando el edificio se hundió. No pudieron sacarlo con vida de entre los escombros.

Ana, tan dada a aspavientos para cosas de otra enjundia, no se lanzó a plañir, ni a chillar, ni a mesarse los cabellos, como hacen otras. No hubo clamores, nada ostentoso ni lastimero, como se espera de la mujer que acaba de enviudar. Se encerró en sí misma, negándose a hablar del tema.

—Tuve un pálpito, Dios sabe que sí —fue todo cuanto consintió en contarme—. Los cielos me lo advirtieron. No les hice caso.

—Aun si hubieras intentado detenerlo, de nada habría servido —respondí, sin saber qué otra cosa decir.

—Lo sé. Era cabezota como él solo —replicó. Ya no había reproche en su voz.

Nada podía hacer yo por aliviarla. Intuía que ella necesitaba sumirse en sus recuerdos, atesorarlos, mascar la rabia y el dolor, pero no en público, sino cuando se quedaba a solas.

Era evidente que sufría. Al menos para mí, que tanto la conozco. Aunque ella parecía empeñada en no mostrarlo.

No buscó ayuda ni consuelo. De cierto, no muchos habrían podido dárselos. La villa entera estaba de duelo. De puertas afuera, mi amiga era una más de las muchas víctimas de la catástrofe. Y el número de estas parecía incalculable.

Tras la devastación de los aluviones, el sol inclemente de principios de junio comenzó a secar las aguas estancadas dejando las calles anegadas de lodo, plagadas de pozas y charcas. Llegaron los enjambres de mosquitos, las fiebres, las calenturas; más muerte, más desolación.

Aunque sabíamos que las penurias no terminaban allí. Las inundaciones habían arrasado los campos, destruido las cosechas. Eso tan solo podía significar una cosa: hambre y privaciones para el año venidero.

Pero, por de pronto, debíamos atender los problemas inmediatos. La vida tiene sus ritmos y algunos no admiten demora. Así quedó demostrado la noche en que Ana, caminando con dificultad y agarrándose el vientre, se llegó a mi cámara.

—Manda llamar a la comadre Rafaela Márquez. Necesito que venga enseguida.

Bartolomé de Alcocer

Ese verano, el de 1620, fue el más penoso de cuantos se recuerdan en la villa. Los cielos, lejos de mostrar misericordia por la terrible experiencia que acababan de sufrir los vecinos, nos trajeron meses de bochorno espantoso. Las aguas se retiraron dejando pantanos y lagunas pestilentes que atraían enfermedades, insectos y alimañas.

Las viviendas, las calles y plazas destilaban una sensación de ahogo. Doy fe de que hasta respirar parecía agotador, como si el aire faltase, de tanto resultaba sofocante y viciado.

Como suele ocurrir en circunstancias tan funestas, ciertas personas se hunden mientras otras demuestran hasta qué punto es capaz de llegar su fortaleza. Así, en una jornada especialmente asfixiante, recibí una visita que no olvidaré. Era el 28 de julio. Lo recuerdo sin necesidad de consultar los documentos que dejaron constancia del hecho. Aquella fecha marcaría un antes y un después en mi modo de entender ciertas cosas.

Siempre había pensado que la ley vivía en los papeles.

Que la incalculable cantidad de pliegos emanados de las ordenanzas y pragmáticas, de las sentencias de los tribunales, las audiencias, las chancillerías, conformaba un cuerpo inmenso e imperecedero, que albergaba en su interior la vida misma.

Pero ella, esa mujer a la que muchos consideraban insignificante, vino a demostrarme que la vida es algo muy distinto. Algo con su propio aliento, su propio latido, que no puede contenerse en todos los decretos habidos y por haber.

Francisca de Pedraza llegó ese día mucho más consumida que la última vez que se presentó en mi oficina, unos veinte meses antes. Me dirigió unas palabras muy semejantes a las de aquel entonces:

—No sé si me recuerda vuestra merced, señor Bartolomé de Alcocer. Hará unos dos años, presenté una petición ante el corregidor de la villa...

Asentí. Recordaba el caso. Aquel marido infame, el vecino Jerónimo de Jaras, que dejaba morir de hambre a su casa mientras él dilapidaba el patrimonio familiar en toda suerte de vicios. Y que, además, maltrataba a los suyos con una brutalidad espantosa.

Pero, sobre todo, la recordaba a ella: una mujer con una fe inquebrantable en la justicia, por mucho que los tribunales acostumbrasen a dar la espalda a casos como el suyo.

—Señora Francisca de Pedraza —respondí, sin necesidad de que ella mentara su nombre—. Desearía decir que me alegra veros. Pero mucho me temo que eso implica que algo va mal. De lo contrario, dudo que estuvierais aquí.

También recordaba que aquella mujer poseía un espíritu perspicaz, capaz de vislumbrar cosas que la mayoría de la gente no llega a intuir. Presentí que, una vez más, tendría la virtud de sorprenderme.

—También yo desearía decir lo mismo —respondió—. Pero, como ya imagináis, vengo en busca de algo muy importante. Creedme si os digo que me va la vida en ello.

Pasó a relatarme lo que yo me temía: que, pese a que se le hubiese concedido a ella la administración de la hacienda familiar, el desalmado del marido se había negado a acatar la sentencia; que seguía cobrando y malgastando los dineros dejando a su familia sin medios de subsistencia; que cada vez la maltrataba de forma más salvaje amenazando con matarla si ella intentaba acudir otra vez a la justicia; que, en vista de la impunidad con que aquel monstruo se comportaba, estaba convencida de que él llevaría a cabo sus amenazas. Por eso no había actuado hasta ahora, a pesar de vivir en un constante temor por su vida y la de sus hijos.

—Pese a todo, aquí estáis —señalé, al ver que callaba.

—Aquí estoy porque ahora las cosas han cambiado. Habéis de saber, señor, que mi esposo está en la cárcel. Así que no he de temer que esta noche me saque un cuchillo al volver a casa.

Aun teniendo en sus manos la administración de unos bienes familiares que habrían bastado para vivir con holgura, el vecino Jaras los malgastaba hasta el punto de haber contraído numerosas deudas no solo en la villa, sino también en los municipios de alrededor. Hasta que uno de sus acreedores lo había denunciado. De modo que aquel canalla estaba ahora en prisión, desde donde su rabia no podía alcanzar a la desdichada de su esposa.

Eso sí, ya había amenazado con castigarla «debidamente» en cuanto saliera de allí, cosa que ocurriría a principios de septiembre. Pues, en su obcecación, la tenía a ella por responsable de aquel encierro. No le importaba vocear a los cuatro vientos que estaba dispuesto a «rematarla» por tal razón.

Así y todo, Francisca de Pedraza no había dejado que esa amenaza la paralizase. Al contrario, veía en aquello una oportunidad concedida por los cielos. Y estaba decidida a aprovecharla.

—Bien. ¿Qué queréis hacer al respecto? —pregunté, aunque preveía la respuesta.

—Lo que he querido desde el principio, señor Alcocer —replicó sin dudarlo—. Apartarme de ese hombre para siempre. Ayudadme a pedir el divorcio.

No había tiempo que perder. Ese mismo día completamos los trámites. Francisca me otorgó un poder general para pleitos. Enseguida procedí a redactar el documento, recogiendo todo cuanto ella había declarado:

«Francisca de Pedraza, vecina de esta villa como mejor proceda, comparezco ante vuestra merced e interpongo demanda de divorcio a Jerónimo de Jaras, mi marido. Contando el caso, doy testimonio de que hará ocho años, poco más o menos, que me casé *in facie ecclesiae* con el dicho mi marido. Y que, en este tiempo, debiéndome tratar bien y amorosamente, conforme a la ley divina y humana, no lo ha hecho ni lo hace. Que no nos proporciona sustento ni vestidos ni a mí ni a mis hijos. Y es costumbre suya andarse por la villa comiendo y bebiendo con otros, gastando mi hacienda y la suya, sin aportar nada a su casa, dejándome desnuda. Y es un hombre de tan descompuesta condición que, sin tener de comer para mí y mis hijos, se viene a casa a medio día, y aunque, como ya he referido, él no me da dinero para comida, me exige que le sirva la mesa, dando a entender que yo debo conseguir los alimentos de forma deshonesta. Desde hace tiempo me trata muy mal de obra y palabra, diciéndome que soy una rata podrida y otras muchas frases feas. Asimismo, me ha asestado muchos porrazos sin darle yo la menor ocasión ni motivo, llenándome de cardenales todo el cuerpo y el rostro. Ya en varias ocasiones me habría matado, de no ser porque vino gente y se interpuso entre él y yo. Un día, estando en la mesa comiendo, sin previo aviso ni motivo ninguno, tomó con gran cólera un cuchillo y me lo tiró, de forma que, si no llego a bajar el cuerpo, me habría matado. Y ya ha amenazado en repetidas ocasiones con acabar con mi vida. Incluso ha dicho en la cárcel, donde está ahora mismo, que, en cuanto salga de allí, me ha de dar muerte...».

Tras aquello, seguía la petición: Francisca reclamaba el divorcio, además de la restitución de su dote y arras, así como una manutención basada en la parte que le correspondía de los bienes familiares, a fin de que sirviese de sustento para ella y sus dos hijos.

Ese mismo día presenté el documento ante el licenciado Pedro de Cabezón, canónigo de la Colegial de los Santos

Justo y Pastor, juez y vicario de la Audiencia y Corte Arzobispal. Era la segunda ocasión en que Francisca iniciaba una demanda de divorcio contra su esposo. La primera vez, seis años antes, yo la había convencido de que retirase la petición.

Mucho habían cambiado las tornas desde entonces. En mi fuero interno, seguía convencido de que la audiencia eclesiástica desestimaría la petición de mi clienta, por mucho que a ella la asistiese la razón. Pero, si Francisca me hubiese preguntado ahora, le habría aconsejado seguir adelante. No por los honorarios que el caso me reportaría, sino porque aquella causa, aun destinada al fracaso, me parecía justa. Porque, contra toda razón, quería tener un atisbo de esperanza.

Hubimos de darnos prisa en localizar a los testigos, algo que no suele resultar fácil en casos de esta índole. Pues, aunque sean muchos los que tienen noticias del maltrato conyugal, pocos de entre ellos están dispuestos a prestar declaración ante un tribunal. Unos, por temor a sufrir las represalias de un marido cuya brutalidad resulta bien conocida; otros, por afirmar que se trata de un asunto familiar y privado en el que nadie debe inmiscuirse —lo piensen de veras o no, pues los hay que, aun sin creerlo, se escudan bajo este pretexto—. Por desgracia, no resulta infrecuente que las mismas historias de abusos y golpes que circulan sin tapujos por las calles se encuentren sin testimonios cuando llega el momento de declarar ante el juez.

En el caso de Francisca, las circunstancias fueron muy

otras. De cierto, no faltaron voces dispuestas a prestar declaración a su favor. Algunos de los testigos residían en la villa; por ejemplo, María Maráñez, antigua sirvienta de la casa familiar, que no tenía más que palabras de elogio para el ama. O Antonio Macías, clérigo de menores órdenes, oriundo de Portugal, que estudiaba teología en la universidad. También estaba el confesor de la demandante, el licenciado Cristóbal González, teniente de cura de la parroquial de Santa María la Mayor. Estos dos, sobre todo, daban mayor fuerza a las reclamaciones de Francisca, pues pocas cosas impresionan más a un tribunal eclesiástico que los testimonios de hombres de religión.

A este respecto, también cabía contar con el presbítero Andrés González, en cuya casa vivía de alquiler la familia de Francisca. Por desgracia, el sacerdote residía ahora en Carabanchel de Arriba. Así que la audiencia eclesiástica debería remitir una comisión a aquel lugar para recabar su declaración. Lo mismo ocurría con Catalina de Molina y su hija Beatriz González, las anteriores caseras de Francisca, que también se habían mudado a dicha localidad.

Eso supondría un retraso de al menos dos o tres semanas en el procedimiento, por mucho que la Audiencia Arzobispal se propusiese actuar con rapidez. Así ocurrió, en efecto. Pues hasta el día 31 de agosto no se enviaron desde allí las declaraciones de los testigos, según testimonio firmado por Juan Vela, notario real y del concejo de Carabanchel de Abajo.

Mientras tanto, los declarantes vecinos de la villa ya habían dado su testimonio ante la Audiencia y Corte Arzobispal, a día 12 de agosto. Todos confirmaron sin género de duda los desmanes del vecino Jaras, así como la brutalidad con que aquel desalmado trataba a su esposa.

Cuando presenté a Francisca la transcripción de aquellas declaraciones, las leyó con atención. Después quedó pensativa, con un gesto que casi se me antojó de inquietud.

—Son buenos testimonios, a fe mía —manifesté para tranquilizarla—. Os aseguro que una esposa rara vez cuenta con defensores tan reconocidos, de tal calidad como los vuestros. Y, mucho menos, que estén en posición de aportar datos tan valiosos y fidedignos.

—Son buenos testimonios, no me cabe duda. Y todo cuanto han dicho es cierto —confirmó ella, aunque había cierta preocupación en su tono. No entendí la razón hasta que añadió—: Pero, por mucho que sea cierto, no llega a ser toda la verdad...

—Me temo que no os entiendo.

—Me alegra, señor Bartolomé de Alcocer, porque eso significa que no lo habéis vivido en vuestras carnes.

Lo dijo con voz pausada, pero tan cargada de dolor que me afectó en lo más hondo. Fue entonces cuando empecé a comprender... Aquellas palabras sobre el papel, por descarnadas que resultasen, no podían compararse al tormento que suponía el día a día en aquella casa. Porque lo contenido en aquellos documentos no era más que una sombra difusa de la realidad, de la vida hecha trizas de aquella mujer.

Pensé que, al menos, podía evitarle el dolor añadido que suponía presentarse ante el tribunal. Para eso estaba yo, su procurador, para declarar en su nombre y dar testimonio de todas aquellas atrocidades. Rememorarlas, volver a darles vida a través de la palabra... Significaba reabrir heridas profundas, que nunca llegaban a cerrarse del todo.

No. Francisca de Pedraza no tendría que pasar por eso. No mientras yo estuviese allí.

—El daño que habéis sufrido... —empecé. Me detuve porque no sabía cómo continuar. Al final, opté por recurrir a la voz de la experiencia, por fría que resultase—. Podemos probar la violencia ejercida sobre vos de otras formas, que quizá resulten más convincentes para el tribunal. Añadir al valor documental de estos testimonios la evidencia de un médico que examine vuestras lesiones. Será más duro para vos, os lo advierto, pero podría ayudar a defender mejor la causa...

Me miró como si no comprendiera.

—¿Por qué, señor Alcocer? ¿Por qué dejar en boca de otros lo que puedo contar yo misma? O más bien, lo que puedo mostrar...

Quedé un momento con el cuerpo y el ánimo en suspenso. Me sucedía a veces, al recoger testimonios que preferiría no haber escuchado.

—No estoy seguro de entenderos —repliqué. En realidad, deseaba creer que no había comprendido aquella última alusión. Me provocaba un regusto desagradable.

—Mi cuerpo es mi mejor testigo —añadió ella—. Lo que él me ha hecho a lo largo de estos años...

—¡No! —la interrumpí, con una vehemencia que me sorprendió a mí mismo—. No es necesario. Ni siquiera aconsejable. Vuestro abogado os dirá lo mismo que yo, tenedlo por seguro. ¿Qué queréis, provocar el disgusto de la Corte que ha de juzgaros? Un tribunal eclesiástico, que tanto valora el pudor (y más en una mujer), no lo vería con agrado.

—Mi cuerpo no es algo que pueda mirarse con agrado, señor procurador. Razón de más para enseñarlo.

Me resistía con todas mis fuerzas a la idea de que ella, tras lo mucho que había padecido, hubiera de humillarse también de aquella manera: mostrando en público sus carnes, convertidas en un espectáculo lamentable. Me opuse de todos los modos posibles, pero no logré convencerla.

—¿Acaso dudáis del poder de esto? —repliqué, alargando los documentos para ponérselos ante la cara—. Esto es la verdad, señora mía, es el cuerpo mismo de la ley. Esto permanecerá intacto durante siglos, cuando vuestras carnes, que queréis presentar por testimonio, se hayan convertido en polvo. ¿Y aún decís que esto no es suficiente?

A día de hoy, todavía no sé cuál era la causa de la rabia que sentía en esos momentos. Pero tengo por cierto que no la originaba ella. En todo caso, Francisca pareció comprenderlo.

—Las verdades que hay en las palabras tienen fuerza, y más si están escritas en papel —me dijo—. No lo niego, señor Bartolomé de Alcocer. Pero más fuerza aún tienen las que entran por los ojos. Pues estas, querámoslo o no, dejan grabada su estampa. Todos podemos elegir si creer o no en lo que nos llega de oídas. Pero lo que vemos... De nada vale cubrirnos los ojos después de haber mirado. Pues, por terribles que sean, nos muestran verdades que no se pueden negar.

Francisca

El día que comparecí ante el tribunal fue uno de los más angustiosos de mi vida. Aún recordaba el nerviosismo de aquella otra jornada vivida casi ocho años atrás, en el convento. La sala oscura y fría, las buenas hermanas detrás de la reja, don Cristóbal a mi lado... Y el hombre que convertiría mi vida en un infierno.

—Aguanta, hija mía, aguanta —me recomendaba mi confesor cuando acudía a él—. Cada día que pasa te acerca más al Paraíso de los bienaventurados.

Con todo, él mismo testificó a mi favor en aquel pleito, igual que siempre había tomado partido por mí desde que inicié las querellas contra mi esposo.

Ahora era llegado el momento de dar un paso importante, de esos tras los que no hay vuelta atrás. Tan crucial como el que diera aquel día en la saleta del convento, al poner mi mano en la de aquel hombre que me causó repulsa al instante.

El procurador Alcocer me recogió en casa para llevarme al palacio arzobispal, donde había de prestar testimonio. Las manos me temblaban, aunque me esforcé por no mostrarlo. Pero, a la vista de aquel edificio, que tan bien reflejaba la magnificencia del Señor y de su Corte celestial, los estremecimientos arreciaron y ya no hubo modo de esconderlos.

—Estáis a tiempo, Francisca —señaló Bartolomé de Alcocer con esa voz tan seca, tan suya, pero que yo encontraba reconfortante—. No tenéis por qué hacerlo. Recordad, aún puedo llevaros a casa y testificar en vuestro lugar.

Dije que no con la cabeza. Después lo repetí de palabra, pues el pronunciarlo me daba fuerzas.

Así, atravesamos juntos el patio de entrada, lleno de gente. Los había laicos y eclesiásticos. Unos caminaban con prisa, otros permanecían en corrillos. Todos tenían aspecto grave, de personas entregadas a asuntos importantes. Aquel ambiente me hacía sentir pequeña e insignificante, como si no perteneciese a aquel sitio y apenas si tuviese derecho a entrar en él.

Pero yo estaba allí. Iba a hablar por mí misma, y tendrían que escucharme.

En vez de limitarse a caminar a mi lado, Bartolomé de Alcocer me había ofrecido su brazo, igual que si yo fuese una dama merecedora de respeto. De esta guisa avanzamos por el patio, el vestíbulo y los corredores del palacio, hasta la antecámara del salón de audiencias. Allí nos hicieron esperar largo rato antes de recibirnos.

La sala era más pequeña de lo que había esperado. Por el contrario, el tribunal resultaba mucho más numeroso. Eso hizo que mi corazón se lanzase a latir tan fuerte que temí que todos pudieran oírlo.

—El del sitial es el juez y vicario —me susurró el buen

procurador—; dirigíos a él cuando habléis. El que está a su derecha, el asesor jurídico; ahí está el notario; ahí, el notario receptor...

Dejé de escuchar su explicación. Las pulsaciones del corazón eran tan fuertes que me llenaban por completo la cabeza. Ocupé mi lugar y permanecí en silencio, con la vista baja, mientras leían papeles y papeles. Luego me preguntaron y respondí. Seguía manteniendo los ojos hacia mi regazo, pero mi voz sonaba firme, contra lo que yo misma había esperado.

Notaba que Bartolomé de Alcocer se hallaba allí, a mi espalda. Sentía su presencia, y eso me daba cierto sosiego. Sabía que él no era partidario de lo que vendría a continuación. Pero tenía que hacerlo, de eso estaba segura.

Si quería que se hiciera justicia, tenía que mostrar la verdad. Para eso había venido, para descubrir una evidencia que los defensores de la fe no pudiesen ignorar.

Me desaté el jubón, luego la camisa. Notaba la torpeza de mis movimientos, los dedos temblorosos. Hasta que, al final, desnudé la espalda, los hombros, las pocas partes de mi cuerpo que el pudor me permitía mostrar. Aun así, eran más que suficientes. Ahí estaban los moratones, las heridas viejas y las recientes, los estragos y deformaciones irreparables, causados por años y años de maltratos.

Oí las exclamaciones del tribunal. Resultaba evidente que aquella visión no era de su agrado. Tras unos instantes, un tiempo mucho más breve del que yo había tardado en apartar las ropas, el juez me ordenó con voz agria que volviese a cubrirme.

Con el retraso provocado al esperar declaraciones de Catalina, Beatriz y don Andrés, que venían de Carabanchel, se nos echó encima septiembre. En pocos días Jerónimo saldría de la cárcel. Era necesario que, para entonces, él no me encontrase en casa.

Así que, a día 5 del mes, mi buen procurador envió al tribunal un escrito para recordarles la situación, pidiendo no solo que dictasen sentencia cuanto antes, sino también que mi esposo siguiera en prisión hasta que se diera el veredicto.

—Aunque dudo que concedan esto último —me dijo con esa desconfianza tan suya, a la que él llamaba «saber ver las cosas como son»—. Con todo, no está de más el solicitarlo.

Como de costumbre, no se equivocaba. Jerónimo salió de su encierro en la fecha prevista. Aunque, para cuando aquello ocurrió, ni yo ni los niños estábamos ya en la casa, a Dios gracias.

Mientras se aclaraba del todo el proceso, el señor juez y vicario me concedió ir a vivir a otro lugar. Uno que yo había pedido, y por el que rezaba con todas mis fuerzas.

«... mando que la dicha Francisca de Pedraza sea depositada en casa de Ana García, viuda, hasta que por su merced se provea y mande otra cosa. Otrosí, mando que el dicho Jerónimo de Jaras comparezca ante su merced personalmente para testificar acerca de lo contenido en la dicha información, y para que se le notifique la demanda...».

Di gracias al cielo cuando mi procurador me leyó aquellas palabras. Sentía que al fin la Providencia, tanto como la ley de los hombres, comenzaba a mostrarme su cara más benévola.

—Pensad, Francisca, que nada de esto se solucionará de forma definitiva hasta que vuestro marido no presente al tribunal su versión de los hechos. Así lo dispone la ley. Las pruebas que nosotros hemos entregado no tienen por qué decidir la causa.

De nuevo, noté cierto desánimo en su tono. Pero mis impresiones con respecto a lo que había de venir eran del todo distintas. Pensaba yo entonces que nada de lo que Jerónimo dijese o hiciese podría compensar las declaraciones de las personas que habían testificado por mí; ni, mucho menos, las pruebas que yo había mostrado al tribunal a costa de tanto sonrojo.

Sobre todo, me daba ánimos la idea de irme a vivir con Ana. Estaba convencida de que, si el señor vicario había aceptado, aquello era sin duda un buen presagio; el adelanto de una sentencia favorable.

—No lo toméis por tal. Os aseguro que no se trata de algo inusitado. Es una medida cautelar. —Al instante debió de caer en la cuenta de que yo no entendía aquellas palabras. Así pues, me aclaró—: Una precaución comprensible y normal, dadas las circunstancias. La vuestra es una situación de extrema gravedad, tal y como muestran las amenazas de vuestro esposo. Eso es algo que el tribunal no se toma a la ligera. Espero que eso influya en la decisión que se alcance sobre la disolución de vuestro vínculo matrimonial.

No puede evitar sonreírme ante aquella última observación.

—¿Me equivoco, señor Bartolomé, o alberga vuestra merced esperanzas de que el pleito llegue a buen puerto? Porque eso sería una novedad respecto a lo que habéis venido diciendo hasta ahora.

—No os llaméis a engaño. No he declarado, ni declararé, tal cosa —replicó al punto—. Y antes de que comencéis a decirme que debo tener más fe en la justicia, permitidme recordaros que estas son solo disposiciones preliminares.

Pero yo me negaba a creerlo.

—No, señor procurador. Pese a lo que digáis, presiento que estamos al principio de algo diferente. De algo bueno. Ya lo veréis.

¡Virgen santa! Cuánto me equivocaba... Al principio, todo parecía darme la razón. Pero aquella ilusión no duró mucho.

Llegué a casa de Ana convencida de que aquel sería mi nuevo hogar. Durante el verano, ella, Clara y yo habíamos trabajado mucho para dejarla de nuevo habitable, tras los estragos causados por la inundación. Había querido la Providencia que yo dispusiera de más tiempo justo en aquella época, siendo el momento en que los estudiantes marchan a sus tierras de origen durante las vacaciones universitarias. Como, además, se había dado el caso de que Jerónimo estaba en prisión, no podía impedirme salir de nuestra vivienda para pasar largo rato en la de mi amiga.

Durante aquel verano de intensa faena, nunca se me había ocurrido pensar que aquella casa podría convertirse también en la mía. Pero ahora que mi querella iba por tan buen camino en la Audiencia Arzobispal, era llegado el momento de hacer nuevos planes de futuro.

—Verás como, aunque ya no esté Enrique, nada ha de faltarte —le aseguré—. Nos apañaremos entre las dos...

—Entre las tres —intervino Clara, que también estaba presente—. Porque en mi cocina siempre tendréis, si es menester, vuestras raciones de pan y de olla podrida, que a Marita le sale riquísima.

Era una oferta generosa, más aún considerando que no hablábamos de una familia escasa. Yo contaba con dos hijos; Ana, con otros dos, incluyendo a un bebé de algo más de tres meses que apenas si se apartaba de su pecho. Y, claro está, había que sumar también a su suegra.

—Podemos poner un taller de costura —proseguí—. Y aún habría espacio para alquilar habitaciones a estudiantes. Cuando los míos terminen sus vacaciones y vuelvan de Yepes, a buen seguro que no les importa venirse acá. Aún queda más de un mes para San Lucas. Tenemos tiempo de sobra para organizarlo todo antes del comienzo del nuevo curso.

—A mí no se me da bien lo de coser —rezongó Ana—. Y tampoco es que me hagan mucha gracia los señorones estudiantes. Mucho menos si han de venirme con sus cuitas, quejándose de que si este ronca mucho por las noches, no dejando dormir a los demás; o de si aquel va dejando mal olor a su paso después de haber comido las lentejas.

Miré de reojo a Clara, que meneaba la cabeza y se sonreía. De sobra sabíamos que nuestra amiga jamás daba por buena una idea ajena sin presentar antes su buena ración de protestas.

—Se pensará mi nuera que es la señora condesa de Monteagudo, a lo menos —musitó la suegra, que tenía la molesta costumbre de no dirigirse a Ana en persona, sino mentándola como si no estuviese allí—, y que puede pasarse el día sin más quehacer que sentarse a tomar chocolate, a cuenta de las rentas de sus muchas haciendas.

—Piénsatelo —insistí, pasando de soslayo sobre aquel último comentario—. Sea lo que sea, lo haremos juntas. Tú y yo, Ana. Las dos vamos a recuperar nuestras vidas.

Poco duró aquel empeño, como he dicho. Echando la vista atrás, creo que, a lo sumo, un par de días. El tiempo necesario para que Jerónimo saliera de la cárcel y dejase bien claro que no estaba dispuesto a seguir adelante con el asunto del pleito.

Me lo topé bien temprano, tras dejar la casa de Ana para ir al mercado. Él sabía a qué hora acostumbraba yo a ir a la plaza y me estaba esperando. Apenas lo vi, di media vuelta y eché a correr, pero me alcanzó. Sin el menor empacho por encontrarse en plena calle Mayor, la más concurrida de la villa, empezó a golpearme hasta que caí al suelo. Luego me agarró de las piernas y me arrastró por el barro, tirando de mí en dirección a casa.

Iba gritando mil despropósitos: que si yo era su esposa y ya se encargaría él de recordármelo; que cómo me atrevía a escaparme sin su permiso; que era una malnacida, una arpía y cosas mucho peores...

Yo me revolvía. Luchaba y gritaba pidiendo auxilio. Pero nadie acudió.

Al llegar a la casa, cerró la puerta con llave. Entonces comenzó lo peor. Allí, sin testigos. Me apaleó con una violencia que no puedo ni describir, con toda su saña acumulada. Pensé que iba a matarme ahí mismo, como había prometido.

Rogué por mi vida. Eso lo enfureció aún más. Aulló que acabaría matándome, pero que no sería aquel día. Que lo haría poco a poco, para que yo sufriera lo que me merecía. Todo esto, con tan grandes alaridos que sin duda tuvieron que oírlo los vecinos de alrededor. Pero nadie vino.

Yo lloraba y chillaba y suplicaba, por Dios, por los cielos... No hubo caso. Él hizo de mí todo lo que quiso.

Cuando vio que ya no podía resistirme, se desató las calzas, me subió la basquiña y me tomó a la fuerza, sin atender a mis alaridos de dolor. Me gritó que no fingiese, que ya sabía él que aquello me gustaba, que era una sucia pellejona... Cuando acabó, volvió a golpearme hasta que se cansó. Entonces me dejó allí, tirada en el suelo. Me ordenó que le preparase la comida y se sentó a la mesa, no sin antes pasar por la despensa para traerse una botella de vino, que empezó a vaciar a largos tragos.

—Mira qué sed me haces pasar, maldita ramera. ¿A qué esperas? ¡Ya te he dicho que tengo hambre!

Al ver que me demoraba en levantarme, me dio unos cuantos puntapiés, como a un perro callejero. Comprendí que poco le importaba que apenas pudiera incorporarme, que el intentar moverme me provocase un dolor atroz, que hasta el respirar fuese una agonía.

—¿Dónde está esa comida? Tráela aquí ahora mismo, condenada zorra. ¿O es que aún quieres más?

Obedecí, aún no sé bien cómo. Puse comida fría en la mesa. Lo observé engullirla, con la voracidad de una bestia. Hasta tomé un bocado cuando él me lo exigió. Porque no podía hacer otra cosa. Porque nadie iba a venir en mi ayuda. Porque quería sobrevivir a cualquier precio.

Después de aquello, Jerónimo actuó con rapidez. Ordenó a su procurador que escribiese un documento para cerrar la causa de divorcio que yo había abierto, argumentando que yo estaba de nuevo en casa, como esposa suya, y volvíamos a hacer vida conyugal.

Hasta pidió a aquel hombre, Ambrosio de Santiago, que, tras firmarlo, lo leyese delante de mí, cosa que este hizo.

«... digo que conviene a mi derecho que Francisca de Pedraza declare bajo juramento si es verdad que desde el viernes pasado estuvo conmigo en nuestra casa, tres días con dos noches, haciendo vida maridable, comiendo y durmiendo juntos, y hecha dicha declaración se me dé para alegar de mi justicia...».

No contento con aquello, trajo también a un notario para que me tomase declaración. Cuando este preguntó si lo contenido en aquel documento era cierto, tuve que responder que sí. Aunque no dejé de añadir que mi marido se lo había cobrado todo a la fuerza.

A lo que él me miró con desdén y replicó:

—¡Vergüenza debiera daros! ¡Que vuestro esposo tenga que tomarse a la fuerza lo que os corresponde darle de buen grado!

Y allá se fueron los papeles, a la Audiencia Arzobispal. Al siguiente día, 12 de septiembre, el procurador Ambrosio de Santiago los entregaba, solicitando que la causa se cerrase por haber cambiado yo de opinión y haberme vuelto a vivir con mi marido. El señor juez accedió a ello en esa misma jornada. Cuatro días después llegaba a casa el escrito oficial, para que lo firmásemos y diésemos por cerrado el pleito.

«... el licenciado don Pedro de Cabezón, canónigo de la Colegial de esta villa de Alcalá, y teniente de vicario general en la Audiencia y Corte Arzobispal de todo el arzobispado de Toledo, ha tenido noticia de que Jerónimo de Jaras y Francisca de Pedraza se han concertado en razón de la causa de divorcio que pendía ante este tribunal. Proveyendo de remedio para el futuro, su merced mandó que se notifique al dicho Jerónimo de Jaras que, de aquí en adelante, trate bien y amorosamente a la dicha Francisca de Pedraza, dándole todo lo necesario para su persona, vestidos y alimentos, y con apercibimiento de que, si no lo hace así, se procederá contra él por todo rigor de derecho...».

Las mismas palabras huecas con que la Audiencia Arzobispal respondiera hacía seis años, cuando solicité por primera vez apartarme de mi esposo. Las mismas disposiciones que Jerónimo había jurado cumplir por entonces, sin intención de respetar su palabra. Las mismas amenazas vanas por parte de la justicia, que no se cumplirían cuando él volviera a romper el pacto.

Todo seguiría igual que antes, si no peor. A los ojos del tribunal y de quienquiera que leyese aquellos papeles, yo era una mujer caprichosa, que tan pronto solicitaba apartarse de su marido como cambiaba de opinión y volvía a hacer vida conyugal con él.

Para mí, aquel documento era una sentencia de muerte. Mi esposo me había amenazado con que así sería, y yo no tenía motivos para dudar de su promesa. Muy al contrario.

Dudo que alguien creyese de veras que Jerónimo cambiaría de conducta. Por mi parte, yo no albergaba esperanza alguna.

Quinta parte

(1621-1622)

Ana

Cuando los cielos se llevaron a mi Enrique, no lloré. Su señora madre, por contra, derramó arrobas de lágrimas, con grandes aspavientos y mesándose los cabellos, como una plañidera profesional. Aun me reprochó que no hiciese yo lo mismo, echándome en cara que no respetaba a su hijo en la muerte, igual que no lo había respetado lo bastante en vida.

Ella nunca entendió lo mucho que yo echo en falta a mi esposo, entonces como ahora. Dios bendito, cuánto lo lloré. Pero a mi modo, por dentro y en silencio, con el corazón y el alma inundados de un dolor profundo, como un pozo que nunca se vacía, allá en lo más hondo, sin salir a la superficie.

Lo sé yo, lo sabe el Altísimo y también lo sabe mi Enrique, estoy segura. Con eso me basta.

Bien lo quise, y aún lo quiero, más que a nadie, excepto a los hijos que él me dio. No todos los maridos pueden decir lo mismo, a juzgar por lo que se ve cada día en los vecindarios y las historias que corren por doquier.

Con Francisca me ocurrió lo contrario. En el momento

en que supe que ese demonio la había arrastrado otra vez al infierno de su casa, como una res al matadero, rompí a llorar. Aquello me dejó rota por dentro, pero de forma muy distinta a como me desgarraba la pérdida de mi esposo. Porque el desconsuelo que sentía por la marcha de mi Enrique nacía del recuerdo de la dicha perdida. Pero, en el caso de mi amiga, no había más que angustia, tormentos, injusticia perversa, un calvario sin fin.

Ahí sí que querría yo haber voceado a las calles, clamado al cielo, estallado de algún modo. Mas ¿de qué habría servido? En este mundo en que vivimos, los gritos de una mujer valen lo mismo que el silencio.

Con todo, en cuanto tuve noticia de lo ocurrido me llegué corriendo hasta la casa de Francisca, que estaba cerrada a cal y canto; aporreé la puerta, chillé. No sé cuánto tiempo llevaba allí cuando apareció Clara, que venía también a la carrera, con el espanto en el rostro. De nada valieron nuestros intentos. Cuando, a la semana, supe que Franca había confesado que aquel monstruo la había forzado a hacer «vida maridable» lloré aún más, a cuenta de la rabia y la impotencia. Aunque, después de todas las lágrimas que había vertido el primer día, no pensaba que me quedasen más.

Clara, que había venido a contarme todo aquello, estaba tan devastada como yo. Cuando el llanto me dejó paso al habla, solo acerté a decir:

—Si ese día hubiese ido con ella al mercado... Si la hubiera acompañado...

—¡Anda allá! —protestó ella—. ¡Ni se te ocurra pensarlo! Nada de esto es culpa tuya, ¿me oyes?

Me imaginé a Franca arrastrada por las calles de media villa, revolviéndose, suplicando auxilio. Nadie había movido un dedo para ayudarla.

—A la gente le gusta pensar eso —respondí—. Pero se engañan. Si ocurren cosas así, es por culpa de todos.

Tenía muy claro que no quería otro marido que no fuese mi Enrique. Así pues, debía hacer todo lo posible para no necesitarlo. Allí estaba yo, viuda y sola, sin hombre para sacar adelante la casa, con dos hijos y una suegra a los que mantener.

En los pocos días que Franca pasó conmigo, mientras hacíamos previsiones para un futuro juntas, hasta me planteé labores tan poco dadas a mi carácter como la costura o el alojar a estudiantes. Pues eran negocios a los que mi amiga se dedicaba desde hacía tiempo y para los que había demostrado darse maña. Pero cuando quedó claro que el monstruo del marido nos negaba todo aquello, tuve que idear algo muy distinto.

—¿Qué vamos a hacer ahora, Dios mío? —se quejaba mi suegra, tan experta en señalar problemas como inútil a la hora de buscar soluciones—. ¡Qué desdicha, ay Señor! ¡Tantas bocas que alimentar en la casa, y sin hombre que la lleve!

Así, hora tras hora, día tras día, hasta que, ya harta, le solté:

—Haceos a la idea, señora madre, de que ahora el hombre de la casa soy yo. Más os vale empezar a tratarme como a tal.

No negaré que tuve mis titubeos. Pero poco tardé en comprender que, en mi situación, no podía permitírmelos. Cierto, mi Enrique habría puesto el grito en el cielo de saber lo que me proponía. Pero a mí no me cabía la menor duda: no había más que una ocupación, una sola, a la que pudiera dedicarme, tanto por afición como por experiencia.

Casi se diría que la Providencia me hubiese estado guiando desde niña en aquella dirección. Y que hasta mi esposo, con todo su desdén por el oficio en cuestión, hubiese contribuido a ello.

Cuando me presenté ante Rafaela Márquez y le pedí que me tomase como aprendiza para instruirme en el arte de partear, se quedó sin habla.

—Sabed que lamento lo que le ocurrió a vuestro esposo —me dijo, no sé si por salir del paso, aunque tengo la impresión de que era sincera—. Comprendo que vuestra situación actual os empuja a buscar un modo de llevar comida a los vuestros. Pero mire voacé, señora Ana...

Intuí que aquí venía una negativa, así que la interrumpí:

—Mirad vos, más bien, si alguna vez habéis tenido tarea tan fácil y que pueda seros tan de provecho. De seguro que nunca os ha llegado una aprendiza tan enseñada, que apenas si os costará esfuerzo, pues que ya ha asistido en partos y tiene su experiencia en el tema. Muy al contrario, que os puede ayudar en las tareas más complicadas ya desde el principio quitándoos de encima mucho esfuerzo; que hasta cuenta con instrumentos del oficio que, a causa de su alto precio, vos no tenéis y que encontraréis muy útiles; que ha leído libros...

—¡Alto ahí! —me cortó—. Esos instrumentos que mentáis, ni los tengo ni los quiero. Y en cuanto a vuestros libros, os seguro que no sirven de nada. Todos esos inventos son cosa de médicos, de esos que creen saber más que nadie sobre cualquier tema, que dan lecciones sobre cómo traer niños al mundo aun cuando nunca han asistido a parto alguno. No es así como lo hacemos las comadres.

—Pues os equivocáis. Habéis de saber que en algunos de esos libros se encuentran cosas muy provechosas, de las que siempre se puede aprender algo nuevo, y que pueden servir bien a las pacientes. Y en cuanto a ese instrumental...

—Con mal pie entramos, señora mía —volvió a interrumpirme—, si empezáis llevándome la contraria en todo. Por mucho que os sorprenda, no es eso lo que busco en una aprendiza. Además, aunque huelga decirlo, sois ya demasiado vieja para hacer de tal.

—Os aseguro que no. A no ser que vos seáis demasiado vieja para hacer de maestra.

Puso los ojos en blanco.

—Veo que los cielos tuvieron a bien concederos buenas dosis de tacto —rezongó con sorna—. ¿Hay alguna otra cosa en la que queráis instruirme?

Abrí la boca para responder, pero las palabras se me quedaron sin salir. Pues justo entonces caí en la cuenta. La Providencia había puesto a Rafaela Márquez en mi camino una y otra vez. Eso tenía que significar algo, seguro que sí.

Aunque ella no era consciente de esto; al menos, no del

mismo modo que yo. Tal vez hubiera llegado el momento de explicárselo.

Así que empecé a contar la historia desde el principio. Desde aquel día en el convento, más de diez años atrás, en que yo había escuchado, encogida en un hueco de la pared, la voz de una desconocida.

Sus palabras me habían llegado muy hondo. Me habían llevado a pensar que la realidad de ahí fuera podía ser muy distinta a lo que las buenas monjas insistían en enseñarme; que, contra la opinión general, una mujer no tenía por qué resignarse a quedar encerrada entre los muros de una casa o los de un convento; que, más allá de eso, podía también completarse a sí misma y ser de provecho al mundo, como hacen los varones que realizan un trabajo bueno y cristiano.

Ella y yo habíamos seguido cruzándonos después de aquello, como si nuestros caminos estuviesen destinados a encontrarse, pese a que las apariencias sugirieran que caminábamos en direcciones distintas. ¿Y acaso no habíamos descubierto, gracias a eso, la de cosas que teníamos en común? ¿No cabía pensar, tal vez, que aquella fuese la voz de la Providencia?

No sé si fue esto lo que acabó convenciéndola. O si, de algún modo, comprendió que una negativa suya no pondría fin a mi porfía. Lo cierto es que, al cabo, Rafaela Márquez accedió. Se convirtió en mi maestra en esa arte tan dificultosa, tan fatigosa y admirable como la de partear.

Así fue como los cielos me permitieron descubrir mi propósito, mi razón de estar en este mundo. Algo que, bien lo sé, no a todas las personas se les concede.

Muchas cosas ocurrieron en ese año de 1621. Si preguntáis a los cronistas de oficio, esos que solo se ocupan de asuntos de palacio, os dirán que no hubo suceso más señalado que la muerte de nuestro rey, al que algunos llamaban «el piadoso». Dios lo reclamó allá a finales de marzo o principios de abril.

Al marcharse él, desaparecieron también las camarillas que lo rodeaban. El de Uceda y ese Aliaga que manejaban las riendas, como antes las había llevado el de Lerma. Aunque todos sabíamos que al punto surgirían otros nuevos, ansiosos de capitanear el barco, como así sucedió. Cuando se trata de manejar poder y dineros nunca faltan pretendientes; más bien sobran, diría yo. No es de extrañar que luego vengan tantas vilezas, componendas y puñaladas. Ellos se lo guisan y, mientras se preparan el puchero, van quitando sustancia de la olla de todos los demás para llenar la suya; como si el hecho de tener ellos la mesa grande bastara para justificar saquear las despensas ajenas, sin pensar en que los súbditos también tenemos bocas que alimentar.

Aquí entre nos, confieso que no sentí gran lástima. Tenía asuntos más graves de que ocuparme, penas mucho mayores que sobrellevar. Además, pensaba yo que con el cambio llegarían mejoras, ya que no podía darse un peor manejo del reino. Pero Dios sabe que me equivocaba. En resumen: viendo cómo han cambiado las tornas del tercer Felipe al cuarto, más nos vale que después no venga un quinto.

Pero me vuelto a la historia que de veras importa, retomando las cosas donde las dejamos. El caso es que no cualquiera puede ejercer de comadre. Solo faltaría dejar asuntos tan vitales en manos mal preparadas. Así, es menester reunir una serie de requisitos. Todas las aspirantes deben haber cumplido un tiempo de práctica en compañía de una partera ya reconocida; a saber: antigua, de probada capacidad y, además, cristiana vieja.

A falta de una pragmática que estipule cuánto, corresponde a cada maestra decidir cuándo su aprendiza está ya preparada.

—En mi caso, suelen ser al menos dos años. Y no creáis que el haber asistido a vuestro esposo os supone una ventaja —me advirtió Rafaela Márquez—, que bien podría resultar al contrario. Pronto veremos si lo que creéis saber responde al buen oficio. Aunque ya os prevengo de que, posiblemente, sean prácticas erradas y perniciosas.

En ese caso, me dijo, mi formación duraría más de lo habitual, pues tendría que sumar a ella el tiempo necesario para olvidar todo lo malo que había aprendido.

—Que puede ser mucho —añadió, con un tono que dejaba entrever su convicción de que así sería.

Años después, cuando nos tratásemos de igual a igual y con una confianza más cercana a la amistad que al compañerismo, me confesaría haber quedado sorprendida por lo mucho y bueno que yo sabía al llegar a ella, aun sin admitir abiertamente que aquello se lo debiera a mi Enrique. Pero eso no lo mostró durante aquellos meses, no.

¿Que si el camino fue liso y trillado? No siempre. ¿Que si tuvimos nuestras disputas? Dios sabe que sí. Sobre todo porque la buena de Rafaela estaba empeñada en saberlo todo, al igual que antes lo hiciera mi esposo. Y, cuando se equivocaba, no se dejaba convencer con facilidad.

—A ver, ¿quién es aquí la maestra y quién la aprendiza? —me decía, como si aquello bastase para zanjar cualquier discusión.

Lo que, por supuesto, no lograba que yo cerrase la boca. Pero justo es reconocerlo: gracias a mi porfía, acabó aceptando como buenos ciertos usos a los que, en principio, se negaba en redondo. Eso de admitir que el profesor también puede aprender del alumno es algo que la honra, como profesional y como persona.

Aparte de eso, para ejercer el oficio es necesario que la aspirante tenga limpieza de sangre y demuestre ser «de buena vida y costumbres». Para lo primero se necesita un certificado del Santo Oficio. Para lo segundo, de la parroquia. Aquí mi confesor, don Cristóbal, tomó el asunto en sus manos y se encargó de solucionarlo con rapidez. Eso sí, no se privó de decirme que no le hacía gracia el negocio de «hurgar en las partes más pecaminosas de las hembras».

—Pero, pues Dios ha querido que sea cosa necesaria para traer nuevos cristianos al mundo, lo acataremos sin cuestionárnoslo. Que así debe obrar todo buen cristiano, hija mía. Hágase Su voluntad en esto, como en todo lo demás.

Todo eso resulta necesario porque puede darse el caso de que la partera haya de administrar el santo sacramento del bautismo en el momento en que nace la criatura, cuando esta no ha de vivir lo suficiente para esperar la llegada de un sacerdote. Esto es cosa muy seria, pues se arriesga el destino reservado al alma de un cristiano. Basta con que no esté bautizado para que se le cierre la entrada al Paraíso, por mucho que se trate de un ánima inocente que ni siquiera ha llegado a pecar.

No niego que Rafaela cuidó bien de mí. Enseguida me dejó ocuparme de las tareas más sencillas. Y también cobrar por ellas. Pues no se le escapaba que yo necesitaba llevar comida a casa.

Así, aunque al principio pasamos ciertas estrecheces, nunca nos faltó harina para el pan. Si bien no nos daba para echarle gallina a la olla, sí la aderezábamos con su cebolla, su ajo y sus garbanzos, e incluso con algún que otro pedazo de tocino. En los días en que ni aun a esto llegábamos, siempre estaba Clara, que se traía de su casa raciones bastantes como para llenarnos las escudillas. De vez en cuando, sin habérselo pedido, se presentaba con leche, o miel, o queso, o frutos secos, o tela para coserles ropas a los niños.

Siempre he sospechado que esto le suponía un esfuerzo mayor de lo que ella dejaba entrever. Pues, aunque tuviese la casa tan bien puesta y vistiese ropas dignas de una corregidora, yo intuía que ella y Luis se encontraban en una posición menos boyante de lo que aparentaban.

A medida que pasaban los meses fui ocupándome de tareas cada vez más complicadas en el oficio. Y hete aquí que, cierto día, se nos puso de parto una paciente. Rafaela me mandó llamar. Cuando llegué a su casa, la encontré tumbada en la cama. Estaba cubierta de sudor, con la cara contraída, tan amarilla como la cera.

—Tendrás que encargarte tú —resolló, apretados los dientes. No podía ni tenerse en pie.

Allí la dejé, maldiciendo sus riñones. Agarré la silla de partos y preparé una bolsa con los utensilios, hierbas y amuletos más imprescindibles. Cuando llegase al lugar y viese la situación, ya mandaría a alguna moza de la casa, o a alguna pariente o vecina para recoger el resto de lo que necesitase.

Me encomendé a los cielos. Recordé que, a Dios gracias, la parturienta no era primeriza. Ya había dado a luz a tres hijos, siempre sin grandes complicaciones, por lo que cabía esperar un alumbramiento favorable. Busqué ánimo en esta idea. Era la primera vez que asistiría a un nacimiento yo sola, sin nadie que me dirigiese, y necesitaba pensamientos reconfortantes que calmasen mi nerviosismo.

Acababa de anochecer. El viento era frío, no había estrellas en el cielo encapotado y las calles se encontraban vacías. Nada invitaba a salir en circunstancias como aquellas, ni siquiera a las personas descarriadas y de mal vivir, las únicas que suelen transitar la villa tras la caída del sol.

Pero a una mujer no le es dado elegir cuándo se pone de parto. Y la comadre debe acudir entonces, sea cual sea la hora o la situación.

Pensando iba yo en estas cosas cuando, a la vuelta de una esquina, me topé de bruces con un grupo de tres estudiantes que parecían estar como al acecho, en silencio y sin luces que los delatasen.

Me quedé paralizada de espanto. Tuve el convencimiento de que, si se ocultaban de tal guisa, era señal de que no llevaban buenas intenciones. Aún peor: estaban ante una mujer sola, que caminaba por la calle de noche. Razones más que suficientes para que la mayoría de los varones piensen que pueden abusar de ella como les apetezca. Y de todos es sabido cómo los estudiantes acostumbran a aprovecharse de las vecinas de la villa, siempre que se les da la ocasión.

Me miraron y se sonrieron. El encontronazo los había sorprendido tanto como a mí. Pero era evidente que a ellos no se les antojaba igual de aciago.

—Ved aquí lo que nos trae la noche, bendita sea —dijo uno—. ¿Adónde vas tan galana, buena moza?

—Y tan sola —apuntó otro—. Apuesto a que no te incomoda un poco de compañía.

Iba yo tan galana como una mula cargada de alforjas. Y en cuanto a la compañía, sí me incomodaba. Mucho.

—Soy comadre, voy a asistir a una mujer que está pariendo. Así que conviene a vuestras mercedes dejarme libre el camino.

Recé por que mi brusquedad les ocultara el temor que sentía. Pues tenía por cierto que a muchos cobardes les sirve como acicate el miedo de una mujer.

Quedaron del todo pasmados por mi respuesta. De hecho, se me antojó que dos de ellos hicieron ademán de retroceder. Pero el tercero, más terco, replicó:

—¿Y qué prisa hay, buena moza? ¿Pues no dicen que esos negocios duran horas? De seguro puedes dedicarnos un rato a nosotros, que tu amiga no lo notará.

—¿Eso cree vuestra merced? Se nota que tiene experiencia en esto de sacar niños —contesté—. Antes de soltar barbaridades como esa, probad a consultar a vuestra buena madre. Veréis si ella, que con tanto dolor y esfuerzo os trajo al mundo, está de acuerdo.

Vi que les cambiaba la cara ante aquellas palabras. Tanto que los otros dos se miraron, como turbados, y uno de ellos puso la mano en el hombro del que había hablado.

—Deja marchar a la mujer. No es menester entretenerla más —dijo—. Bien se ve que es honesta y que tiene trabajo que hacer.

Me abrieron paso. Retomé el camino tan rápido como me lo permitía mi carga y el temblor de mis piernas, oculto por la basquiña. Agradecí a los cielos que incluso los hombres incapaces de guardar respeto a otras mujeres sepan honrar a su propia madre. Y que el recuerdo de esta pueda devolverlos al buen camino, aunque sea por breve tiempo.

Francisca

Pasaron los meses y, tal como me temía, las palizas arreciaron. Eran espantosas, aunque no frecuentes, pues mi esposo pasaba temporadas fuera de casa, sin darme razón de adónde iba ni cuándo pensaba volver. Así que el miedo a su regreso estaba siempre presente, aun en su ausencia. Pensaba yo entonces, y todavía lo pienso, que él obraba así a propósito, como una forma más de hacerme daño.

Ya me había advertido que tenía intención de quitarme la vida, pero poco a poco. Dios sabe que se daba buena maña para eso, como si él mismo fuera una enfermedad mortal. La falta de comida, la acumulación de golpes y heridas, me tenían el cuerpo destrozado. Pero de esa carne sin fuerzas tenía que sacar yo el ánimo para seguir adelante, por mí misma y por mis hijos, que también sufrían insultos y palos si él no se saciaba conmigo.

Su condición era bien conocida en la villa. Tanto que los estudiantes alojados en mi casa acabaron marchándose. Me costó gran esfuerzo conseguir que otros viniesen. Aunque, por mucho que me desviviera sirviéndolos, no volví a tener ocupadas todas las camas, pues la fama de lo que allí ocurría mantenía alejados a la mayoría de los posibles huéspedes.

Según supe, los universitarios le habían dado el nombre de «Tifón». Así lo llamaban todos, no solo los que se atrevían a hospedarse conmigo. No comprendí por qué hasta que uno de mis camaristas me lo aclaró:

—Pues veréis, señora Francisca, ese Tifón era un monstruo de la mitología antigua. Según se dice, tenía un tamaño enorme, tanto que alcanzaba las estrellas, y una apariencia aterradora. Imaginaos unos ojos como las llamas del infierno, una boca que vomitaba fuego, las piernas llenas de serpientes y unas alas demoníacas capaces de provocar tempestades y terremotos.

Así me lo explicó Juan de Bidalar, uno de esos pocos estudiantes que no se acobardaban por tal descripción. Me reveló que él ya había oído hablar del «Tifón Jaras» antes de hospedarse en casa, bien que eso no le había impedido venirse.

—¿Y cuenta la historia qué ocurrió con él? —pregunté—. ¿O si estuvo mucho tiempo atormentando a los que tenía cerca de sí?

—Mucho tiempo, en efecto. Pero habéis de saber que, al fin, Júpiter lo venció. Aunque no la primera vez que lo intentó. Pues el monstruo lo derrotó, dejándolo muy maltrecho, y fue un portento que consiguiera recuperarse. Con todo, él se recobró y volvió a intentarlo. Aunque ya os digo que no le resultó tarea fácil. Todos pensaban que Tifón era invencible; tanto más, habida cuenta de que ya había despedazado antes a su adversario. Pero Júpiter lo persiguió con gran porfía, a costa de grandes esfuerzos y fatigas. Al cabo, logró someterlo y mantenerlo apartado para siempre.

Reconozco que la historia me dejó impresionada. Algo debió de notarse en mi expresión, pues él me miró de hito en hito y preguntó:

—¿Ocurre algo, señora Francisca? ¿Os molesta acaso lo que he dicho?

—No, por cierto; perded cuidado.

La verdad es que aquello me hizo cavilar. Ya lo decían los antiguos: incluso los monstruos más temibles, aquellos que parecen del todo invencibles, pueden acabar derrotados. Ese era un pensamiento del que cualquiera podría sacar fuerzas.

Discurrí también otra cosa: que la figura de aquel Tifón, aun siendo bien diferente a la de mi esposo, de alguna forma se me antojaba muy adecuada a él. Y si los estudiantes de la villa, aun aquellos que no lo conocían, se lo representaban de tal guisa, distinguiendo su carácter con tal claridad, debía de ser posible hacer que otros también lo notaran. En especial, aquellos hombres de iglesia, los guardianes de la fe que formaban la Audiencia Arzobispal, los únicos que podían apartarlo de mí en buena ley.

Si podía lograr que ellos vieran a Jerónimo tal como era, de cierto me permitirían divorciarme.

Ese Juan de Bidalar que ya he mentado era navarro, de porte robusto, con una voz recia que llegaba a todos los rincones de la casa. No evitaba la pendencia cuando esta le venía de frente, y así lo demostró frente a Jerónimo. Pero mi esposo tenía sus astucias; aprendía rápido cuándo y ante quién podía estallar sin temor a represalias.

Así, mostraba su peor cara ante aquellos que no podían responderle puño en ristre. En especial, a las mujeres, aunque tampoco se privaba de agraviar a los eclesiásticos.

Recuerdo, por ejemplo, a don Martín, sacerdote de nuestra parroquia, y vecino nuestro desde hacía años. Vivía en la casa de enfrente, cruzando la calle. Era un hombre tirando ya a anciano, bastante encorvado, de trato amable, que acostumbraba a pasarse por nuestra vivienda con frecuencia.

—A ese échalo de aquí sin contemplaciones —gruñía mi esposo—. Ya me conozco yo a esa clerigalla, que se pasa el día de puerta en puerta solo para comer de gorra en casa ajena.

Pero ¡cómo iba a venir en busca de comida, el pobre hombre! Si había algunos días en yo me descomponía para encontrar qué poner en la mesa a nuestros huéspedes, y solo probábamos bocado gracias a que Clara nos traía la olla de su casa.

Sospecho que, en realidad, lo que más molestaba a mi esposo era que don Martín le hablaba bien a las claras. No es que sirviera de mucho, dicho sea. Pero justo es reconocer que el buen sacerdote le decía sin tapujos cosas que los demás se callaban.

—A vuestra esposa debéis tratarla de modo más amoroso, como manda la Santa Madre Iglesia —le advertía—. Esos tratos que le dais no son propios de buen cristiano.

Como Jerónimo hiciera oídos sordos, marchándose incluso a otra habitación por no oírlo, don Martín se iba detrás e insistía:

—Mirad que Dios os ha bendecido con una esposa muy honrada, de buena vida y costumbres, que no os da ocasión ninguna de que os irritéis con ella, antes al contrario. Vos, sin embargo...

En este punto, mi esposo tomaba el sombrero y la capa y se marchaba de casa dejándolo con la palabra en la boca. Eso, en el mejor de los casos. Porque otras veces le respondía con muy feas palabras, insultándolo a él y toda esa «bazofia» de clérigos que, sin tener idea de qué es el matrimonio, sermonean a los casados sobre cómo deben escarmentar a las víboras de sus mujeres.

Pero quien se llevaba la peor parte del guiso era nuestra sirvienta, María de Nontarín. Se había venido a nuestra casa al quedar viuda, unos años antes. A Dios gracias que llegó entonces, porque nuestra anterior moza se había marchado tras aguantar los insultos de mi esposo todo cuanto le fue posible. Estaba María ya entrada en años; no tenía el vigor de una muchacha, ni mucho menos. Aun así, me resultaba de gran ayuda y me hacía buena compañía. Era de trato serio, más bien silenciosa. En esto último suponía lo opuesto a nuestra anterior María, que no callaba jamás.

Me contó que había estado casada veintidós años con Marcos de Valdemoro, «buen hombre y no mal mozo», que le había dado cuatro hijos, de los cuales le habían sobrevivido dos, ambos varones y ya crecidos. Uno había entrado a servir en los ejércitos del rey y otro, como hermano lego en un convento franciscano, allá por tierras de Zamora.

—Los dos se me fueron, pues mi Marcos trabajaba de ganapán y no teníamos otro negocio que dejarles. Así, han acabado lejos, sin poder dar sustento a su madre. Quiera Dios que la suerte les sonría y no pasen penalidades.

A pesar de las adversidades, guardaba María buen recuerdo de sus tiempos de casada. Por contra, le espantaba —y mucho— la situación que vivíamos en casa.

—¡Ay, señora, qué desgracia la vuestra! —me decía—. Una santa, ya os lo digo, eso sois. Sabed que mi difunto esposo no me dio más que tres palizas en los años que estuvimos casados. Tres solo, fijaos si era un buen hombre.

En cuanto a las vecinas, teníamos buen trato. Incluso andábamos de casa en casa con frecuencia. Pero cuando se trataba de lidiar con mi esposo, era como si no estuviesen. Una de ellas, Juana, acostumbraba a pasarse cuando habían acabado los gritos y los golpes. Eso sí, tras asegurarse de que Jerónimo ya no andaba por la vivienda. Entonces se llegaba ella a la puerta, me ayudaba a levantarme o a acercarme a una silla, si era menester. Echaba la vista en derredor, evaluando los destrozos, meneaba la cabeza y decía:

—Te mando a la moza para que te ayude con esto, pobrecita, que falta te hace.

Enseguida llegaba la criada, que también se llamaba María, y se ponía manos a la obra. Entre las dos sirvientas se apañaban rápido para volver a poner todo en orden, hasta donde era posible. En ocasiones incluso participaba Juana. No siempre porque, aunque era viuda y no contaba con esposo al que atender, sí tenía a sus nietos, que vivían cerca, y se pasaba buena parte del día en las casas de sus hijas ayudándolas.

Mi otra vecina, Isabel, era harina de otro costal: más joven que Juana, pero también más arisca. Tras los estallidos de mi esposo, ella se pasaba varios días sin aparecer por casa, aunque el resto del tiempo asomara por allí con frecuencia. La causa no la sabía, ni hice esfuerzos por averiguarla. Sospechaba yo que guarda relación con el hecho de que ella misma estaba casada, y se temía que acercarse a las disputas de otro matrimonio habría de traerle disgustos con su esposo.

Si acaso Juana le comentaba lo escandalosas que resultaban las amenazas y palizas de Jerónimo, ella se limitaba a decir que desde su casa no se oía nada de nada.

Hasta que, cierta vez, su criada, aprovechando que la patrona no estaba presente, comentó:

—Dirá la señora lo que quiera. Pero yo os aseguro que desde detrás de esa pared se escucha todo. Válgame Dios, ya me gustaría a mí que no fuera así, por no haber oído ciertas cosas...

A la siguiente ocasión en que Isabel volvió a comentar lo mismo, observé que mi sirvienta mascullaba algo entre dientes, aunque no alcancé a oír sus palabras. Cuando la vecina se marchó, le pregunté:

—¿Qué rezongabas antes, María? Te he visto decir algo, no lo niegues.

—¿Negarlo yo, señora? Nada de eso. Solo decía que no hay peor sordo que aquel que no quiere oír.

Como todos los años, yo temía la llegada de la fiesta de San Juan. Pues es entonces cuando termina el curso universitario. De allí a dos o tres días, la casa solía quedar desierta de estudiantes. Y yo, más a merced que nunca de la saña de mi esposo. De ver cómo había ocurrido otras veces, casi se diría que la furia se le estuviese cociendo por dentro a la espera de esas fechas.

Ese verano no fue una excepción. Pluguiera a Dios que las cosas hubieran sucedido de otro modo. Pero lo que yo tanto temía vino a hacerse realidad. Y de un modo más cruel, más brutal, que nunca antes.

Lo vi venir, pero de nada me sirvió. Corría el día de San Pedro. María me había ayudado a preparar a los niños para ir a misa. Íbamos por la calle, de camino a la iglesia magistral. Juanín tendría unos siete años. Ya se veía que habría de ser alto y recio, como el hombre que me lo metió en el vientre. Pero caminaba con los hombros encogidos, a pasos quedos y en silencio, como intentando pasar desapercibido. Tenía unos ojos grandes y asustadizos, que no cesaban de moverse de un lado a otro, en constante alerta. Yo rezaba por que, con el tiempo, aquello cambiase, porque mi hijo fuese capaz de mirar al mundo con la frente alta y mirada serena.

Mari, mi pequeña, rondaría los seis años. Al contrario que su hermano, había nacido pequeña y delicada, tan ligera como uno de esos dientes de león que brotan en los campos, que se deshacen al menor soplo de viento. Así se estaba criando, con una salud quebradiza, teniéndome siempre inquieta. Recuerdo que aquel día la pequeña tosía un poco, pese al calor de la época. Yo estaba inclinada sobre ella palpándole la frente, el cuello, las manos.

Me sentía incómoda en aquella postura, pues volvía a estar embarazada. De hecho, tenía el vientre tan abultado que ya no acertaba a moverme con soltura. Pero ni eso serviría para protegerme de lo que estaba por venir.

Jerónimo dobló la esquina más cercana. Casi se topó de bruces con nosotros. Había pasado la noche fuera. Apareció tambaleándose, con el aliento agrio apestando a alcohol, con los ojos hinchados, enrojecidos, como inflados en sangre.

—¿Adónde te crees que vas, so zorra? ¿Quién te ha dado permiso para salir de casa?

Sin necesidad de que yo dijese nada, María agarró a los niños y los alejó de él en dirección a la puerta de la magistral. Allí se había congregado buen número de vecinos para asistir al oficio, que estaba a punto de comenzar.

—Voy a la iglesia —repuse, retrocediendo despacio—. Hoy es San Pedro...

—Lo sé perfectamente, buscona. ¿Qué te crees? Igual que sé que hoy las calles y plazas están llenas. Como ya no tienes en casa a tus estudiantes, te falta tiempo para salir a buscar a otros que te calienten la cama...

—Voy a la iglesia —repetí. Sabía que nada importaban las palabras. Que dijera lo que dijere, aquello solo podía acabar de un modo. Aun así, insistí—: ¿No oyes las campanas? La misa está a punto de empezar...

—¡Ramera estúpida! ¿Crees que puedes engañarme con tus embustes? ¡Yo te enseñaré!

Pensaba yo que allí, en plena calle, en un lugar tan público y concurrido, no se atrevería a ponerme la mano encima. Me equivocaba.

Me agarró por el brazo. Me zarandeó hasta tirarme al suelo. Grité en busca de ayuda. La iglesia estaba tan cerca... No lo suficiente.

Él adivinó mis intenciones. Aquello lo encolerizó aún más. Me arrastró hasta un callejón cercano. Allí siguió apaleándome, con más brutalidad. Yo chillaba, intentaba defenderme. Me dio tales puñetazos en la cara que me la reventó entera, partiéndome la boca, dejándome ciego un ojo.

—¡Voy a matarte, puta! ¡Como hay Dios que hoy te mando al infierno!

Chillaba estas y otras atrocidades, como poseído por los demonios mientras seguía golpeándome la cabeza y el rostro. Porque en aquella ocasión no me cubría yo aquellas partes, como era mi costumbre, sino que todo mi afán estaba puesto en protegerme bien el vientre. Entonces, dándose cuenta, empezó a propinarme allí los puntapiés más feroces que pudo.

No, Virgen santa. Eso no, por piedad...

Dios sabe que fue lo que supliqué. Aunque se me figura que pude hacerlo para mí, sin llegar a decirlo, pues no tenía aliento para pronunciar palabra.

Él siguió así, enloquecido, hasta que sentí un dolor tan atroz que tuve el convencimiento de que se me habían roto las entrañas. Empecé a manchar entre los muslos, tanto como si toda la sangre de mi cuerpo quisiera escaparse por allí.

Él, que lo vio, sacó su navaja y se vino a mí con aspecto de querer abrirme en canal. Yo no podía hacer nada, salvo quedarme allí, sin fuerzas para resistirme...

Entonces noté que llegaba gente, aunque yo tenía la vista

nublada y no era capaz de ver quién. Pero agarraron a esa bestia que estaba a punto de darme muerte y la apartaron de mí, con muchos gritos y a fuerza de empellones.

Según supe después, María y los niños habían dado grandes voces pidiendo auxilio, hasta traerme la ayuda que yo no era capaz de conseguir.

Aunque en aquel momento no podía prestar atención a aquello, ni a ninguna otra cosa. Estaba luchando con mis últimas fuerzas para intentar contener la vida que se me escapaba de las entrañas.

Bien saben los cielos cuánto recé por un milagro, cómo procuré detener lo inevitable. Pero todo mi empeño había de resultar inútil.

Bartolomé de Alcocer

Quisiera poder decir que la atrocidad perpetrada el día de San Pedro me sorprendió. Por desgracia, no fue así. Cualquiera que conociese los pormenores del caso habría podido predecir un desenlace brutal. La crueldad reiterada del vecino Jaras, las insistentes denuncias de su esposa, las evidencias que ella había presentado, las declaraciones de los testigos... Todo apuntaba a que, tarde o temprano, aquella bestia carnicera provocaría una desgracia semejante. En eso consistía el legado que aportaba a su familia: dolor, miedo, violencia, muerte. Un cúmulo creciente que no se detendría por sí solo. Alguien debía intervenir para atajarlo.

Me hubiera gustado creer que tal papel correspondía a la justicia. Así debiera haber sido. Pero las leyes de nuestro mundo distan mucho de ser imparciales. Los tribunales eclesiásticos defienden la santidad del vínculo marital por encima de cualquier otra causa. Aunque eso signifique refrendar las crueldades sin fin que pueden darse dentro del matrimonio.

Los sucesos del día de San Pedro pronto estuvieron en

boca de todos, para espanto de la villa. Las versiones, incluso las más dispares, coincidían en detalles escalofriantes: la paliza de un marido a una esposa en estado de preñez avanzada, el que ella hubiera malparido poco después...

Lo más escalofriante era que el hecho se había producido en plena calle. Por costumbre, un hombre casado siempre golpea a su mujer en la intimidad de la casa, sin testigos, evitando el escándalo. Tales son las normas que dicta la buena conducta, y que todo varón decente debe respetar de cara a la sociedad.

La tragedia podría haber sido aún mayor de no ser porque, esta vez, los vecinos intervinieron. A Dios gracias, detuvieron al agresor cuando él se dirigía a la cuitada navaja en mano, con la previsible intención de apuñalarla.

—Yo misma corrí a la iglesia gritando —me reveló la sirvienta de la casa cuando le tomé declaración—. ¡Ay, Virgen santa, qué miedo pasé! No os digo más, sino que tenía el convencimiento de que nos mataba a la pobre señora allí mismo. Y aunque ya eran muchos los vecinos que se arrimaban, atraídos por los alaridos, les dije a los niños que corrieran, que buscaran a más gente. «Traed a quien pueda parar esto», les advertí, «que os va en ello la vida de vuestra madre». Allá se fueron las criaturas, a todo correr, y al poco volvieron con dos hermanos franciscanos. Venían los buenos frailes a la carrera, con los hábitos remangados muy por encima de las sandalias, aunque las normas de su orden les dicen que han de caminar con compostura, y se metieron en el callejón a poner paz, cosa que hicieron. Parece que, para entonces, los vecinos ya le tenían a él agarrado y le habían quitado el cuchillo de la mano, aunque él seguía revolviéndose como ese poseso de los Evangelios, el de toda una legión de demonios. Pero nada de esto lo vi yo, sino que me lo contaron. Que yo me quedé con los niños a la puerta de la iglesia, rezando a la Virgen del Val por que la señora saliera con bien de aquello. Y si no, por que subiese a los cielos, que es una bendita, bien lo sé yo, y se merece que la traten allá arriba mucho mejor que acá.

La actuación de la criada, María de Nontarín, había resultado providencial. De no ser por ella, tengo por cierto que aquella jornada habría acabado de manera aún más funesta.

A resultas de lo ocurrido, la agredida hubo de guardar cama durante largo tiempo. Los médicos auguraban que tardaría al menos un par de semanas en volver a ponerse en pie. Ignoraban que se las veían con una mujer fuerte, por mucho que su cuerpo, consumido y apaleado hasta el límite, pareciese indicar lo contrario.

A la semana del suceso, Francisca se presentó en mi despacho. Dios sabe que yo la esperaba. Era el día 6 de julio. Ella caminaba con dificultad, encogida sobre el vientre, que aún abultaba bajo la basquiña. Traía el rostro deformado a causa de los cardenales. Y un ojo hinchado y supurante, tanto que entonces parecía imposible que llegase a curarse; aunque, por fortuna, con el tiempo recuperaría casi toda la visión.

—Sé por qué estáis aquí —le dije, sin necesidad de que ella mencionase siquiera el motivo de su visita—. Deseáis volver a pedir el divorcio.

Lo cierto era que yo había estado pensando en aquello. Y había llegado a una conclusión. Si queríamos que el pleito acabase con el veredicto deseado, debíamos plantear una estrategia diferente a la habitual. Tal vez, con la ayuda de Dios, la reciente tragedia nos ayudase a lograrlo.

—Debemos convencer al tribunal de que la convivencia con vuestro esposo os pone en peligro —le dije—. Hablamos de una amenaza de muerte real, Francisca. Es un hecho fehaciente que él no está dispuesto a contenerse, ni siquiera en plena calle. De seguir en esa casa, arriesgáis vuestra vida.

Ella asintió despacio. Con una voz que apenas si acertaba a salir de entre los labios inflamados, respondió:

—Eso mismo pienso yo, señor Bartolomé.

Aquel mismo día presentamos la demanda ante la Audiencia Arzobispal. Solicitamos que, ante el evidente riesgo que entrañaba el que la víctima siguiese en casa con su agresor, se la trasladase de inmediato a un lugar seguro. El vicario accedió sin dudarlo. Así pues, Francisca marchó a vivir con su amiga Clara Huertas; oficialmente, la alojaba el marido de esta: mi antiguo empleado, don Luis de Santarén.

—¿Tenéis por cierto que estaréis bien en ese lugar? —le pregunté—. Mirad que vuestro esposo ya os sacó a la fuerza de la anterior casa en que os depositamos.

Así había ocurrido mientras ella residía con Ana García. Sospechaba yo que había influido en ello el que la susodicha era viuda, y el vecino Jaras se envalentonaba si no había hombre en la casa que pudiese plantarle cara. En el caso de

Luis de Santarén, era bien sabido que él estaba ausente del hogar buena parte del tiempo atendiendo negocios en la Corte.

—Perded cuidado —me dijo ella—. Que Jerónimo es hombre astuto y sabe bien cuándo y ante quién le conviene cuidarse. Tened por seguro que no ha de intentar nada contra una familia protegida por el señor don Juan de Guzmán.

Mas, por cierto, yo tenía mis recelos. Conocía bien a Luis de Santarén. Pertenecía a esos individuos que no usan la ley como balanza de lo justo, sino para moldearla a la medida de sus deseos y ambiciones.

«En vuestra casa he aprendido algo: la justicia es un traje que se corta a medida de los grandes». Así me lo había dicho al despedirnos. Palabras que aún me dolían, aunque había tratado de enterrarlas allí donde no pudieran molestarme con su eco.

Para mí, Francisca representaba lo contrario a él. Su fe era una luz, una suerte de estrella guía. Temía que el contacto con Luis, su estancia en aquella casa, pudiera debilitar su resplandor; tal vez, incluso, apagarlo para siempre.

Corrían rumores, además, de que aquel hombre andaba metido en asuntos turbios. Nada había podido demostrarse hasta ahora. Pero es bien sabido que, cuando el río suena, agua lleva. Y eso aconseja apartarse de su cauce.

Pero, al ver a Francisca tan convencida de su elección, me guardé mis aprensiones. Me concentré en procesar la demanda, poniendo en aquellos papeles mi esperanza y todo mi cuidado. Sabía que ahora contábamos con argumentos concluyentes. Tantos como para albergar serias expectativas de convencer al tribunal.

El expediente incluía un largo historial. Francisca ya había iniciado una primera demanda de divorcio ocho años antes, en 1614, aunque la había retirado cuando se esposo se comprometió ante la audiencia a cambiar de conducta y comportarse como un buen marido cristiano. Las pruebas de que aquel desgraciado no había hecho honor a su palabra resultaban abrumadoras. En 1618, el corregidor de la villa había concedido a Francisca la administración de la hacienda familiar, desposeyendo a su esposo, por demostrarse que este la malgastaba en el juego y otros vicios sin aportar siquiera lo necesario para mantener alimentados a los suyos. De nuevo, el vecino Jaras había despreciado tal sentencia, dejando las cosas tal como estaban, y aún peor. Como consecuencia, en 1620 su esposa había iniciado una segunda demanda de divorcio, demostrando con declaraciones de testigos y con las cicatrices de su propio cuerpo la brutalidad de las palizas que su esposo le propinaba. Pero el pleito se había archivado porque él la había obligado a cohabitar de nuevo, empleando la violencia física. Ahora, en 1622, ella presentaba una tercera petición de divorcio. Esta vez, nada le impediría llevar el proceso hasta el fin.

La audiencia no solo había sacado a Francisca del hogar conyugal; también le había concedido la administración temporal de la hacienda familiar para que dispusiese de ella mientras se dirimía la cuestión. Era de prever que esta se alargase, habida cuenta de la seriedad de los cargos. En efecto, el proceso se prolongó durante los meses de julio, agosto y septiembre. Unas pocas semanas para dirimir años de infierno doméstico.

Recordaba que, dos años antes, Francisca había señalado que las declaraciones sobre el papel resultaban frías; que, pese a ser ciertas, no reflejaban toda la verdad porque la intensidad de la experiencia vivida no podía recogerse en aquellos pliegos. En eso pensé mientras anotaba las alegaciones:

«El día de San Pedro por la tarde, Jerónimo de Jaras, en menosprecio de lo que le estaba mandado por este tribunal, por su mala condición y terrible natural, y sin para ello tener ocasión alguna, de nuevo causó a Francisca de Pedraza, su esposa, muchos maltratos, con bofetadas, palos y coces, acardenalándole cuerpo y rostro, que por poco le sacara un ojo, y de las coces la hiciera malparir, por estar en ese momento preñada.

»Y la maltrató de otras maneras, y le dijo esas palabras injuriosas que suele usar contra ella. Y tomó un cuchillo para matarla; que, si no fuera por los vecinos que se pusieron de por medio y por la buena defensa de la dicha Francisca de Pedraza, la hiriera muy malamente o la matara. Y se puede temer que el dicho Jerónimo de Jaras lo hará, por ser, como es, un hombre terrible, de condición colérico, arrebatado en sus acciones y que pone en ejecución sus intentos.

»En tal caso, el remedio es el divorcio entre el dicho Jerónimo de Jaras y la dicha Francisca de Pedraza, pues es de justicia. Juro ante Dios y ante esta cruz, en ánima de mi representada y mía, que no lo demandamos de malicia. Y así, solicito el divorcio y pido concesión de alimentos y la restitución de la dote y las arras...».

Mientras así escribía, no me cupo duda de que Francisca

tenía razón. Por terrible que fuese el contenido de aquel pliego, nunca podría llegar a transmitir todas las atrocidades de aquella tarde de San Pedro, ni los horrores que ella llevaba años viviendo.

Para recabar la mayor cantidad de evidencias, solicitamos que los antiguos vecinos de Francisca, que ahora residían en Carabanchel, reiterasen las declaraciones que ya habían dado dos años antes. Así, les remitimos un interrogatorio al que todos respondieron, recibiéndose los pliegos a 20 de agosto.

Pero mucho antes de que llegasen tales documentos ya habíamos llamado al estrado a varios vecinos de la villa. Comenzamos los interrogatorios a 8 de julio, dos días después de iniciar la causa. Nos interesaba demostrar dos cuestiones fundamentales. La primera: que, como probaban sus actos de brutalidad reiterados, el vecino Jaras poseía un carácter colérico, dado a la violencia extrema; que había amenazado de muerte a su esposa y era una persona dada a llevar a término tal promesa. La segunda: que lo había intentado de forma fehaciente el día de San Pedro, y solo la intervención de los vecinos le había impedido consumar el homicidio. Aun así, sus actos habían provocado el aborto de la criatura que su mujer llevaba en el vientre, hallándose en avanzado estado de gestación. Lo que, de nuevo, daba prueba del peligro que suponía la convivencia con el agresor no ya solo para la esposa, sino también para los hijos.

Así pues, llamamos por testigos a los habitantes de las

viviendas aledañas y a los estudiantes alojados en la casa. Casi todos dieron declaración muy favorable a la petición de Francisca. Así lo hizo una de sus vecinas más cercanas, Juana Rodríguez, viuda de Antón Recio; y la criada de esta, María de Andino. Para mi sorpresa, no ocurrió lo propio con Isabel de Medina, cuyo domicilio también se encontraba pared con pared respecto al de la víctima. Aseguró no haber oído nada la tarde en cuestión; y que tampoco podía testificar que hubiera habido agresiones ni amenazas anteriores.

Por el contrario, su sirvienta, María Hernández, sí se avino a responder a las preguntas. Cuando le comenté que se me antojaba extraño que su patrona no hubiese oído aquellas mismas cosas, me contestó:

—Responda ella por sí misma, señor procurador. Si dice que no oyó nada, no le queda a vuestra merced más remedio que creerla, pues que no puede demostrarse lo contrario. Allá vea mi señora Isabel lo que hace, que el cielo nos juzga a todos sin olvidar los pecados de omisión.

Comparecieron también otros dos testigos: el estudiante navarro Juan de Bidalar, que residía en casa de la demandante, y el licenciado Martín de la Torre, sacerdote beneficiado de la parroquial de Santa María la Mayor, vecino también de la dicha vivienda.

Y, por último, la criada, María de Nontarín, viuda de Marcos Valdemoro, cuyas declaraciones evidenciaron como ninguna otra la angustia constante que se vivía en aquel hogar presentando al vecino Jaras en toda su brutalidad y su saña.

—Pues han de saber vuestras mercedes que el dicho Jerónimo de Jaras es un hombre de muy terrible condición, y colérico como ninguno, y que pone en ejecución sus amenazas. Y que, de estar en su poder la señora Francisca de Pedraza, correría muy grave peligro su vida. Y esto lo sé por habérselo oído decir a él mismo muchas veces, con muchos juramentos y mucha rabia. Figúrense vuestras mercedes que ha llegado a decir que ha de dar de puñaladas a la señora, incluso si está ella en la iglesia; y todo esto sin importársele un bledo que sea suelo sagrado...

Todos aquellos testimonios componían, sin duda, un caso sólido. Quedaba por ver si bastarían para suscitar una respuesta favorable del tribunal.

Aquella era la tercera demanda de divorcio que Francisca de Pedraza iniciara contra su esposo. Pero, hasta el momento, ninguna de ellas había progresado lo bastante como para llegar a la fase plenaria.

—No es momento de lanzar las campanas al vuelo, por muy propicio que parezca todo —le dije—. Debéis estar preparada para lo que vendrá a continuación.

Pues en breve se sumaría al tribunal un nuevo participante: el fiscal. Su función consistía en defender a toda costa el sagrado vínculo matrimonial; lo que implicaba oponerse por principio a la parte demandante.

Se llamaba Juan de Frías. Se sumó al pleito el día 18 de julio, dejando patente desde el principio que pensaba cumplir su labor sin atisbo de piedad. Enseguida adoptó la defensa a ultranza del marido. No había otro modo de hacerlo que tergiversando la realidad.

«El licenciado Juan de Frías, fiscal mayor en esta audiencia. Digo que el dicho Jerónimo de Jaras está indefenso, pues la parte de la dicha Francisca de Pedraza, con malicia, no puso el plazo en el oficio...».

No cabía duda alguna: el fiscal no llegaba con intención de ayudar a la esposa, la verdadera víctima, sino dispuesto a acusarla a ella, aduciendo que el marido se encontraba en estado de indefensión debido a la perfidia de aquella.

—¿Desamparado el señor Jerónimo? —protestó la criada haciéndose cruces. Ella estaba presente cuando se lo comuniqué a Francisca—. ¡Válgame el cielo, qué insensatez! Pues, ¿cómo no ve ese señor fiscal que la cosa es justo al revés? Que para eso no hacen falta latines, sino tener ojos en la cara, digo yo.

Nada dije. Tampoco lo hizo su patrona. De su rostro no había desaparecido aún la hinchazón de la última paliza.

—Y si él no estuvo acá para verlo y eso lo tiene confundido, que lea lo que contamos los que sí estábamos —continuó la sirvienta—. Pues el escribano tomó nota de cada palabra, que lo vi yo misma, y ahí está todo bien clarito. ¿De qué sirve, si no, que nos pregunten esas cosas?

Recuerdo que aquel día dejé a Francisca con la preocupación en el gesto. No era para menos. Las pruebas y testimonio estaban a su favor. La actitud del tribunal, no tanto. Y esto sería lo que, al cabo, decidiría su suerte.

El veredicto llegó el 13 de octubre.

«Fallamos que la dicha Francisca de Pedraza probó su

acción y demanda. Y que, por el contrario, su marido, Jerónimo de Jaras, y el fiscal mayor no probaron cosa alguna
con sus excepciones y defensas».

La audiencia reconocía, pues, que la demandante había
demostrado fehacientemente su caso. Que las pruebas aportadas le daban la razón. Y que ni su marido ni el fiscal habían presentado nada que pudiera echar por tierra aquellas
alegaciones.

El comienzo era, sin duda, prometedor. Francisca estaba
en lo cierto en todo, así lo reconocía el tribunal. Pero la conclusión estaba en absoluto contraste con lo antedicho. Y no
podía resultar más devastadora.

«En consecuencia, amonestamos al dicho Jerónimo de
Jaras, y le mandamos que, de aquí adelante, trate a su mujer
con mucho amor, y le dé vida honesta y maridable; y sustento, vestido, y lo demás necesario, como es su obligación; y
que no continúe con los malos tratos con que se dice que la
ha venido tratando hasta ahora, con apercibimiento de que,
si no lo cumple así, procederemos contra él con todo rigor
de derecho.

»Y establecemos que el dicho Jerónimo de Jaras debe hacer caución juratoria en el plazo de seis días desde la notifi-
cación de esta sentencia, dando fianza llana y abonada en
cantidad de seiscientos ducados, como garantía de que tratará bien a la dicha su mujer y le dará todo lo necesario.

»Y mandamos que la dicha Francisca de Pedraza vaya a
hacer vida maridable con su marido y lo respete y obedezca,
como es su obligación, con apercibimiento de que, si se niega, se procederá contra ella con todo rigor de derecho...».

De nada había servido que Francisca probase la brutalidad de su esposo, y que convivir con él representaba para ella una condena a muerte. De nada había servido demostrar que él ignoraba la ley, ni que había incumplido una y otra vez su promesa de cambiar de conducta evidenciando que no tenía intención de hacerlo.

Porque, ante todo, el tribunal defendía la indisolubilidad del matrimonio, no la protección de la víctima. Es más, la apercibía, como si la propia Francisca fuera una delincuente, declarando que, si se negaba, «se procederá contra ella con todo rigor de derecho».

Leí aquella sentencia tan inmerecida ante mi cliente y la esposa de Luis de Santarén, Clara Huertas. Como era de esperar, las dos quedaron anonadadas.

—No lo entiendo, señor procurador —protestó esta última, incrédula—. Pues, ¿no dice ahí que mi amiga probó su demanda? ¿De qué sirve este pleito, entonces, si no da la razón a quien la tiene?

No supe qué responder. Musité algo sobre que no cabía más que aceptar la derrota, pues no había modo de evitarla.

Cuando cerré los ojos aquella noche tuve que reconocer que aquel caso me estaba consumiendo por dentro. Que la sensación de impotencia resultaba devastadora. Que lo mejor para mí sería olvidarlo, si no quería acabar destrozado.

Clara

El día en que el señor vicario declaró que Franca debía volver con su esposo, lo tuve claro. Ella no debía aceptar esa orden. No y no.

Debía quedarse conmigo, bajo mi techo, donde el salvaje de su marido no vendría a buscarla. Y si lo hiciere, ya nos las apañaríamos para espantarlo de algún modo. De algo tenía que valer el nombre de don Juan de Guzmán, que nos protegía a nosotros y a nuestra casa.

Ya lo decía Luis, y con mucha razón. De nada sirve buscar amparo en la ley. Las que de verdad ayudan en este mundo son las personas poderosas; esas que se sitúan por encima de la justicia y sus tribunales. Esas que, con su riqueza y su poder, someten a los jueces, abogados, escribanos y corregidores.

—Por eso nosotros estamos a salvo —me había asegurado— y no debemos temer tales cosas.

Cavilé entonces que, igual que nosotros teníamos por cierto que no habrían de venirnos los alguaciles a casa, lo mismo ocurriría con Franca, pues ella estaba ahora bajo nuestro techo.

Así se lo comenté, con gran hincapié en que aquello era lo más justo y no tenía que esperar represalias por ello.

—¿Qué me estás diciendo? —preguntó confusa—. ¿Que no debo cumplir la sentencia?

—Pues claro que no. ¡Faltaría más! ¿O es que acaso las cumple el animal de tu esposo? ¿Y qué le ha pasado a él por no hacerlo? ¿Dónde queda eso de «procederemos contra él con todo rigor de derecho»? En agua de borrajas, bien lo sabes. Pues en tu caso ha de ser lo mismo, ya verás.

Pero Franca seguía sin persuadirse del todo. Quiero decir, se veía a las claras que estaba convencida de que lo mejor para ella y los niños sería no poner pie en su antigua casa, por supuesto. Y también que buscaba motivos para no tener que hacerlo. Estaba decidida a seguir batallando para que le concedieran apartarse del monstruo. Pero pensaba ella que aquella lucha siempre debía de hacerse de acuerdo con la ley, y no contraviniéndola.

—Cata bien —le dije—. En esto has de escucharme, que sé de lo que hablo. Que ahí fuera hay leyes y leyes, y unas son mejores que otras. Unas han de cumplirse siempre, pues que hacen del mundo un lugar mejor. Pero hay otras, por contra, muy dañinas. Tanto, que más valdría que no estuviesen siquiera. Y entre estas se cuentan las que afectan a las mujeres.

Sobraba recalcar aquello, pues ella lo sabía tan bien como yo. Pero, a veces, no está de más señalar lo obvio. Este mundo es cruel con nosotras, y no resulta fácil sobrellevarlo. Tanto que a menudo pareciera que el hecho de nacer hembra suponga una deshonra. De ahí que tengamos que tendernos la mano, cuidando las unas de las otras.

¿Por qué, si no, aquel tribunal había ignorado a la pobre Franca, pese a reconocer que ella tenía razón? Porque sus leyes eran abusivas. En lugar de proteger a las mujeres, les daban la espalda dejándolas desvalidas cuando ellas más lo necesitaban.

—Está bien claro —insistí—. Si de una ley torcida solo pueden salir injusticias, el único modo de obrar con rectitud es no seguir la ley en cuestión.

Pero a ella esto último le costaba horrores. Incluso aunque, como he dicho, saltaba a la vista que buscaba con desesperación una salida que, sin quebrantar la sentencia, justificase el que ella no volviese a casa.

Fue Luis quien le ofreció el asidero que ella necesitaba; que mi esposo no solo se atrae las voluntades con su porte garrido y su sonrisa, sino también con sus palabras. Pues tiene tan buen entendimiento, ofrece razones tan concertadas y sutiles, que resulta difícil resistirse a sus argumentos.

—Mirad, Francisca —le dijo—, que el caso no admite dudas. Leed la sentencia, vos misma lo veréis. Cierto, se os ordena volver a hacer vida maridable. Pero el tribunal también establece que, antes de eso, el primer paso ha de darlo vuestro esposo. Debe pagar una fianza de seiscientos ducados como garantía de que os tratará como debe. ¿Comprendéis lo que eso significa?

Aquí sonrió, con esa malicia que suele emplear cuando los dos estamos a solas. Los hoyuelos se le marcaron en las mejillas. Algo que, por lo habitual, bastaba para acelerarme el pulso.

—¡Seiscientos ducados! ¡Válgame el cielo! —exclamé.

Sentí deseos de echarme a reír—. ¡Eso es, Franca! ¿Lo entiendes?

¿Cómo zascas iba a desprenderse el muy miserable de ese caudal, si no había modo de que pagase una blanca ni a uno solo de sus muchos acreedores? No, no. El señor Jerónimo de Jaras no abonaría la fianza. De eso estaba segura.

También lo estaba mi amiga, por lo que advertí en su expresión. Lo que auguraba que ella se quedaría conmigo durante mucho mucho tiempo, gracias fueran dadas a los cielos.

La presencia de Franca y de sus hijos no solo los beneficiaba a ellos. También era un bálsamo para mí; sobre todo, el tener en casa a Mari, mi querida ahijada. Su cercanía me hacía sentir acompañada.

Pues Luis pasaba la mayor parte del tiempo fuera de casa, y aun de la villa. Los negocios del señor don Juan de Guzmán lo obligaban a desplazarse días enteros a la Corte. A veces ni siquiera se quedaba en Madrid, sino que viajaba a lugares más lejanos. Entonces podía ausentarse durante semanas.

Lo echaba de menos, ya lo creo que sí. Y no tanto por el día como por las noches.

Bien sé que no todas las esposas sienten lo mismo. De eso daban fe incluso Marita y Maricuela, que no estaban casadas, ni por asomo, pero se permitían opinar sobre el tema a cuenta de lo que habían oído repetir a su madre. Al parecer, la buena mujer las había instruido desde muy chicas al respecto:

—Teneos por muy afortunada, señora —me decía con desparpajo la mayor—. Más vale hacerse a la idea de que los hombres faltan casi todo el tiempo. Y es una bendición que así ocurra.

—Y tanto que sí —remachaba su hermana pequeña—. Eso no es cosa mala, pues que Dios así lo quiso: que la esposa se pase la vida dentro de casa y el marido, fuera. Eso es sustento del matrimonio, y gracias a eso se mantiene. Que, si no, serían todo peleas, golpes y disgustos.

Pero ¿qué me importaba a mí lo que otras pensaran de sus esposos? Allá ellas con cuitas. Que yo tenía al mío, muy a mi gusto, y por él daba gracias a Dios. Lo único que había de lamentar era que los cielos no nos concedieran niños. Y, ya a las alturas en que estábamos, no era de esperar que aquello cambiase.

A falta de hijos propios, no me estorbaban los ajenos. Si por mí fuera, de buen grado tendría la casa llena de críos. Así, tomé a los de Francisca por míos. Me prometí que a Mari y Juanín no habría de faltarles nada mientras conmigo estuviesen. A la pequeña, mi ahijada, la tenía casi como si fuese mi propia criatura desde el momento en que la sostuve sobre la pila bautismal.

Aunque de nada sirven los planes que hace el hombre si chocan contra la voluntad divina. Esto es algo que todos sabemos, pero que tendemos a olvidar. No es que la desmemoria sirva de mucho; que ya se encarga la vida de traernos de vuelta a la realidad.

Sucedió a finales de año. Ese día, Luis entró por la puerta con la expresión cambiada. Nunca lo había visto así, y no pude menos que asustarme.

—¿Qué ocurre? —le pregunté—. ¿Qué tienes?

No respondió. Se subió al dormitorio. Eché una mirada a Franca que, como de costumbre, cosía junto al brasero. Desde el principio mi amiga había dejado bien claro que, aun estando en mi casa, debía ganarse el sustento. La pequeña Mari se encontraba junto a ella. No tenía, ni de lejos, la habilidad de su madre, pero se aplicaba al trabajo con esmero.

Juanín había salido al patio para ayudar a Maricuela a traer leña. Marita, que era la que más maña se daba con el puchero, estaba en la cocina. Dejé que cada cual siguiera con sus tareas y, sin decir nada, subí la escalera en pos de Luis. Sentía el estómago encogido, con el presagio de una desgracia inminente.

Me encontré a mi esposo sentado en la cama, con los codos sobre las rodillas, la cara enterrada en las manos. Entonces lo supe. Mis peores temores estaban a punto de hacerse realidad.

—Dime qué ha ocurrido —repetí—. Por favor.

Negó con la cabeza. Parecía tener la voz ahogada en la garganta. A él, a quien nunca le habían faltado alegatos, ahora se le atragantaban incluso las palabras más sencillas.

—Virgen santa, Luis, me estás asustando. Dime algo, te lo ruego.

Me acerqué e hice ademán de sentarme a su lado sobre la cama, pero me apartó con brusquedad.

—¿Quieres saber lo que ocurre? —respondió ronco—.

Bien, te lo diré. De nada sirve intentar ocultarlo. Lo hemos perdido todo. ¡Todo!

No comprendí. Las palabras estaban claras, ya lo creo que sí. Pero, Dios sabrá por qué, su significado se me escapaba.

—¿Como que todo? ¿Qué quieres decir?

Se levantó, como si mi voz lo enfureciera.

—¿Qué es lo que no entiendes? ¡Es evidente, maldita sea! «Todo» significa «todo». ¡Todo! —Empezó a caminar sin ton ni son, golpeando lo que encontraba a su paso: las columnas doradas de la cama, el tocador de palisandro y laca; incluso dio un puntapié al arca de la ropa, que hubo de dolerle, aunque no dio señal de que así fuera—. Nos quitarán todo: la casa, los muebles, las ropas... Incluso la comida de la boca. Me han acusado a mí. ¡A mí! Iré a la cárcel. Tú te quedarás en la calle...

Quedé tan conmocionada al oír aquello que no acerté a reaccionar. Pero el entumecimiento me duró poco. Enseguida cobré conciencia. Lo primero que hice fue acercarme a la portezuela del balcón para asegurarme de que estaba bien cerrada. Quedaba muy cerca de la casa vecina, demasiado. Tanto como para saltar sin problema de baranda a baranda. No digamos ya para escuchar lo que se discutiera en el dormitorio.

Luis seguía hablando. Las palabras le salían de la boca como si no fueran suyas, como el aceite de una tinaja quebrada por la base, que escapara sin control, a borbotones, hasta la última gota. El dinero había desaparecido, de eso no había duda, grandes caudales, la pérdida afectaba a un tal don Pedro de Acosta, un personaje recién encumbrado, que antes no ocupara una posición tan preeminente, pero que ahora gozaba de la protección de un alto cargo cercano al valido y, así las cosas, alguien tenía que pagar por lo ocurrido, y le habían elegido a él como chivo expiatorio. Mientras así decía, juraba a la Providencia, ponía a los cielos por testigos de que aquello no era culpa suya. Él lo sabía, sí señor, estaba al tanto de que el despojo venía de parte de don Gonzalo, que era sobrino de don Juan de Guzmán, él o alguien de su casa, ahí estaba la raíz de todo, pero el tío quería tanto al sobrino que comía de su mano, y este le había persuadido de a quién había que culpar, de eso estaba tan seguro como de que hay Dios...

—Luis, ¿me estás diciendo que nada de lo que ha ocurrido es por tu causa? ¿Que te están acusando sin razón?

Se quedó quieto. Bajó la cabeza y cerró los párpados, como un hombre derrotado. Nunca lo había visto así. Luego me miró. Sus ojos tenían una expresión extraña.

—Vida mía, he hecho cosas... Muchas cosas, no lo niego. Pero no esto. Te lo juro por lo más sagrado: yo no he tenido nada que ver.

—¿Y estás convencido de que el responsable es ese Gonzalo de Guzmán? —Como asintió, proseguí—: ¿Y no has probado a hablar con él?

Hizo una mueca, como si estuviera a punto de echarse a reír. Pero no era un gesto de gozo, sino de desdén, cargado de bilis.

—¡A fe mía, qué necedad! ¿Tú te oyes, mujer? —Me dio la espalda—. Más vale que cierres la boca. ¿Qué sabrás tú de estas cosas?

Cerré la boca, sí. Pero solo porque así me resultaba más fácil cavilar. No es que yo sintiese menos angustia que mi esposo, de eso nada. Pero, a diferencia de él, no estaba dispuesta a darme por vencida.

De cierto, la cosa no podía ir a peor. Siendo así, ¿qué sentido tenía quedarse de brazos cruzados? Había que intentar algo, lo que fuere, para deshacer la madeja. Dios sabe que no tenía ni idea de cómo lograrlo, pero sí de adónde debía dirigirme en primer lugar.

No resultó difícil indagar dónde estaban las casas de don Gonzalo de Guzmán. Ocurre siempre lo mismo con los personajes de renombre: todo el mundo está deseoso de hablar de ellos, mostrar que está al corriente de por dónde se mueven y cómo encontrarlos. Como si de ahí se siguiera que las personalidades en cuestión tienen tratos y confianza con todo el que sabe de sus andanzas. Pero es bien notorio que hay muchos vecinos así, que ya se figuran que, con hacer gala de tales chismes, es casi como sin don Fulano los tuviese invitados a sentarse cada día a su mesa.

Allá que me fui, preparada como convenía a la ocasión, tanto que no parecía yo villana, sino garrida palaciega. Reuní mis mejores galas, con mi jubón bordado y mi basquiña de terciopelo azul de treinta pelos, y, bajo ella, el verdugado más imponente y los chapines más altos; con mis joyas de oro y perlas, sin escatimar polvos ni perfume. Hasta el manto se veía propio de una dama de calidad.

Como no conviene que una mujer ande sola por esas calles —y, menos aún, si pretende presentarse como señora de lustre—, me llevé conmigo a Marita vestida con sus ropas de domingo, con apercibimiento de que se mantuviese tras de mí y callada en todo momento. En esto iba yo confiada, pues sabía que la presencia de la moza daba empaque a la empresa, pero que, por lo demás, no habría de intervenir en nada y sería como si no estuviese.

A la entrada de la casa nos paró el portero, como era de esperar. Venía el hombre con no muy buen semblante. Mi llegada le había hecho levantarse de junto al brasero que tenía en la garita, para salirse al frío que congelaba las barbas y los ánimos en aquella mañana de diciembre.

Le anuncié que venía a ver a don Gonzalo de Guzmán, a lo que él me preguntó mi nombre y los asuntos que me traían a la casa. Inspiré hondo, rezando por que no notara mi desasosiego. Era el momento de la verdad.

—En cuanto a mi nombre, vuestro señor lo conoce de sobra. Y el asunto que me trae es algo que queda entre él y yo. Básteos con saber que él me pidió que viniera. Y que ambos contamos con vuestra discreción.

Entonces me miró con más detenimiento, como cavilando, lo que me dio a entender que no se le antojaba inverosímil aquella historia. Como vi que aún dudaba, añadí:

—Mirad, Esteban, él mismo me dijo que os comentara una cosa: que a nadie conviene que me entretengáis en demasía a la puerta, a la vista de todos los vecinos.

Dejé caer su nombre, que ya había indagado con anterioridad, con lo cual quedó muy confundido. Pienso que aquello fue la puntilla, como suele decirse. El caso es que nos abrió paso y hasta me indicó en qué estancia encontraría al señor, que a esa hora de la mañana estaba «entretenido en sus papeles».

Me dirigí hacia allá con el corazón latiéndome muy deprisa, sin creerme aún que hubiese logrado entrar, y recelando que convencer a don Gonzalo de Guzmán no habría de resultar tan sencillo como burlar al pobre portero.

La puerta del despacho estaba abierta, se oían voces en el interior. Una sonaba rota, consumida, como de un hombre que tuviera dañada la garganta. La otra, más recia y segura, era lozana, de varón en la flor de la vida.

Revisé mi atuendo y el de Marita, me santigüé y entré en la sala manteniéndome bien erguida. Vi entonces a un secretario, ya entrado en años, inclinado pluma en mano sobre una escribanía. Y, unos pasos más allá, al que semejaba ser su patrono. Este dictaba una relación dando la espalda a su empleado. Se hallaba de pie ante una ventana, mientras contemplaba por los cristales lo que parecía un jardín marchito bajo el soplo del invierno. No pude dejar de notar que era joven y gallardo, de buen porte y grata presencia.

Pero la causa que me había llevado hasta allí era grave y no admitía distracciones. Así pues, me aclaré la garganta y hablé:

—Señor don Gonzalo de Guzmán, ruego a vuestra merced que tenga a bien recibirme.

Ambos se volvieron a mirarnos, sorprendidos. El patrono hizo un gesto que, aun revelando asombro, no parecía indicar desagrado. Se quedó observándome tanto como yo a él. Cosa extraña, no pude evitar sentir que lo conocía de algo. Aunque ni tan siquiera hubiera oído su nombre antes de dos días atrás, y no había modo de que nuestros caminos se hubiesen cruzado nunca.

También tuve por seguro que él no compartía aquella misma impresión. Con todo, despidió a su secretario y me hizo gesto de que me acercara.

—¿Recibiros, señora? ¿Cómo podría negarme? Vuestra presencia en mi casa es señal de que hoy los cielos me sonríen. Decidme, ¿qué asunto os trae?

Avancé en su dirección con pasos quedos. Llevaba las manos agarradas sobre el regazo, no tanto por recato como por ocultar el temblor que las agitaba, y mantenía la frente alta, aunque eso no se ajustase mucho a mi papel de peticionaria.

—Señor don Gonzalo de Guzmán, sepa vuestra merced que me traen aquí asuntos muy serios. Vengo a pedir indulgencia para un hombre inocente, al que acusan de una falta que no ha cometido, y al que solo vuestra merced tiene el poder de salvar. Soy la esposa de Luis de Santarén...

El oír aquel nombre le cambió el gesto. Toda su cortesía se trocó en rigidez. Con una voz tan alterada como su rostro, contestó:

—No conozco a ese hombre, señora. Ahora, os invito a que salgáis de mi casa...

Pero no lo hice. Pues en ese momento caí en la cuenta. Eso me dejó tan aturdida que, durante unos instantes, fui incapaz de moverme, ni tan siquiera de pronunciar palabra.

—Sois vos... —musité, casi negándome a creerlo. Tan estupefacta estaba que erré el tratamiento debido y tuve que obligarme a corregirlo—. Quiero decir, que vuestra merced es él. El muchacho de hace once años. El de la higuera...

Aquellas palabras le dejaron pasmado, y con razón. Me miró como si creyese que aquello era un desvarío. Pero entonces, también él abrió mucho los ojos. Supe que había comprendido. Los dos habíamos recibido la misma revelación.

—Sois vos... —me reconoció, aún incrédulo—. La niña de las ramas... La del árbol de las monjas...

—Ya no soy una niña.

—De eso no me cabe duda.

Casi a su pesar, dejó escapar una sonrisa. Con ese gesto volvió a ser él, aquel mozo que no había vuelto a aparecer en mi vida, pero que seguía asomando de vez en cuando en mis sueños. Solo que más crecido, más varonil, más garrido. Y con un nombre que, ahora, me parecía tener un eco muy distinto al de la primera vez que lo escuché, dos días antes en mi dormitorio.

Nos quedamos mirándonos, sin que ninguno de los dos pareciese querer apartar la vista. Al fin, murmuré:

—Señor don Gonzalo...

—No sé cómo os llamáis —me interrumpió. Ya no había rastro de rigidez en él—. Sabe Dios que llevo largo tiempo preguntándomelo.

—Clara Huertas, para servir a vuestra merced.

Lo repitió para sí, varias veces, como si desmenuzase aquellas palabras en la boca. Luego añadió:

—¿Y decís que sois la esposa de Luis de Santarén?

Era evidente que sí conocía a mi marido, por mucho que

un minuto antes hubiese asegurado lo contrario. Pero no era el momento de hurgar en eso. Así que me limité a repetir:

—Mi esposo es inocente de lo que se le acusa. Él mismo os lo demostrará, si vuestra merced le da la ocasión de explicarse.

Se quedó unos instantes cavilando. Luego, en el mismo tono que empleara aquel día bajo la higuera, replicó:

—¿Y si no lo hago? ¿Volveréis a lanzarme una lluvia de higos?

—No he venido con esa intención, a no ser que me dé vuestra merced motivos para ello.

Se sonrió de nuevo. Luego meneó la cabeza, como quien sabe que lo que está a punto de hacer es, sin duda, una pésima idea y, aun así, decide seguir adelante.

—Decid a vuestro esposo que venga a verme. Estoy dispuesto a oír lo que tenga que decirme.

Sexta parte

(enero de 1623-febrero de 1624)

Ana

Hay formas y formas de llevar una casa. Cada cual tendrá la suya, digo yo; ahí no me meto, que no soy quién para andar hurgando en corrala ajena. Pero de lo que no me cabe duda es de que a nadie le endulza el paladar saber que habrá de sacarla adelante sin marido y con suegra.

Algo de verdad hay en eso que dicen: antes echara uvas la higuera que saliera amistad entre suegra y nuera. Aunque, para dar al César lo que es del César, hay que reconocer que no todo eran perjuicios.

Cierto es, y no lo niego, que la madre de mi Enrique resultaba de utilidad en algunas cosas. De no ser por ella, no habría podido yo emplearme en el oficio de comadre. Y aun mostraba otra cara buena. Pues es de justicia decir que trataba a sus nietos con una paciencia y un cuidado que no mostrara para conmigo.

No, señor. Que para mí iban las quejas y los rezongos, como si mi labor no fuera otra que la de sacarle de dentro la bilis amarilla, que la tenía en abundancia. Tanto que en más de una ocasión tuve tentaciones de aplicarle sanguijuelas, aun sin avisarla, por ver si se calmaba.

Eso sí, en lo tocante al oficio nunca me asistía. Hasta se me figura que lo consideraba una traición a la memoria de su hijo, que tantas veces había arremetido contra las comadres y su forma de partear.

Alguna que otra vez rumié yo también aquello, no lo niego. Quiero decir, pensaba en mi Enrique y me imaginaba qué diría al verme de aquella guisa. Dios sabe que casi me parecía oírlo, cual si estuviese allí a mi vera, despotricando contra aquellas «mujeres supersticiosas e ignorantes» y sus «malas prácticas» y sus «barbaridades y despropósitos» y sus «conjuros y brebajes».

Claro, no podía yo menos que responderle, discutiéndole sus razones. Porque, siendo yo hembra, jamás habría podido dedicarme a lo de la cirugía, ni conseguir quien me lo enseñara, ni pasar el dichoso examen el Protobarberato que mi marido tenía tan a gala. No me quedaba otra que continuar yo por el mismo camino que habían seguido tantas otras mujeres antes de mí.

La verdad que no era mi ocupación como para avergonzarse de ella; todo lo contrario. Para empezar, resultaba incluso, a mi entender, más antigua que ninguna otra. Se me antojaba que el oficio de comadre había tenido que existir antes que el de médico, o cirujano, o barbero, puesto que ya desde tiempos de Eva parían las mujeres. Y no se mienta en la Biblia, que yo sepa, que ni a Adán ni a sus descendientes les diera por meterse a galenos.

Parte de lo que yo sabía me lo había enseñado mi Enrique. Otra parte, Rafaela Márquez. Así, era yo una especie de amalgama entre ambas cosas. Podría haber quien dijese que no seguía yo fielmente los principios de ninguno de los dos, lo que me convertía en una especie de traidora. O bien lo contrario: que, en el fondo, era discípula de ambos, que había tomado lo bueno de cada uno para desempeñar mejor el oficio y mejor servir a mis pacientes. Tras muchas consideraciones, decidí que este último razonamiento me convencía bastante más que el primero y decidí adoptarlo por divisa.

Llevaba yo un tiempo trabajando sola, una vez que la buena de Rafaela Márquez se aseguró de que sabía todo lo necesario. Bueno, no todo, en realidad. O, al menos, así lo dijo ella: que había una parte del oficio que no estaba yo preparada para afrontar.

—Tal vez no lo estés nunca. Pero no importa, que no todas las comadres se dedican a ello. Si Dios así lo quiere, nadie acudirá nunca a ti para pedirte ese servicio.

De qué se trataba, no me lo dijo. Ni yo pude adivinarlo, la verdad. Se me figuraba estar preparada para todo: vigilar a la madre mientras está empreñada, traer al niño al mundo y cuidar luego de los dos, al principio de la vida de la criatura.

Aquello no me agradó, ya lo creo. Así se lo hice saber.

—Eso es como venir a decirme que no soy comadre completa. Y, la verdad, no veo que me falte nada. Soy bien capaz de ayudar en todo lo que necesite a cualquier mujer que me venga con un niño en la barriga.

Pensaba yo que mi buena Rafaela me tenía por blanda,

como si no pudiera hacerme cargo de los problemas serios. Cierto es que en esta labor no debe una ser melindrosa; que, a veces, hay que tener estómago para afrontar ciertas cosas. Pues la tarea implica meterse en el hogar de otras gentes y ser testigo de todas las miserias que las familias barren al interior de la casa.

—No en todo —contestó ella—. No en todo. Escúchame bien, muchacha. Si alguna vez te pidieran algo que no te sientes capaz de hacer, no dudes en venir a mí.

Así quedaron las cosas. Hasta que un día llegó una chiquilla que, sin pretenderlo ella, me echó por tierra aquellas ínfulas. Ahí, mientras escuchaba yo a la cuitada, comprendí por fin a qué se refería Rafaela.

Tendría la criatura unos catorce o quince años, no más. Se llamaba Luisa Castro. Era una moza garrida, de esas a las que a los hombres les gusta devorar con la mirada y vocearles esas groserías que ellos toman por cumplidos. Venía la pobre cabizbaja, con los ojos rojos y retorciéndose las manos con nerviosismo.

—Os ruego me disculpéis, señora Ana, una amiga me ha hablado de vos —comenzó. Le temblaba la voz—. Me dice que a ella la ayudasteis mucho y bien con su preñez, aunque yo no vengo a eso... Pero no sabía a quién acudir.

Miraba a todas partes, como si no lograra decidir en dónde poner los ojos. A todas partes menos a mí, eso sí lo noté.

—Pues veréis, el caso es que estoy de moza en una casa y

mi ama... Ella no me trata mal del todo, no vayáis a creer, pero... Necesito ese trabajo. Tengo una madre enferma, he de cuidar de ella. Y si me echan de la casa...

Veía yo que aquella senda tenía visos de dar vueltas y más vueltas sin llegar a destino, así que medié:

—A ver, Luisa, una cosa, antes de nada: ¿estás acaso empreñada?

—Sí, señora, ese es el problema...

Empecé a comprender. Mejor dicho, a sospechar que aquel camino iba directo a un precipicio.

—¿Problema? Pues, ¿cómo dices eso, chiquilla? Si llevar a un hijo dentro es un milagro, una bendición de los cielos.

—Para otras sí, señora. Pero no para mí —continuó. Hablaba en voz cada vez más queda—. Veréis, yo no estoy casada. No me toméis por viciosa, os lo ruego, ni por hembra de mal vivir, que no hay nada de eso, bien lo saben los cielos.

Las lágrimas se le vinieron a los ojos. Al verlo, sentí que se me encogía la garganta. Me acerqué más a ella.

—Luisa, pierde cuidado. Puedes contarme lo que sea.

Traje dos taburetes, uno para ella y otro para mí. Me senté, la tomé de las manos y se las presioné con suavidad animándola a continuar.

—Pues, señora, sucedió todo hará cosa de tres meses o así. Iba yo por la calle a hacer mis recados y me acorralaron unos estudiantes. Uno me preguntó si me gustaban las berenjenas. Y, aunque le dije que no, me respondió que él tenía una que iba a saberme a gloria...

Yo la escuchaba sin decir palabra mientras ella iba contando. Cómo la arrastraron a una esquina, le taparon la boca, y el cabecilla de aquella jauría se desfogó con ella como quiso. Tenía yo los dientes apretados y el estómago hirviendo de furia. Maldecía para mis adentros a aquellos hijos de mala madre, deseando con todas mis fuerzas que los alcanzase el mal francés, que se les pudrieran las vergas y les cayese la carne de la cara. Y aun eso me parecía poco castigo.

Pero nada de eso serviría para remediar el perjuicio causado a aquella chiquilla. Y, por encima de cualquier otra consideración, yo me debía a ayudarla a ella.

—Ese hombre del que hablas —le pregunté—, ¿sabrías reconocerlo?

—Sí, señora, ya lo creo, que lo sigo encontrando por la calle. Cuando me ve, se ríe, y aun me pregunta si algún día quiero volver a probar las berenjenas.

Ahí le solté las manos. Pues me temía que, de la rabia que me comía por dentro, pudiera apretárselas demasiado y hacerle daño.

—En ese caso, tal vez podamos solucionarlo. Yo te acompañaré. Denunciaremos a ese... —Me contuve para no soltar la palabra que se me venía a los labios—. Denunciaremos a ese hombre. Pediremos a la justicia que lo obligue a casarse contigo.

Dios sabe que la simple idea me hacía sentir náuseas. Es algo repugnante, lo sé, el que la única salida para una mujer consista en el matrimonio con el miserable que la ha forzado, quedando encadenada a él de por vida. Como solución, resulta monstruosa. Pero es la única que hay. Aún peor: la gente considera que, si una mujer logra agenciarse marido por esos medios, puede tenerse por afortunada. Sobre todo, tratándose de un estudiante, pues suelen los tales ser hidalgos y hasta grandes señores, de más alcurnia que las pobres vecinas a las que hacen fuerza.

Por desgracia, cuando se les pide reparación por estas y otras maldades, los muy sinvergüenzas se acogen a los fueros universitarios, diciendo que a ellos solo puede juzgarlos el señor rector y no la justicia de la villa. De ahí resulta que suelen salir limpios de todo, sin pagar casi nunca por sus crímenes.

En este punto, la muchacha se echó a llorar a lágrima viva.

—Ay señora, es que no fue él solo. Que también me hicieron probar las berenjenas sus amigos, y ahora no sé de quién sea el hijo.

Me levanté, incapaz de estarme quieta más tiempo. Sentía la urgencia de golpear algo. En lugar de eso, me fui a la mesa grande, agarré el tablero con las manos y apreté con fuerza.

—Por eso he venido —oí decir a la muchacha, con la voz estrangulada en llanto—. Necesito vuestra ayuda. Dicen que hay unas hierbas que sirven para estas cosas. Ya sabéis... Para que el niño se me salga de dentro y desaparezca...

Me volví hacia ella. No daba crédito a lo que acababa de escuchar.

—¿Me estás diciendo que buscas provocar un aborto? ¿Y que quieres que yo te ayude a conseguirlo?

No sé qué expresión vería ella en mi cara. Pero era evidente que le causó espanto.

—Pero... Señora Ana... Yo pensaba... Sé que es pecado, pero... —balbuceó aterrada. Después calló. E, incapaz de hilar un discurso a su favor, acabó preguntando—: ¿Vais a denunciarme?

Dios sabe que, por un momento, no tuve claro qué hacer. Por un lado, no podía yo prestarme a aquello, que se me antojaba un crimen en toda regla. Por otro, la desdichada necesitaba auxilio. De eso no cabía duda.

Cerré los ojos, sintiendo el corazón partido en dos. Tenía el pálpito de que, hiciere lo que hiciere, no habría forma de recomponerlo del todo.

—No, no lo haré. Ni una cosa ni la otra.

No podía, Virgen santa, ninguna de ellas. Entonces ¿qué me quedaba?

En aquel instante, lo supe. Me acerqué otra vez a la muchacha y le puse la mano en el hombro.

—Hay una comadre, se llama Rafaela Márquez. Vive en la calle de Becerras, hacia la puerta del Vado. Búscala. Ella sí podrá ayudarte.

Le encomendé que, por lo más sagrado, jamás mentase aquello a nadie. Aunque, a decir verdad, dudaba mucho de que a la pobre se le ocurriera abrir la boca al respecto. Pues ambas, Rafaela y Luisa, se jugaban la excomunión, el arresto y el encierro en las cárceles secretas de la Inquisición.

Tal vez, incluso, me cupiese a mí el mismo destino, por haberla encaminado hacia allá. Pero preferí no pensar en eso.

Unos días después, me acerqué a ver a Rafaela. Iba yo a saludarla de vez en cuando, sin más propósito que conversar y ponernos al día. Ella hacía lo propio. Cada vez que me visitaba, comentaba burlona que no era mal acomodo eso de que tuviera yo mi negocio en plena calle Mayor, pues de seguro me venían pacientes con más dineros que las de su barriada.

El caso es que, aquel día, no iba yo solo a charlar sin más, sino con idea de preguntarle por alguien en concreto. Y ella lo sabía, vaya que sí.

Me recibió como siempre. Me ofreció pan con su manteca dulce y una de esas infusiones de hierbas que tanto le gustan.

Cuanto estuvimos sentadas, bien cerca de la lumbre, me miró y se limitó a decir:

—Luisa Castro.

Yo asentí. Ella también. Suspiró hondo, tomó un largo trago de su vaso de barro, manteniéndolo apretado con las dos manos, como suele hacer.

—Había que ayudarla —dijo—. La cuitada no tenía culpa alguna de lo que le había ocurrido, por mucho que otros digan lo contrario.

Por desgracia, así es. Nunca faltan voces que afirman que es la mujer la responsable de que la asalten. Por su forma de vestir, de hablar, de moverse, por andar en la calle... Por el mero hecho de haber nacido hembra, con la naturaleza de una criatura tentadora y pecaminosa que incita a la lujuria...

Pretextos nunca faltan para librar al verdadero culpable y condenar a la víctima.

—Bien sabe Dios que en eso estamos de acuerdo —respondí—. Pero ¿y el niño? ¿Qué culpa tenía él? Hablamos de una vida, de un ser humano inocente.

Tomó otro sorbo, hasta vaciar el vaso. Luego se quedó mirando los posos del interior.

—Te diré algo. Por Dios, que esto quede entre nosotras. No estoy convencida de que fuera un ser humano. Al menos, no aún.

Quedé espantada ante aquella respuesta.

—¿Cómo puedes pensar algo así? Va en contra de todo: de la moral, de la fe, de lo que enseña nuestra Santa Madre Iglesia...

No respondió.

—¿Recuerdas lo que te dije cuando me pediste que te enseñara el oficio? —comentó—. ¿Cuál fue la primera lección? Atender a lo que diga la paciente, y hacer siempre lo mejor para ella.

—Pero hay cosas que están por encima de eso. ¿Qué hay de mi conciencia? Tengo que escucharla. Si ella me lo pide, puedo negarme.

—Puedes hacerlo, cierto. Es más, diría que debes. —Volvió a servirse agua hirviente en el vaso—. Ya te lo dije, Ana. No todas somos iguales, ni podemos serlo. Pero los cielos saben lo que se hacen al crearnos a las personas tan distintas. Qué sé yo... Tal vez sea mejor así.

Ahora fui yo quien se quedó callada.

—¿Sabes? —musité al cabo—. Rezo siempre por mis pacientes, por todas ellas. Pero, en este caso, no podía. Quiero decir, por ella sí, y también por que Dios la perdone. Pero lo otro...

La boca de Rafaela se torció en algo que parecía una sonrisa, pero sin llegar a serlo.

—Lo entiendo —me dijo—. Mejor de lo que crees.

Clara

No sé yo qué componendas harían aquellos dos. El caso es que Luis me dijo que don Gonzalo de Guzmán había investigado mejor el caso, y así había encontrado al verdadero culpable, dejándolo a él libre de sospecha. No volvimos a mentar el asunto.

Pero pronto quedó claro que se avecinaban cambios. Mi esposo sacó el tema a colación unos días después:

—Voy a entrar al servicio de don Gonzalo. Es hombre de valía, Clara, que reúne un caudal de méritos y virtudes, y está al cargo de negocios de alcance. Un patrono como él podría resultarnos de gran provecho.

Aquello me causó cierta extrañeza. En primer lugar, Luis nunca me había dado cuenta de sus andanzas en el oficio. Y aún había otra puntada que me parecía fuera de lugar.

—¿Y qué hay de don Juan de Guzmán, vas a dejarlo? Pues, ¿no dices siempre que la suya es la mejor hacienda de la familia? ¿No sería mejor seguir con él, en vez de pasarse al sobrino?

—Calla, mujer, que tú no entiendes de estas cosas. —Dando por zanjado el tema, añadió—: No estaría de más mostrar nuestra gratitud a don Gonzalo. Voy a ofrecer una comida en su honor. Lo invitaremos aquí. Ha de quedar bien claro que ponemos nuestra casa a su disposición.

No era la primera vez que traíamos convidados, ni mucho menos. En tales situaciones, Luis solía supervisar la preparación, pues era bien consciente de la importancia de los detalles. Esta vez, para mi asombro, lo dejó todo en mis manos.

—Encárgate tú, ¿quieres? Sé que te bastas para organizar el banquete que él merece.

Así lo hice, poniendo mesa tan bien aparejada y servida como no habíamos visto antes. Pensaba que Luis querría invitar a buen número de comensales. Cuando le consulté al respecto, su respuesta volvió a dejarme admirada.

—No será necesario. Que, a veces, el rendir honor no pasa por reunir a multitudes. Le mostraremos mejor nuestro respeto atendiéndolo a él solo.

No me convenció del todo el argumento, por supuesto. No me casaba mucho eso de rendir homenaje medio a escondidas. Mas, si era lo que él quería, así habría de hacerse.

Lo que sí me advirtió fue que me asegurase de llevar mi sayuelo más escotado.

—Debes deslumbrar, como un anillo recién salido de manos del orfebre. Tú eres la joya de mi casa. Quiero que nuestro invitado te admire en lo que vales.

Un par de días antes de la fecha señalada, me vino aún con otro capricho.

—¿Sabes, vida mía? He estado pensando. Antes de sentarlo a la mesa, convendría mostrar a don Gonzalo lo mejor de nuestra casa porque vea lo bien que la has puesto. Pues es hombre de buen gusto, que valora en mucho el refinamiento.

No faltaba más, dije. Me encargaría de dejar las estancias del piso de abajo bien primorosas, con los braseros perfumados, las maderas lustrosas, las alfombras y reposteros recién lavados...

—No me refería solo a esas, que están abiertas también a gente de menor condición, y ante quienes no mostramos tanta confianza —me respondió—. Pensaba además en nuestra alcoba.

Aquel era, sin duda, el antojo más descabellado de todos. ¿Dónde se ha visto eso de llevar a las visitas al piso de arriba? Es el lugar de las estancias privadas, reservadas solo a la familia más íntima.

Aquello no solo me causó maravilla, sino también cierto embarazo. Se me antojaba que en ello podría haber algo de dañoso para la fama y la honra.

—¿Nuestra alcoba? —pregunté, fruncido el ceño—. ¿A santo de qué?

—No pongas mala cara, vida mía. Yo sé lo que me digo. Piénsalo bien. La alcoba es el santuario de un hombre. Al admitir en ella a nuestro invitado demostramos que le abrimos el corazón de nuestra casa. ¿Qué mayor prueba de lealtad y confianza? Créeme, el gesto habrá de impresionarlo, y ayudará a granjearnos su merced.

Siguió diciendo mil cosas: que si era una de las estancias más ricas y elegantes de la vivienda; que no había motivos para desconfiar de la buena fe de nadie, albergando todos nosotros las mejores intenciones; que él lo autorizaba y estaría presente, de modo que no cupiese poner en duda la honestidad de aquel paso... Qué sé yo... Luis encontraba siempre las mejores razones para justificarse.

Acabé accediendo, aunque aquello no dejara de incomodarme un poco. No sospechaba yo que lo más perturbador estaba aún por venir.

El día en cuestión, don Gonzalo se presentó con buen atavío y mejor sonrisa. Hasta tuvo palabras lisonjeras para Marita, que se azoró a más no poder; pues al no tratar con hombres de calidad, no estaba habituada a tales cumplidos.

La visita a la casa se desarrolló sin tropiezos. Nuestro convidado se mostró interesado e hizo gala de gran consideración, llegando incluso a alabar tal o cual pieza del menaje. Pero yo me sentía inquieta. No sabría decir qué batiburrillo de emociones me bullía por dentro, pero sí que me tenía sobre ascuas y con el corazón atravesado.

Dudaba hasta a qué distancia mantenerme de él. Pues el estar cerca me hacía sentir cierto ahogo en el pecho, y tampoco quería apartarme tanto que él lo tomara por descortesía. Dios sabe que nunca antes había estado en tales aprietos, y no quise ponerme a indagar cuál podía ser la causa.

Cuando subimos al dormitorio sucedió algo extraño. Luis se quedó a la entrada, como si no tuviera vela en ese entierro, aun habiendo sido él quien mostrara tanto empeño en visitar la bendita habitación. Nuestro invitado miró la cama y, por un momento, le cambió la expresión. O eso me pareció. En realidad, fue tan rápido que dudé de si lo había imaginado.

Entonces vino lo más extraordinario de todo. Se acercó al balcón, examinó las cortinas y las portezuelas; las abrió, salió fuera, revisó la baranda y hasta echó un ojo a la balconada de enfrente.

Volví la mirada hacia mi esposo, que parecía haber encontrado algo de gran interés en el marco de la puerta. Pero la voz de nuestro visitante me hizo girarme de nuevo.

—Es casi como tener al vecino en vuestra propia cámara —comentó, con una sonrisa que pretendía ser cordial, pero en la que creí distinguir cierto atisbo de malicia—. A fe mía que no me atrevería a alzar la voz si hubiera de dormir aquí.

Una vez que nos sentamos a la mesa, comentó, en dirección a Luis:

—No hay duda de que guardáis grandes tesoros en esta casa. Aunque uno de ellos brilla como ningún otro y sobrepasa en valor a todos los demás.

Lo cierto es que fue una comida agradable. Tanto que yo misma empecé a relajarme. Entonces caí en la cuenta de que a mi esposo no le ocurría lo mismo. De hecho, parecía más rígido, más pálido de lo normal, aunque era evidente que se esforzaba por poner buen semblante y comportarse con la mayor cortesía. Miré a Franca, que estaba sentada a mi lado, por ver si ella percibía lo mismo. Por su expresión, no me pareció que mi amiga notase nada fuera de lo habitual.

En determinado momento, ya cerca de los postres, don

Gonzalo me lanzó una mirada. Luego se dirigió a mi marido y preguntó:

—¿Y bien? ¿Se lo diréis vos o yo? Al fin y al cabo, es vuestra esposa.

Me alarmé de nuevo.

—¿Decirme qué? ¿Ha ocurrido algo? —pregunté a Luis.

Él alargó la mano hacia el mondadientes de plata que siempre usaba cuando venían visitas de importancia. Jugueteó un instante con la punta de metal antes de responder.

—Así es, vida mía. Pero no se trata de nada que deba alarmarte, al contrario. —Sonrió, curvando apenas los labios. Ni siquiera aparecieron hoyuelos en sus mejillas—. Don Gonzalo ha demostrado su amistad para con nuestra familia y me ha honrado ascendiéndome a una posición de gran importancia; mejor de la que yo desempeñara para su tío, ¿puedes creerlo? Los cielos saben que tenemos mucho que agradecerle.

—Agradecédmelo desempeñando con pericia vuestra labor, y me daré por bien pagado —respondió nuestro convidado, antes de dirigirse a mí—. No os admiréis, Clara. Se trata de un cargo de responsabilidad, pues incluye tramitar ciertos negocios delicados. Pero os aseguro que vuestro esposo se ha ganado mi absoluta confianza, en este y otros aspectos.

Antes de que pudiera recuperarme del estupor, Luis agregó:

—Tan solo hay un pequeño inconveniente: deberé estar ausente con frecuencia, pues tendré que hacer largos viajes. Pero que eso no te inquiete, vida mía. —Presionó la punta del palillo con la yema del dedo. Tanto que me pregunté si no sentiría molestia al hacerlo—. Verás que todo tiene su recompensa. Gracias a la generosidad de don Gonzalo, nuestra casa conocerá una prosperidad nunca vista. Se avecinan tiempos mejores, te lo aseguro.

—Así lo espero, a fe mía. Es algo que deseo de corazón —comentó nuestro huésped. Alzó la copa y añadió—: Brindemos por tiempos mejores para todos los presentes.

Así lo hicimos. Luis vació su vino de un trago. Me pareció que dudaba sobre si añadir algo más.

—Espero que esta casa no olvide a quién debe su fortuna —dijo, al cabo—. Pues es de bien nacidos mostrar reconocimiento al benefactor. Ojalá tengamos oportunidad de manifestarle nuestro agradecimiento, todos nosotros.

Ahí los dos me miraron. Mi marido, de reojo. Don Gonzalo, con una sonrisa.

—Vuestro esposo dice bien, Clara. No debéis inquietaros. Os aseguro que, aunque él esté lejos, no quedáis abandonada.

—¿Cómo es eso? —pregunté, sin importar que se notara mi desconfianza.

—He otorgado a don Gonzalo los poderes necesarios para que se ocupe de todo en mi ausencia. Pierde cuidado, que está todo firmado ante notario para que no quepa duda al respecto.

—En otras palabras —resumió nuestro huésped—: vuestro esposo me ha pedido que cuide de vos mientras él está fuera; un cometido que acepto con agrado.

Sentí que el vello se me erizaba, aunque no a causa del

frío. Más bien noté un calor inesperado que me subía a borbotones del estómago, como leche puesta a hervir.

No es que fuese yo una ingenua ni que anduviese en la inopia. Sino que, simplemente, me resistía a creerlo. ¡Virgen santa! ¿Cómo aceptar que Luis estaba dispuesto a que otro hombre ocupase el puesto que solo a él le correspondía? ¿Que los dos se habían puesto de acuerdo en algo tan vergonzoso? ¡Y sin consultarme siquiera! No, eso era...

No. Imposible.

Aunque, por otro lado, aquello explicaría tantas cosas... Mi marido se estaba comportando de forma que no parecía él mismo. Y en cuanto a don Gonzalo... Era preferible no pensar ni siquiera en él.

Recuerdo que en esos días no andaba yo muy entera. Unas veces sentía que, sin aviso, me faltaba el aire, y tenía que buscar asiento notando que las piernas me temblaban. Otras, me detenía en mitad de lo que estuviera haciendo y me llevaba las manos a las sienes, pues sentía la cabeza a punto de estallar.

Me vino a la mente una conversación que Luis y yo habíamos tenido, a poco de casados. Estábamos en la cama tras uno de esos ayuntamientos que nos dejaban a los dos agotados, de tan intensos y gustosos como eran. Él sacó a colación algo que había oído aquella mañana en el despacho de su patrono. Al parecer, en Madrid habían paseado a un hombre por las calles. Lo habían declarado culpable de lenocinio, una palabra que yo no había oído jamás.

—Significa que es un marido consentidor —me aclaró Luis—; de esos que inducen a su mujer a hacer maldad de su cuerpo a cambio de dineros, o de privilegios u otras ganancias. Se considera un delito de los más graves y se castiga en consecuencia.

Al reo en cuestión lo habían condenado a diez años de galeras y a «vergüenza pública». Cuando le pregunté a mi esposo qué significaba aquello, me respondió:

—Pues es que lo sacan de la Cárcel Real a las calles, para su escarnio y deshonra. Y eso, vida mía, es lo más terrible que pueda ocurrirle a un hombre, pues no se recupera jamás.

Tanto que, según aseguró, él preferiría darse muerte antes de sufrir semejante agravio. Luego me describió con detalle en qué consistía el castigo, para ilustrar mejor su afirmación anterior.

Según me dijo, iba el reo a lomos de un burro. Antes le habían dado de azotes, desnudado y emplumado, untándole el medio cuerpo con miel y cubriéndolo de plumas. Además, le colgaba del cuello una sarta de astas de carnero.

—Se hace así para indicar que no solo es alcahuete, sino también consentido cabrón. Y esto porque dicen que el macho cabrío se queda con mucha quietud cuando ve que otro cubre a su hembra, algo que no sobrelleva con paciencia ningún otro animal.

Detrás de él habían sacado a la mujer, a la que también habían dado de latigazos. Solo que ella iba vestida, a diferencia del marido, y llevaba en la mano una ristra de ajos. Y cuando el verdugo voceaba el crimen de ambos y decía «¡Quien tal hace, que tal pague!», ella daba en la espalda del esposo con la ristra, provocando las risas y los insultos de la multitud.

—No puedo creer que esas cosas ocurran —protesté espantada. Hasta poco antes, había estado yo en el convento, sin noticia de que pudiesen darse tales desatinos—. ¿Que un marido rebaje así a su esposa, como si fuese ella una yegua para cubrir, de esas que se llevan a la feria? ¡Virgen santa, qué barbaridad!

No lo recuerdo en detalle, pero diría que hasta me santigüé. De lo que no me cabe duda es de que, al verme tan alterada, Luis se echó a reír.

—Ya lo creo que esas cosas ocurren. Además, vienen de antiguo. No te digo más, sino que es delito penado por las leyes desde hace siglos. Pero, por terrible que sea el castigo, sigue pasando cada día en más casas de las que te imaginas.

Yo seguía protestando que aquello no podía ser verdad. Y él, venga a sonreír, como si aquello lo divirtiera. No solo eso, sino que se puso travieso y probó a besarme, a meterme las manos bajo la camisola. Pero yo se lo impedí, pues no me hacía gracia la conversación.

—¡A fe mía...! ¡Clara! ¿A qué vienen tantos mohínes? No te lo tomes a mal, mujer. ¿Tan terrible te parece?

Comprendí que lo decía por fastidiarme, y eso me importunó aún más. Así que busqué, de entre todas, la respuesta que más pudiera enfurruñarlo a él.

—Eso depende de si la esposa lo hace con gusto.

Estaba yo en lo cierto. No le hizo gracia la contestación.

Como primera misión de su nuevo cargo, le tocó a mi esposo marcharse bien lejos: a Sevilla, nada menos. Ya podría haberle llegado una comisión en Madrid o Guadalajara, que están a media jornada. Pero no.

—Compórtate bien con don Gonzalo —me dijo aún, antes de marcharse—. Recuerda que él ha aceptado cuidarte como si fuera yo mismo. Debes tratarlo como a mí en todo, no lo olvides.

No respondí. Lo despedí en silencio. Sospechaba yo que el patrono no tardaría mucho en dejarse caer por casa. Cuando lo hiciera, él sí que iba a oírme. Y tanto que sí.

En efecto, vino el buen mozo aquella misma tarde, tan sonriente y bien plantado como la última vez. Entró por la puerta principal, a plena luz, sin temor a despertar sospechas, como amigo y valedor de la familia.

—¡Albricias, Clara! Traigo buenas noticias.

Así lo dijo, tan campante, tratándome ya de tú, como si no me debiera el respeto debido a una mujer casada con otro.

Respondí, muy seca y formal:

—Agradezco a vuestra merced que se tome la molestia de venir aquí para traerme las novedades del día. Sepa que no es menester, que un simple billete basta y sobra para esas cosas. Sepa también que, como buena esposa que soy, no considero que haya otra buena noticia que no sea el regreso de mi marido.

Se sonrió ante aquella contestación. Y, sin concederle la menor importancia, prosiguió:

—Has de saber que quedé muy preocupado cuando os visité el otro día. Ese balcón vecino que queda tan cerca de tu alcoba me dejó intranquilo, viendo que cualquiera podría colarse en el dormitorio sin gran esfuerzo.

Añadió que él se había comprometido a tenerme a salvo y se tomaba muy en serio su palabra. Que no podía consentir aquella situación, pues mientras durase aquello no estaría yo bien protegida, dado que se podía atentar contra mi honra. Así que había tomado cartas en el asunto, como suele decirse.

—Te alegrará saber que esos cuartos, los del balcón de enfrente, son ahora míos. Y tengo pensado darles buen uso. Así que ya ves, no es menester que te inquietes. Desde esta misma noche puedes mantener las puertas de tu balcón abiertas sabiendo que no hay peligro en ello.

Se marchó pensando que todo el monte es orégano, y que las famosas portezuelas se le abrirían como por arte de magia. Pues no, señor. Que cuando él llegó aquella noche, se las encontró cerradas y bien cerradas. Aunque las golpeó y me llamó por mi nombre —todo con discreción, eso sí, que tampoco era cuestión de alertar a los vecinos—, no se le abrieron. Tuvo que volverse por donde había venido.

A ver, no es que sus atenciones me desagradaran, ni mucho menos. No negaré que era un gozo mirarlo y oírlo. Para ser sincera, diré que me gustaba tenerlo cerca. Hasta confesaré que abrirle aquellas puertas no habría ido muy en contra de mis inclinaciones.

Pero nada de eso importaba. Porque la cuestión era que ellos se habían preparado aquel guiso sin invitarme siquiera a la cocina. Aquello era lo que me hacía hervir por dentro. Y no pensaba tolerarlo.

Al día siguiente, mediada la mañana, volvió a la casa. Franca no estaba, que andaba por el mercado acompañada de Maricuela y los niños. Ya no salía sola a las calles, por si al animal del marido se le ocurría volver a acercársele. No parecía probable, pero, tratando con alimañas, nunca se sabe.

El caso es que don Gonzalo se presentó entonces. Ya no venía tan risueño.

—Clara —me dijo por lo bajo—, ¿puede saberse qué demonios sucedió anoche? ¿Acaso no lo tenía hablado Luis contigo?

Yo, que mantenía a Marita al lado y fingía estar muy atareada con no sé qué labor de costura, le contesté:

—Pues mire vuestra merced: ese es el caso. Que nadie ha hablado conmigo. Cuando, en realidad, nada de lo que me atañe debiera darse por bueno sin mi consentimiento.

Frunció el ceño. Pero el gesto le duró poco. Porque enseguida, para mi sorpresa, se le escapó una media sonrisa.

—¡Por Santiuste...! —exclamó—. ¿Qué voy a hacer contigo? Cada vez que nos encontramos, las cosas han de acabar a tu modo.

No respondí. Estaba concentrada en mantener mi actitud adusta. Cosa que, por cierto, me costaba cada vez más esfuerzo.

Se acercó un poco más y bajó la voz.

—Dile a la moza que se aparte, que tengo algo que decirte.

Fingí dudar. Luego hice señas a Marita para que se alejara de nosotros. Pensaba que se avecinaba un discurso largo. Pero no.

—Clara, me he pasado años pensando en ti. No sabes

cuánto me ha perseguido tu recuerdo. Ahora que te he encontrado, no pienso dejarte escapar.

Yo escuché aquellas palabras sin alzar la vista de mi labor, con el corazón a todo latir. Cuando se levantó y se despidió, se me antojó que la habitación se quedaba vacía, pese a estar tan repleta de muebles y bujerías, y ensombrecida, aunque la luz entraba a raudales por la ventana.

Echaba de menos tenerlo cerca. Tanto que no me era posible negarlo.

Desde niñas, a todas nos enseñan a luchar contra ciertos impulsos, a resistirnos como si nos fuera la vida en ello. Pues, en cierto modo, así es. Nos va en ello el honor, que es la balanza en que se pesa nuestra existencia terrenal, y aun la salvación de nuestra alma eterna.

Así se nos instruye, eso se nos repite. No es justo, claro que no. A estas cosas, como a tantas otras, se les aplica doble vara de medir. Nada resulta igual para hombres y mujeres. Para ellos, el placer, la vanagloria que trae consigo una conquista. Para nosotras, vergüenza y deshonra.

Mas ¿qué podía hacer yo? No tenía sentido engañarme. Ya me hubiera gustado convencerme de que Gonzalo me resultaba indiferente. Pero no era cierto. Muy al contrario. También yo había pensado en él a lo largo de los años. También a mí me había perseguido su recuerdo. Tampoco yo quería dejarlo marchar.

Así que resolví actuar en consecuencia. No diré que la decisión resultó fácil, ni indolora, pues cuesta deshacerse de las convicciones que han crecido bien arraigadas, y el arrancarlas de cuajo siempre deja cicatriz.

Tomé pluma y papel, suplicando para mis adentros que Dios tuviera a bien perdonarme por lo que estaba a punto de hacer. Porque, si por un lado aquello me pesaba, por el otro ni siquiera sentía arrepentimiento.

Cuando Marita salió llevando consigo el billete, me dejé caer sobre una silla. Sentía por dentro una convulsión que no sé ni describir. Estaba hecho. Había enviado recado a Gonzalo de que esa noche el balcón estaría abierto.

Francisca

Una noche, en sueños, noté que alguien me sacudía. Abrí los ojos sobresaltada. El espanto siempre estaba allí, haciendo que me saltase el corazón en el momento menos pensado. No podía evitar llevar conmigo un miedo irracional a que él anduviese al acecho, siempre cerca, a punto de abalanzarse sobre mí.

Mari me estaba agarrando del brazo. También ella tenía pesadillas. A veces se despertaba gritando. No se calmaba hasta que yo la abrazaba y, poco a poco, dejaba de temblar entre mis brazos.

—¿Has tenido un mal sueño? —pregunté en un susurro, cuidando de no molestar a Juanín, que se revolvía inquieto bajo su manta.

—Sí —respondió mi pequeña—. Aunque no es eso lo que me asusta. Bueno, sí también, pero... es que además hay otra cosa.

Tiró de mí para que me levantara. Entonces me di cuenta de que se había envuelto en el chal y llevaba escarpines en los pies.

—¿Has estado andando por la casa? —dije. A veces, cuando no podía dormir, mi pequeña se levantaba y paseaba hasta que lograba conciliar de nuevo el sueño.

—Sí, madre. Y he oído ruidos raros... Tengo miedo.

Aquello me acelero aún más el corazón. Temí que nuestras pesadillas estuviesen a punto de hacerse realidad; que él hubiese entrado en la casa y estuviese allí, allí mismo, a punto de caernos encima, con el odio en la cara y el cuchillo en la mano.

—¿Qué tipo de ruidos? —pregunté, en un hilo de voz—. ¿Por dónde?

—En la habitación de la madrina. Sonaban voces, como si hubiese un hombre ahí dentro. Pero el padrino está de viaje...

¿En el dormitorio de Clara? Me quedé anonadada, sin comprender... Pero enseguida me vino a las mientes una sospecha. Algo que se me antojó descabellado, bien lo sabe Dios. Aun así, tuve el convencimiento de que mis figuraciones no andaban erradas.

—Ven aquí, hija. Vuelve a acostarte. —Así diciendo, la senté a mi lado para quitarle el chal—. Pierde cuidado, que nada de lo que te ha parecido oír es real. Piensa que estás medio dormida, y que en tu estado no es raro soñar despierta.

—¿Dices que ha sido un sueño? —repitió, no muy convencida—. Pero, madre, no lo parecía...

—Es lo que tienen, mi niña, que a veces se ven más reales que la vida misma. Convéncete de que soñabas. Y ahora, vuelve a dormir.

Se tumbó a mi lado, pero seguía con los ojos abiertos, aún dudando.

—Y una cosa más —le dije, acariciándole el pelo para tranquilizarla—. No se lo cuentes a nadie. Pues, de saberse, podría perjudicar mucho a la madrina. Y ni tú ni yo queremos que eso ocurra, ¿verdad?

Negó con la cabeza.

—¿Y puede hacerle daño aunque solo sea un sueño mío?

—Así es. Que la honra de una mujer puede verse arruinada por eso, y aun por menos. —Le di un beso en la frente—. Pero pierde cuidado, que la madrina está a salvo. Porque nosotras no dejaremos que eso pase.

De entre todas mis pesadillas, me angustiaba sobre todo que mi esposo pudiese llevarse a los niños. Según las leyes, pertenecen al padre, y él es quien se los queda en caso de separación. Yo los había traído conmigo, pues Jerónimo jamás había mostrado interés en ellos. ¡Virgen santa! ¿Cómo iba yo a dejarlos desamparados, en las garras de aquel monstruo?

De cierto, él no había hecho el menor esfuerzo por reclamarlos. No le suponían más que una molestia. Yo tenía muy claro que, si algún día los exigiere, sería tan solo por rencor hacia mí, a sabiendas de que nada me haría más daño. Aunque pronto comprendí que aquello no se le había pasado siquiera por las mientes y que sus ataques vendrían por otro lado.

Recuerdo que, un día, andaba yo cavilando sobre esto

mientras trajinaba con Marita en la cocina. Clara estaba con los niños en el comedor, limpiando las legumbres para la olla. Aunque no tuviera yo el oído puesto a su conversación, me llegaba todo lo que decían.

—Dime, Juanín —preguntó mi amiga—: ¿tienes pensado qué hacer cuando seas grande? Dentro de poco estarás en edad de ponerte de aprendiz en algún sitio.

—El oficio me da igual —respondió mi hijo—. Cualquiera me sirve. Lo único que quiero es irme de casa cuanto antes, para que él no pueda tocarme.

Aquellas palabras me hirieron en lo más hondo. Comprendí, por el tono de Clara, que también a ella le resultaban dolorosas.

—No digas eso. No tendrás que volver a esa casa si no quieres.

—Ya lo creo que sí. Todos volveremos. Que él se sale siempre con la suya, y nadie hace nada por evitarlo.

—Eso no es cierto —protestó mi amiga.

Pero entonces intervino mi hija. Y supe que estaba tan convencida como su hermano de lo que nos deparaba el porvenir.

—Pero no puedes irte de la casa... ¿Qué será de nosotras? Tú te harás grande y fuerte, y entonces podrás protegernos a madre y a mí. Podrás luchar contra él, como deben hacer los hombres.

Imagino que aquello molestó a Juanín. Oí el roce brusco de una silla en el suelo y luego sus pasos, que abandonaban la habitación. Siguieron unos instantes de silencio. Al cabo, volvió a sonar la voz de Clara.

—Mari, no todo lo arreglan los hombres y sus peleas. ¿Sabes que las mujeres tenemos otras formas de luchar?

Mi hija no dudó en su respuesta.

—No hay otras formas. Contra eso, no.

Bien saben los cielos que aquello me dejó huella. Aunque no hubiera pensado remover las aguas mientras durase la calma, comprendí que no me quedaba más remedio que actuar. Así pues, me presenté en el despacho del procurador Alcocer.

—He pensado volver a presentar querella contra mi esposo.

Cinco años atrás, la audiencia del corregidor me había concedido la administración de los bienes familiares. Pero ni un solo maravedí había llegado a mis manos. Pues Jerónimo seguía cobrando los arrendamientos de todas las viñas, majuelos, tierras y casas. Y derrochaba esas ganancias sin empacho, sin guardarnos una mísera blanca ni a mí ni a los niños.

Pensé que había llegado el momento de volver a pedir la custodia de los bienes. Así lo hicimos, obteniéndola enseguida del señor corregidor, sin demora ni impedimento, como la primera vez.

—Mirad, Francisca, que tampoco ahora ha de serviros de nada —me dijo mi procurador, que parecía más pesimista que nunca respecto a mi caso—. Mucho me temo que vuestro esposo ha de seguir en sus trece.

Ya contaba yo con eso. Pero creía que ahora podría sacar

provecho de la situación. Pues calculaba que aquel nuevo mandato enojaría aún más a Jerónimo. Que, con tal de burlar a la justicia y perjudicarme a mí, se aseguraría de gastar los dineros en el momento en que llegaran a sus manos. En tal caso, sería imposible que llegase a juntar nunca esos seiscientos ducados de fianza reclamados por la Audiencia Arzobispal. Pues, por mandato del dicho tribunal, aquel pago me condenaría a volver a hacer vida maridable.

Así, seguiría manteniéndome yo fuera del alcance de mi esposo. Y, aunque no se me hubiese concedido el divorcio, ni lo obtuviera jamás, estaría como divorciada a efectos prácticos.

Me las prometía yo muy felices, creyendo haber encontrado la solución a mis cuitas. Por desgracia, no fue así, sino que con eso me vinieron nuevos problemas.

Pues resultó que Jerónimo, como de costumbre, estaba de deudas hasta arriba. Empezó a mandar a sus acreedores en mi dirección, diciendo que él ya no disponía de bienes que administrar, pues que la justicia me los había entregado a mí.

Hete aquí que empezaron a llegarme quejas y requerimientos sin fin. Todo ello, sin que yo tocase de veras aquellas ganancias, pues él seguía quedándoselas, de modo que solo eran mías sobre el papel.

Me exigían, por ejemplo, los alquileres de nuestra antigua casa, donde él seguía viviendo, o los réditos de cierto censo a que él estaba obligado. Resultaba muy difícil explicar a los acreedores que no estaba yo en condiciones de poner aquellos dineros. Llegaron las discusiones, incluso las amenazas. Algunos se pensaban que entre mi esposo y yo habíamos urdido una engañifa, pasándonos el ronzal del burro de uno a otro, sin pagar nunca ninguno. Unos prometían darme de palos; otros, arrastrarme a los tribunales.

—¡Hija de mala madre! —me gritó uno de ellos—. Acabaréis sacada a las calles y puesta en el cepo. ¡Como hay Dios que sí!

Aquello no podía seguir así. De hecho, pronto empeoró. A día 2 de mayo, el procurador Alcocer me hizo llamar. Cuando llegué a su despacho, lo encontré con el gesto ensombrecido. Por cuanto parecía, un oficial de la corregiduría le había hecho entrega de doscientos reales dirigidos a mí, a cuenta de la subasta de cien cepas de una viña.

—¿Qué significa eso? —pregunté, temiéndome la respuesta.

—Que vuestro esposo está saldando las propiedades. Que, a fin de que no os queden bienes que administrar, los anda malvendiendo. Mucho me temo que no parará hasta dejaros sin nada.

Aquella transacción se debía a una deuda que venía de lejos. Jerónimo había dejado a deber ciento veinte ducados a cierto Gaspar de los Reyes, escribano de la villa de Madrid, fallecido hacía poco. Los hijos de este, como herederos, reclamaron el pago. Así, desde la Real Chancillería de Valladolid se había ordenado por ejecutoria sacar a subasta una de nuestras viñas, pregonando el remate de cien cepas para cubrir la cantidad adeudada. Se habían obtenido tres mil reales, mil de los cuales se pagaron de inmediato a los hijos del difunto, a cuenta de sus ciento veinte ducados.

—De los dos mil reales restantes, se dictaminó que la mitad se pagase en el presente mes de mayo. Con ese dinero, la contaduría ha abonado ciento cuatro reales y medio por cierto mandamiento del señor corregidor. Y otros doscientos reales, que son los que os entrego, que la justicia os reserva como parte de las ganancias que os corresponden por la venta de las viñas. Pues era propiedad familiar, y vos sois la administradora del patrimonio.

Me quedé con el alma encogida. Tal miseria a cambio de tan buenas tierras; de aquellas cepas que daban en abundancia uvas de hermoso tamaño, dulces como la miel...

—¿Y los mil reales que faltan? —pregunté.

—Se entregarán en ocho meses, a enero del año que viene. Pero, Francisca, es más que posible que no os llegue a vos nada, habida cuenta de lo mucho que debe vuestro esposo.

—¡Cielo santo! ¿Qué vamos a hacer? —exclamé. En aquellos momentos veía el porvenir más oscuro que nunca. Aquel energúmeno no solo nos obligaba a pasar penurias en el presente; nos estaba condenando a un futuro de miseria—. ¿No hay modo de parar esto?

Mi buen procurador se quitó las lentes, las dejó sobre el escritorio y se masajeó el puente de la nariz con las yemas de los dedos. Se le veía agotado.

—Cuando no es posible dar marcha atrás, solo queda

la opción de seguir hacia delante —me dijo—. Esto es serio, Francisca. Ese hombre no se detendrá ante nada. Debéis frenarlo en seco si no queréis que lo destroce todo a su paso.

Bartolomé de Alcocer

Estaba claro que el vecino Jaras no pensaba respetar la sentencia dictada en primera instancia por el señor corregidor, ni tenía la menor intención de permitir que su esposa administrara los bienes de la familia. Así pues, decidimos elevar la petición a la Audiencia Arzobispal pidiendo que refrendara la decisión de la justicia civil. Eso no solo la reforzaría con vistas a futuras acciones legales; pues, pese a existir sentencia, en realidad la causa de divorcio seguía pendiente, al no haber pagado el marido la fianza exigida.

Además, aquella actuación también suponía otra ventaja para Francisca: el vicario general de la Corte eclesiástica, el licenciado Laurencio de Iturrizarra, dio orden de recopilar toda la documentación relativa a las gestiones económicas del imputado. Así, en breve vinieron a saberse todas las transacciones que el muy bellaco había llevado a espaldas de su esposa malvendiendo y arrendando majuelos, viñas, tierras y casas, pese a no estar facultado legalmente para hacerlo.

El mandamiento del señor vicario se dirigía específicamente a Marcos Enríquez, notario perpetuo de la Audiencia

Arzobispal, así como a Juan Fernández de Felices, oficial de la corregiduría, para que ambos trabajasen de forma solidaria. Incluía también, por extensión, a todo otro escribano de cualquier jurisdicción que hubiese tramitado o tuviese en su poder escrituras de venta o arrendamiento a nombre del vecino Jaras.

Así, empezaron a llegar documentos firmados en Alcalá de Henares, en Torrejón de Ardoz, en Madrid... Incluso desde la Real Chancillería de Valladolid, a la que competía la justicia de todos los territorios castellanos al norte del Tajo.

—Nos está desangrando —comprobó Francisca desolada a la vista de aquellos papeles—. Virgen santa, tiene intención de dejarnos sin nada.

Así lo indicaban las pruebas. Pero antes, ya habíamos solicitado al vicario general que las rentas de los bienes familiares se pagasen a la esposa. No solo eso. También le habíamos requerido que le restituyese a ella su dote y las arras aportadas por el marido, junto a la mitad de los bienes gananciales y cien ducados más, a fin de pagar su comida, la de sus hijos y los gastos de aquel proceso judicial que ella arrastraba desde hacía tanto tiempo, y que no tenía visos de llegar a término en breve.

El señor vicario respondió que su Corte necesitaba tiempo para evaluar las tres primeras peticiones. Con respecto a la última, accedió; reduciendo, eso sí, la cantidad a una quinta parte de lo solicitado, y dejando el total en doscientos reales.

El vecino Jaras respondió como era de esperar. Su insolencia no tenía límites. Al día siguiente, su procurador,

Francisco Martínez, se presentó ante el tribunal eclesiástico protestando por que a su parte se le hubiese ordenado abonar esa cantidad. Aducía el miserable que, al haber perdido la administración de sus bienes, no tenía medios con que pagar nada.

«... por haberse quedado por alzado la dicha Francisca de Pedraza con todos los bienes de su dote, así como las arras de mi parte. Y al dicho Jerónimo de Jaras solo le ha quedado lo que es raíz, por lo que está muy pobre, sin tener de qué sustentarse a sí mismo y a dos hijos que tiene en su poder...».

Cuando presenté aquella argumentación a Francisca, quedó absolutamente anonadada.

—No doy crédito. ¿Cómo puede decir tales cosas, a sabiendas de que no son más que mentiras? —protestó—. ¿Y qué significa eso de que me he quedado con dineros por alzado?

—Significa, señora, que busca confundir al tribunal, pues no tiene otro modo de responder a las acusaciones. Así, os imputa a vos el haber realizado alzamiento de los bienes conyugales. Es el delito que comete la persona que, tras contraer deudas, oculta sus bienes o los hace desaparecer, en su totalidad o en parte, de modo que el acreedor tenga más dificultades para cobrar.

—Es decir, me acusa a mí de las fechorías que él está cometiendo —resumió, cada vez más incrédula.

—Veo que lo entendéis —respondí—. Pero no ha contado con que vos hubierais iniciado ya un proceso para el que se ha pedido información sobre sus transacciones. Gracias a eso, todas sus mentiras quedarán al descubierto, y tal cosa ha de seros de gran provecho. Pues el tribunal comenzará a verlo como el embustero y el criminal que realmente es.

—También dice que él está cuidando de los niños —añadió mi defendida—, sin dinero ni medios para darles de comer.

—Cierto, lo dice. Pero en este punto es mejor no insistir. Y él lo sabe. Por eso se permite mentir al respecto, consciente de que vos no habréis de rebatirlo.

En efecto. Puesto que, según las Leyes de Toro, la custodia de los hijos corresponde por derecho al padre. Si Francisca llamaba demasiado la atención sobre este punto, el tribunal bien podría dictaminar que los niños habían de volver a casa de aquel.

Pero lo peor de todo era que, según añadía el infame, su esposa no convivía con él, con lo cual él no tenía obligación de darle manutención. Así, no solo se negaba a entregar los doscientos reales que el señor vicario le reclamaba ahora, sino que también pedía que se le restituyesen a él esos otros doscientos reales, los que yo había entregado a Francisca en el mes de mayo por la subasta de las famosas viñas.

Como remate, la acusaba a ella de estar infringiendo la ley por negarse a hacer vida maridable con él, pese a que se le hubiese ordenado regresar a la casa familiar «hacía ya como año y medio». Eso, añadía, lo había decretado aquella misma Corte, aquel mismo vicario general al que ahora ella reclamaba «con tal desfachatez». Para echar más leña al fuego, dejaba caer que Francisca iba diciendo por la villa que estaba divorciada legalmente, por sentencia en firme de la

Audiencia Arzobispal, cosa que no era cierta y suponía un insulto al tribunal.

—¡Virgen santísima! —exclamó ella—. No lo creerán, ¿verdad? Me refiero a los jueces. No se dejarán engañar por esta sarta de mentiras...

—Mucho me extrañaría —respondí—. Pero sí hay algo que me preocupa: lo de que sigáis viviendo fuera de la casa conyugal. Me temo que eso no ha de gustar a la audiencia.

Por tal razón, mientras nosotros habíamos obviado ese detalle en nuestra argumentación, aquel canalla del vecino Jaras se había cuidado bien de señalarlo, dejándolo por escrito en un documento oficial para que no quedase duda al respecto.

Pero aquel miserable no paró ahí. Ya le había advertido yo a Francisca que su esposo no se detendría ante nada. Si no le poníamos coto, lo arrasaría todo a su paso, dejando tras de sí solo ruina y desolación, como una plaga de langostas.

En este punto del pleito estábamos a principios de noviembre. Un día estalló una algarabía en la antesala de mi despacho. Me encontraba yo reunido con un cliente a puerta cerrada. El batiente se abrió con violencia y el vecino Jaras entró.

—¡Vos! —me gritó—. ¡Así os lleven los infiernos, leguleyo, por separar a una mujer de su esposo! Deberían excomulgaros, que el sacramento del matrimonio es cosa sagrada, y vos la incitáis a desdeñarlo, como una vulgar ramera.

El cliente y mi escribano saltaron de sus sillas, espantados por la irrupción de semejante bestia. No negaré que también yo me alarmé al principio. Pero esa reacción, tan natural, se vio enseguida desbaratada. Y no pude sentir más que esa indignación, ese desdén intenso que aquel sinvergüenza me inspiraba.

—Señor mío —respondí, sin esforzarme siquiera por disimular aquellas emociones—. La mujer que mencionáis es mi defendida. Vos, la parte contraria. Vuestra presencia aquí va contra derecho. Si no os marcháis ahora mismo, lo pondré en conocimiento del alguacil. Y nada os salvará de los grilletes. ¿Tantas ganas tenéis de volver a la cárcel?

Me miró con furia, pero sin atreverse a avanzar más hacia mí. Me vino entonces a la mente la primera vez que aquel hombre entró en mi despacho, nueve años atrás, para pedirme que lo representara frente a su esposa. En aquel entonces, llegaba él engalanado con su golilla, su jubón y sus calzas de buen terciopelo, todo primoroso, limpio y planchado. Me impresionó que la pulcritud de su atuendo discrepase tanto de sus modales de patán. Pero ahora aquel contraste se había desvanecido por completo.

Cuando el vecino Jaras me visitó por primera vez, Francisca no llevaba ausente ni dos días. Ahora, había transcurrido año y medio desde que ella se marchase de casa. El aspecto de Jerónimo daba cuenta de ello. Desgreñado, con la ropa desgastada, llena de desgarros y lamparones. Pensé que, ahora sí, la apariencia ruinosa de aquel individuo concordaba con su miseria moral.

Lo que, de cierto, no había cambiado era su temperamento. Si acaso, para ir a peor.

—Todo esto es culpa vuestra —repitió—. Pleitos y pleitos, desde el momento mismo en que nos casamos. ¡La muy bribona...! ¡Malhaya el día en que la saqué del maldito convento...!

—Pensad en sus motivos, señor. Nunca le han faltado razones de llevaros ante la justicia, sin que yo necesitara incitarla a ello.

—¿Esa palurda? ¿Esa zorra mezquina y cobarde? ¡Como si todo esto pudiese salir de ella! ¡Por Cristo que no! —Y, no contento con mentar a Dios en vano, añadió—: Todas estas querellas son obra vuestra, bien lo sé yo. De no ser por vos, esa desgraciada seguiría en casa, atendiéndome sin chistar, como le corresponde.

Aun hoy, no puede dejar de sorprenderme lo poco que aquel hombre conocía a su esposa, pese a sus años de convivencia. Nadie que se hubiese tomado la molestia de hablar con ella, de escucharla unos pocos minutos, podría acusarla de falta de entendimiento o determinación. Por alguna razón que no logro entender, los cielos habían entregado a aquel desgraciado una mujer mucho más grande, mucho más digna que él, sin que el muy necio tuviese siquiera la facultad de apreciarlo.

—Lo creáis o no, la señora Francisca de Pedraza no necesita que nadie la incite a buscar justicia, que para eso se basta ella sola.

—¡Que se basta ella, dice! ¡A otro perro con ese hueso! Que yo os tengo bien calado, señor. Sois vos quien la ha estado malmetiendo para sacarle los cuartos pensando que, a través de ella, podéis quedaros con mis dineros. ¡Qué diantres! Pues, ¿sabéis que os digo...?

—Ni lo sé ni me importa —lo corté—. Ahora, salid de aquí. Y metéoslo de una vez en la cabeza: esa mujer es dueña de sí, mal que os pese.

—A vos sí que ha de pesaros, ¡cuerpo de Cristo! —gruñó, de camino a la puerta—. Convencedla de que olvide sus locuras y se vuelva a casa, os lo advierto. O habrá de costaros muy caro.

A partir de ese día, el vecino Jaras empezó a correr la voz de que yo ejercía mi profesión de forma deshonesta. Me acusaba en público de los mismos despropósitos que ya había soltado en mi despacho. Como muestra, de inducir a las mujeres —tan estúpidas y crédulas, según él— a verter falsas acusaciones contra sus maridos, a fin de llenarme yo la bolsa con los pleitos.

Con esas y otras barbaridades atacaba mi fama de procurador. Pero arremetió aún con más dureza con mi puesto como depositario general de la villa. Entre otros delitos, me imputó el de malversación. Aseguró que yo me había quedado con ciertos dineros que él me había depositado y que debían entregarse a su esposa, y que ahora andaba ella pidiéndoselos, habiéndole dicho yo que él nunca me había dado tales maravedís.

Por descontado, nada de esto impidió que yo siguiese adelante con la causa que Francisca tenía pendiente. Si acaso, me empujó a ocuparme de ella aún con más determinación. No podía creer que, unos meses antes, a causa del desaliento, anduviese yo pensando si me convenía seguir o no en el caso contra aquel individuo despreciable. Ahora tenía por cierto que continuaría hasta el fin, por mal que se presentaren las cosas. En este sentido, el vecino Jaras había conseguido justo lo contrario de lo que él pretendiera.

Como el muy ladino sacase a colación que Francisca llevaba año y medio sin hacer vida maridable, solicitamos a la Audiencia Arzobispal que autorizara el que ella siguiese fuera del domicilio conyugal mientras su esposo no abonase la fianza. Algo que, unos meses antes, quizá la audiencia se habría negado a considerar. Pero que ahora, a la luz de las evidencias recién presentadas, se le concedió sin problema alguno.

Tras aquello, el vecino Jaras comprendió que sería preferible cambiar de argumento. A día 29 de noviembre, su procurador se presentó ante la Corte pretextando que su cliente no podía satisfacer al contado la fianza de seiscientos ducados, al no disponer de dinero, por lo que solicitaba que esa cuantía se sustituyera por la subasta de algunos de los bienes que aún quedaban en su posesión.

«Digo que vuestra merced pronunció sentencia de que yo diese fianza de hacer buen tratamiento a mi esposa, en cantidad de seiscientos ducados; y, con esto, ella volviese a hacer vida maridable conmigo. Protesto no poder abonarla a causa de que no tengo dinero, pues la susodicha está empoderada de mi hacienda, y la cobra y administra ella por mandato de la justicia de esta villa. Y, aunque quiero dar la fianza, no encuentro quien me fíe, por lo que ofrezco y allano mis bienes y los obligo por la dicha cantidad.

»Suplico a vuestra merced que mande a la susodicha volver a hacer vida conyugal conmigo y que me obedezca y tenga el respeto y amor que está obligada, por ser yo su marido».

Por tanto, aquel desalmado proponía que se le perdonase el pago a cambio de la venta de bienes que, en justicia, correspondía a su esposa administrar. En otras palabras, pedía licencia al tribunal para proseguir, de forma encubierta, con el alzamiento de los bienes conyugales, pretendiendo convertir su desafuero en acción legal y a la audiencia en cómplice de su delito.

—Decidme si lo he entendido bien —me dijo Francisca cuando le comenté el lance—: no solo quiere vender unos bienes que también me pertenecen y, así, privarme de ellos para siempre. Sino que, además, pretende que la fianza se abone con el dinero conseguido; con lo cual, no solo perdería yo parte de mi hacienda, sino que, en el fondo, estaría pagando yo misma porque me encerrasen de nuevo con él.

—Lo habéis entendido perfectamente —le respondí. Ni yo mismo lo habría explicado mejor.

Como era de esperar, el tribunal respondió a tan descabellada pretensión con una negativa. Tras lo cual, el infame volvió a la carga dando otra vuelta de tuerca a su argumentación.

Así, a día 13 de diciembre, argumentó que no tenía modo de pagar la famosa fianza. Y que esto no era porque no desease hacerlo, muy al contrario, sino por absoluta imposibilidad financiera; que él había ofrecido opciones para ejecutar el pago subastando incluso parte de su hacienda, pero que aquella vía se le había cerrado, siendo la única de que él disponía.

Por tanto, suplicaba que la audiencia no le compeliese a abonar la dicha cantidad ni a través de su persona ni de sus bienes. Pues, en realidad, estaba realizando la venta de estos para pagar a los muchos acreedores que ya tenía.

«... En consecuencia, se ha citado a la mayor parte de los acreedores y se han presentado sus derechos para satisfacerles. Así, hasta que se haya acabado el pago, no puede la parte contraria exceder las deudas al depósito. Por tanto, suplico a vuestra merced suspender el dicho auto, declarando que la pretensión de la dicha Francisca de Pedraza no ha lugar».

En otras palabras, solicitaba que se le aplazase el pago de la fianza, al no poder sufragarla en esos momentos. Pero, eso sí, que su esposa se volviese de inmediato al hogar conyugal. Pues, igual que él obraba de buena fe y mostrando absoluto respeto a las decisiones del tribunal, ella lo hacía con malicia y absoluto desdén por la audiencia.

Como el juez no parecía tomar en consideración las alegaciones del vecino Jaras, Francisca interpretó aquello como buena señal. A día 13 de enero se presentó en mi despacho. Venía decidida a dar un paso adelante solicitando de nuevo el divorcio.

La previne contra tal decisión, advirtiéndole que era preferible dejar las cosas como estaban. Pues el tribunal eclesiástico nunca sería favorable a tal demanda. De forzar la cuerda, bien podría acabar rompiéndose.

Pero, como ella insistiera, presentamos la petición. Y, ante el silencio de la audiencia, volvimos a hacerlo un mes después, a 13 de febrero.

Como era de temer, el bellaco del marido no se quedó de brazos cruzados. Ese mismo día remitía un escrito a la cámara asegurando que, en la medida de sus posibilidades, él había cumplido con todo lo exigido en la sentencia anterior. Así pues, rogaba al señor vicario que instara a su esposa a hacer lo propio, forzándola a regresar al hogar conyugal.

En esta ocasión, el tribunal sí respondió. El auto firmado por el licenciado Iturrizarra decretaba que «la dicha Francisca de Pedraza ha de cumplir con la sentencia y hacer vida maridable con el dicho su marido, según y como es obligada».

Para colmo de males, le daban dos días de plazo.

—No puedo volver allí —me dijo ella, desesperada—. No puedo. No lo haré.

Intenté tranquilizarla, aunque yo mismo distaba mucho de estar calmado. Aquella mujer había probado su causa no una, sino varias veces. Había demostrado el carácter violento y homicida de su esposo, el peligro que suponía regresar junto a él. Mas ¿de qué había servido?

No cabía sino aceptar lo evidente. La Audiencia Arzobispal jamás le concedería el divorcio.

—Debe de haber otra forma —insistía ella—. Esto no puede acabar así.

Bajé la vista al escrito de sentencia. Meneé la cabeza. No dejaba de sorprenderme la determinación de aquella mujer. Pero, por desgracia, había que aceptar los hechos.

—No, señor Bartolomé —repitió—. Os digo que debe

de haber otra forma; alguien más a quien recurrir, alguien que me escuche y haga justicia.

—El divorcio es asunto eclesiástico. No compete a ninguna otra jurisdicción. Comprendedlo, Francisca. Estamos hablando de un sacramento de la Madre Iglesia. No cabe apelar a otra instancia.

Quedó en suspenso al escuchar mis palabras. Luego lanzó una exclamación. Por algún motivo, parecía encontrar en ellas no un motivo para el desánimo, sino un soplo de esperanza.

—Eso que acabáis de mentar... Otra jurisdicción, otra instancia... —Repitió aquellos términos sin tener idea de su significado. Se aferraría a cualquiera cosa que le abriera un resquicio para seguir luchando.

Aquello me removió. Tanto como para que acudiera a mi mente una idea que nunca antes me habría atrevido a considerar.

—Tal vez podríais probar algo... —aventuré—. Pero, Francisca, os advierto que es un intento condenado de antemano al fracaso.

En la villa de Alcalá se da una circunstancia excepcional. Dispone de un fuero que también posee atribuciones eclesiásticas, sin estar sometido en sí mismo a la Iglesia; en suma, que cuenta con jurisdicción propia, sin rendir pleitesía ni al Corregimiento ni a la Audiencia Arzobispal: el de la universidad.

Por desgracia, no ampara a los vecinos, tan solo a los estudiantes. Para acogerse a él habría que superar una serie de escollos que se me antojaban imposibles de salvar. En primer lugar, pedir al nuncio de Su Santidad que permitiera trasladar el expediente llevándolo de la audiencia del vicario a una nueva jurisdicción. En segundo, que el rector de la universidad accediera a hacerse cargo de él. Pero ambos son grandes señores, que no tienden a prestar oído a las cuitas de la gente común.

E incluso si estas circunstancias inauditas se dieran, aún quedaría una por superar, y nada sencilla. Los rectores de la universidad son colegiales de San Ildefonso, estudiantes de Teología, versados en religión y derecho canónico. En otras palabras: ninguno de ellos consideraría el caso de forma distinta a como ya lo había hecho la audiencia eclesiástica. No cabría esperar de ellos un veredicto diferente.

Aun así, sabía yo que Francisca no dejaría de intentarlo.

—Sé lo que vais a decirme, señor Bartolomé: que haría falta un milagro.

—No solo uno —la corregí—. Se necesitaría todo un rosario de ellos.

Fue la última ocasión en que ayudé a Francisca en su pleito. Un par de días después, en una tarde lluviosa en que volvía yo a casa con los pies empapados y helado el pecho, noté que alguien me agarraba del hombro, con tal fuerza que no pude resistirme.

Una mano cuarteada, pestilente y de uñas negras, me tapó la boca para que no pudiera pedir ayuda. Me vi arrastrado a una calleja, donde aguardaba un individuo de gran talla, embozado y calado el sombrero. El maldito me machacó el cuerpo con los puños, hasta que quedé tan sin fuerzas que supe que, si su compinche dejara de sujetarme, caería yo al suelo, incapaz de mantenerme en pie.

El bellaco sacó una navaja, la abrió despacio, me la apoyó en las costillas.

—Deberías haberme hecho caso, hideputa.

Me estremecí al reconocer la voz. Se bajó el embozo y vi ante mí el rostro del vecino Jaras, con sus ojos vidriosos, su nariz de venas rojizas y una sonrisa torcida en los labios cuarteados.

—Te lo advertí. No quisiste escucharme.

Supliqué. ¿Qué otra cosa podía hacer? Rogué por Dios y por los santos, le dije que tenía mujer e hijos...

—Lo sé. Ellos serán los siguientes. A no ser... —Presionó la punta de la hoja contra mi costado—. ¿Estás dispuesto a enmendarte, pedazo de bastardo? Piensa bien tu respuesta. Podría ser la última.

Séptima parte

(febrero de 1624-abril de 1625)

Álvaro de Ayala

Recuerdo cuando todo empezó; pues, en realidad, todo estaba acabando. A algunos el fin nos llega pronto, así lo quiere la Providencia. De cara a la eternidad, poco importa. Los cielos no han de juzgarnos por cuántos días vivamos, sino por cómo elijamos emplearlos.

Nos encontrábamos a mediados de febrero. Yo llevaba cuatro meses como rector de la universidad. Había ascendido al cargo como mandan nuestras constituciones, por votación de los colegiales la víspera de San Lucas. Mi mandato finalizaría cumplido un año de esa fecha. Todo lo terrenal es efímero, todo cuanto se obtiene acaba perdiéndose. *O quam cito transit gloria mundi.*

Doce meses, no más. No está mal que el humano poder tenga cota, sobre todo cuando es tan elevado. Durante su mandato, el rector es la ley, el alma de la universidad. No tiene por encima de sí más que al rey de España y al Santo Padre. Así, la lucha por el puesto suele ser ardua. No solo por el poder que comporta tras la elección, sino porque promete un futuro de privilegios y altas prerrogativas.

No era mi caso. Me quedaba poco, lo sabía. Los cielos me han otorgado una constitución enfermiza. Arrastro problemas de salud desde la infancia, que se han visto agravados con el tiempo. Era consciente de que tal vez ni siquiera llegase a completar mi rectorado, aunque rezaba para que el Altísimo me concediese unos meses, los suficientes para hacer algo relevante con mi cargo. Algo nuevo, algo grande. En eso fundaba mis esperanzas, Dios lo sabe.

Todo hombre aspira a dejar un legado. Algo por lo que se le recuerde y admire cuando él ya no está. Una huella que otros contemplen con respeto, una semilla que florezca dejando como frutos la virtud y la justicia.

Pero las rencillas internas de la universidad no me ofrecían campo para eso. Me resignaba pensando que todo queda en manos del Señor. Si Él así lo deseaba, se me mostraría el camino llegado el momento.

—Reverendo señor —me dijeron mis consiliarios en nuestra primera sesión conjunta, el día posterior a nuestra elección—, sabed que es un honor. Nunca se había dado el caso de tener a un rector versado en ambos derechos.

Me había graduado *in utroque iure*, tanto en derecho canónico como en civil. Era el primer colegial de San Ildefonso que conocía ambos campos, en los ciento veinticinco años de nuestra institución. Nuestro fundador, el reverendo cardenal Cisneros, decidió no incluir el derecho civil en su universidad, centrada en las ciencias religiosas. Aun a día de hoy, no se imparte en nuestras aulas.

Siempre he pensado que el conocimiento ensancha el espíritu. El saber y la fe, esas son las dos únicas riquezas. Dios nos concede la segunda, en nuestras manos queda obtener el primero. Por eso yo me había concentrado en estudiar las más altas ciencias, las que se enseñan en las universidades. Primero, derecho civil y canónico; luego, teología. No me arrepiento del mucho tiempo empleado entre los libros, de las noches en vela con el frío en el pecho, la espalda encorvada, los ojos escocidos. Al contrario. Eso me ha llevado a ser lo que soy.

Lo vi claro ese día, a mediados de febrero, en que me llegó el expediente de una mujer desconocida, Francisca de Pedraza. Una petición de lo más extraña, el que una vecina de la villa solicitase recibir justicia en la Audiencia Universitaria. Me pregunté entonces si no sería esa la respuesta que la Providencia ofrecía a mis plegarias. Mi oportunidad de dejar un legado juzgando aquella causa.

—¿Por qué, reverendo señor? —me preguntó uno de mis consiliarios cuando les expuse mi idea—. Estos son asuntos entre pecheros, que no merecen vuestra atención ni vuestro tiempo.

—Mal decís, que Nuestro Señor nos enseñó a mostrar misericordia ante los necesitados, sea cual sea su condición. Él no da la espalda a los humildes. Siguiendo Su ejemplo, tampoco debiéramos hacerlo nosotros.

Reparé en que aquel argumento no los convencía demasiado. Mas nada podían objetar contra los sagrados textos. Así, sus protestas se encauzaron en otra dirección:

—Reparad, reverendo señor, en que tomar esta causa no os traerá beneficio alguno, mas sí podría causaros perjuicios en el futuro. Habrá quien piense que cuestionáis las decisiones de la Audiencia Arzobispal y, por ende, de la Santa Madre Iglesia.

—Agradezco que os preocupéis por mi futuro —respondí, sin poder evitar sonreírme—. Os aseguro que a mí no me inquieta en absoluto.

Sospecho que ningún otro de mis antecesores en el cargo habría llevado adelante el asunto del modo en que yo lo hice. Eso no me convierte en alguien mejor ni peor que ellos. Pero sí en el juez más adecuado para esa causa.

Lo digo sin jactancia. No es esta buena compañera del alma que se ve ya cerca de exhalar su último aliento. La Providencia me eligió como rector, de eso estoy convencido, para que me encargase de este caso. Para que yo hiciera justicia donde nadie más podía hacerla.

Bien saben todos los colegiales de San Ildefonso que soy hermano del conde de Fuensalida. Aún recuerdo la agitación provocada el día en que llegué a esta universidad en mi lujoso carruaje tirado por dos caballos negros, con todo un séquito de sirvientes, como corresponde a mi posición familiar. Mi hermano ocupa puestos de gran prestigio en la Corte, siendo uno de los hombres más cercanos a Su Majestad.

El nombre de mi familia es sinónimo de riqueza y poder. Por mi parte, haré todo lo posible porque tal condición se mantenga, con la ayuda de Dios. Sé que estoy cerca de abandonar este mundo. He legado casi toda mi hacienda a mi sobrino, a quien tanto quiero y a quien fío el porvenir y la fama de nuestra estirpe. Así sea, puesto que yo no he de traer hijos al mundo. Tampoco lo hará mi hermana tras ingresar como monja de clausura para consagrar su vida al servicio del Señor.

Provengo, por tanto, de una insigne casa. Pero mi aspiración siempre ha sido ingresar en otra, una que no se alimenta por lazos de sangre, sino de espíritu: la Compañía de Jesús. Muchos lo intentan, pocos lo consiguen. Pues, para la Orden de San Ignacio, la cuna no es requisito suficiente, ni siquiera necesario. Lo que cuenta, en última instancia, es la valía personal.

El mérito no suele valorarse en el mundo en que vivimos. Pesa más el linaje, las recomendaciones, los vínculos de poder. Pero si el Señor no toma en consideración esas cosas cuando llega el momento de Su juicio, ¿por qué las encarecemos tanto nosotros al realizar los nuestros?

La voluntad de Dios suele manifestarse de forma incierta, por eso el hombre piadoso ha de estar atento a las señales. Detecté varias, no solo una, en el caso de Francisca de Pedraza. La primera fue que el ilustrísimo nuncio papal se hubiera dignado aceptar la petición de aquella mujer otorgando un breve y letras apostólicas para trasladar la causa a nuestra audiencia. No es algo que acontezca con frecuencia ni con facilidad. Cabe ver en ello la mano de la Providencia.

Los cielos habían querido que el nuncio, Innocenzo Massimo, fuese recién llegado a los reinos hispánicos. Todo hombre es más propicio a tomar decisiones poco convencionales al recibir su cargo, no cuando lleva ya tiempo ocupándolo. Además, Su Ilustrísima había formado parte del Tribunal Supremo de la Signatura Apostólica, por lo que estaba bien versado en la administración de justicia. Era también graduado *in utroque iure*, como yo mismo. Todo lo anterior lo convertía en persona idónea para gestionar causas como esta, en la que convergen lo civil con lo eclesiástico.

De hecho, Su Ilustrísima tenía muy claro cuál debiera ser el veredicto final de aquel litigio, aunque no le correspondiese a él juzgarlo. Así lo consignó en el breve y letras apostólicas que llegaron a mis manos. Doy fe, por tanto, de que él contribuyó a emitir sentencia en aquel caso tanto como yo mismo.

Otros verán en lo anterior una suma de casualidades, de esas que a veces produce la Fortuna caprichosa. Yo veo, lo repito, una manifestación de la Providencia.

Me sabía capacitado para juzgar el caso por mí mismo. Esto también era una señal del Altísimo. Todo rector es juez máximo de la Audiencia Universitaria. Pero el cargo se otorga siempre a un colegial de San Ildefonso, un estudiante de Teología. Por tanto, no saben de derecho, ni disponen de la preparación necesaria para emitir veredictos. Cuentan siempre con un asesor jurídico. Este es el que, en realidad, examina los casos y aconseja las sentencias. Algo que, por cierto, ocurre también en el caso de la Audiencia Arzobispal.

Sin embargo, yo no necesitaba de tal figura para emitir mis juicios, cosa que resultaba inaudita. Con todo, había mantenido a mi lado al asesor legal de la Corte escolástica, por no romper la tradición ni causar disgusto entre los colegiales.

Cuando le anuncié mi decisión de aceptar la apelación de

Francisca de Pedraza, se mostró más que sorprendido. Pero asintió con una reverencia.

—Sea, señor rector, puesto que así lo quiere vuestra merced.

Cierto, yo lo quería. Pero, lo más importante, veía en aquel cúmulo de coincidencias la voluntad de los cielos. Eso era lo que me movía, la verdadera razón de que tomara el caso.

El primer paso a seguir era extender el fuero universitario a la demandante y al demandado. Mientras durase el proceso, Francisca de Pedraza y Jerónimo de Jaras pasarían de ser vecinos complutenses a considerarse súbditos nuestros a efectos legales. A tal fin, solicité al vicario arzobispal —el licenciado Laurencio de Iturrizarra— y al corregidor de la villa —el doctor don Gutierre, marqués de Careaga— que se declarasen jueces no competentes, inhibiéndose de la causa. Ambos lo hicieron. A partir de ese momento, ni la justicia civil ni la eclesiástica tendrían poder de decisión en aquel pleito.

No quería dejar que el tiempo transcurriera. No solo por Francisca, que ya llevaba demasiado arrastrando tras de sí aquel litigio, sino por mí mismo. Sabía que no me quedaba mucho y quería dar cumplimiento al proceso lo antes posible.

Remitimos de inmediato un escrito a ambas partes, instándolas a que preparasen sus alegaciones y se presentasen ante mí en el plazo de seis días.

«... nos, el licenciado don Álvaro de Ayala, prior de la

casa real de Santiuste, rector en la universidad de la villa de Alcalá, juez apostólico ordinario en la dicha universidad por autoridad apostólica y real; otrosí, juez apostólico en la presente causa, en virtud de un breve y letras apostólicas del excelentísimo señor Innocenzo Massimo, nuncio de presente en estos reinos de España, que ante nos presentó Francisca de Pedraza, vecina de la dicha villa.

»Os citamos para que dentro de seis días comparezcáis ante nos, en persona o a través de vuestro procurador...».

El juicio se inició el 28 de febrero. Daríamos sentencia el 24 de mayo y, tras el plazo de apelaciones, sentencia en firme el 4 de julio. Fue un trabajo arduo, en especial las primeras semanas. Alguna vez tuve que hacer un receso y subir a mis habitaciones, situadas sobre la propia sala de la audiencia, a fin de descansar, de tan consumido y agotado como me sentía.

Francisca de Pedraza fue la primera en testificar. Acudió en persona; lo hizo varias veces a lo largo del proceso, dispuesta siempre a hacer oír su voz. Sus procuradores, Jerónimo Ruiz Guillén y Matías Ruiz Bravo, la sustituyeron cuando llegó el turno de los testigos, o bien para tratar asuntos de mero trámite.

El marido, Jerónimo de Jaras, no se dignó aparecer ni una vez. Ni siquiera respondió a las primeras convocatorias del tribunal. Retrasó su alegación todo lo posible, sin dar aviso ni razón, mostrando una insolencia que no dudamos en considerar muestra de su absoluto desprecio a la autoridad. Su procurador, Juan de Ribas, no presentó un escrito de alegación hasta el día 12 de marzo, y tan solo para solicitar la entrega de dineros. Aquello parecía ser lo único que en verdad interesaba a su defendido.

Francisca de Pedraza era muy diferente. Enseguida vimos en ella a una mujer de fe, dispuesta a seguir creyendo en la verdad, la clemencia y la justicia, por mucho que estas estuvieran ausentes en su vida. Una mujer dispuesta a continuar luchando, pese a los muchos reveses y derrotas que llevaba a sus espaldas.

Un buen juez ha de actuar de manera imparcial. No por eso deja de tener sentimientos ni preferencias, aunque deba apartarlos para impartir justicia. Enseguida tuvimos claro hacia dónde se inclinaban nuestras simpatías en aquel caso. No me importa admitirlo, pues el Señor todo lo sabe y Él me recibirá dentro de poco. Aun así, me complace admitir que mantuvimos en todo momento la ecuanimidad. Y que nuestra sentencia es la más justa que pudiera haberse dado para el pleito que la Providencia puso en nuestras manos.

La primera vez que Francisca de Pedraza compareció ante nuestra audiencia, no lo hizo para solicitar el divorcio. La traía otro asunto más acuciante, una reclamación económica. Alegaba que se le debía cierto dinero obtenido meses atrás por la subasta de unas viñas que habían sido propiedad de la familia; que esos maravedís se hallaban en manos del depositario general de la villa, Bartolomé de Alcocer, que acababa de recibir el pago, pero que este se negaba a darle a ella lo que le correspondía mientras que iba entregando el dinero al esposo, Jerónimo de Jaras.

—Sepa vuestra merced que me encuentro en estado de gran necesidad, y que debo mantenerme no solo a mí, sino también a dos hijos habidos en mi matrimonio. Solicito ese dinero, reverendo señor, pues no solo me corresponde por justicia, siendo yo la administradora de los bienes de la familia, sino que también lo necesito para comer. Mientras que mi esposo nos está dejando sin nada, quedándose con dinero y tierras y alquileres de casas que no le pertenecen. Y lo malgasta de la peor manera, tanto que me avergüenza siquiera el decirlo, como consta en los papeles que tiene en su poder vuestra merced.

En efecto, Francisca ya había demostrado la verdad de tales afirmaciones en los pleitos precedentes, cuya documentación obraba en mi poder. Así pues, ordenamos al dicho Bartolomé de Alcocer que notificase la cantidad exacta que se le había depositado, que resultó ser de mil reales. Decretamos que ese montante quedaba embargado en su totalidad, sin que él pudiese disponer de aquel dinero sin nuestra autorización. De lo contrario, sufriría pena de excomunión mayor *latae sententiae*, amén de que debería reponer de su propia bolsa toda suma desembolsada.

Jerónimo de Jaras se negó a responder a las alegaciones de su esposa, y siquiera a dar muestras de vida mientras aquel dinero estuvo intacto. Pero, en el momento en que ordenamos entregar a Francisca doscientos reales de esa cantidad, su procurador acudió ante nos por primera vez protestando que la suma pertenecía íntegramente a su defendido, que solicitaba la restitución del dinero que se había dado a su esposa y reclamaba que se le adjudicase a él, pues tenía muchos gastos a los que hacer frente. Tras escucharlo, ordenamos que se le hiciera entrega de veinticuatro reales.

Doscientos para ella, veinticuatro para él. Una decisión justa, teniendo en cuenta las circunstancias.

Por desgracia, Francisca no recibiría aquel dinero con la premura que hubiera sido de desear. El depositario general de la villa, Bartolomé de Alcocer, no reaccionó de inmediato. Durante los meses de marzo y abril, y hasta principios de mayo, los procuradores de ambas partes siguieron protestando. El marido, pretextando que los bienes vendidos, los que habían generado esos mil reales en litigio, formaban parte de su hacienda personal, que él había heredado de sus padres y, por tanto, poseía a título privativo. La esposa, aduciendo que eran bienes conyugales, e instando a que se agravasen las censuras decretadas sobre el depositario Alcocer.

Al fin, este acabó respondiendo de la forma más inverosímil. En primer lugar, declaró que no entregaría el dinero hasta no se le concediese a él una décima veintena del total, como pago por el desempeño de su función. Cuando se le respondió que los depositarios jamás recibían a cuenta parte alguna de las cantidades que custodiaban, buscó una nueva excusa, alegando que no podía entregar esa suma por mandato del señor corregidor.

Hubimos de agravar las censuras para poner fin a tal despropósito. Tan descabellado resultaba aquello que intuí que debía de haber alguna razón. Pues, según me decían, el depositario Alcocer nunca antes había obrado de aquel modo. Debía de haber algo que asustaba a aquel hombre aún más que la pena de excomunión. Pues, de otra forma, no comprendo su empeño en ignorar nuestros mandatos.

Mucho antes de haberse solucionado el asunto del dinero, Francisca de Pedraza presentó ante nuestra Corte su principal petición: no solo reclamaba que no se aplicase la sentencia de la Audiencia Arzobispal que la obligaba a hacer vida maridable, firmada por el licenciado Laurencio de Iturrizarra a día 14 de febrero, alegando que el dicho auto era «injusto y digno de revocarse»; además, reclamaba divorciarse de su esposo. Y, debo decirlo, con razón.

«Habiendo yo vivido con mucho recato, honestidad y mansedumbre, teniendo el debido respeto y reverencia al dicho mi marido, guardando la fidelidad y amor conyugal que pide el santo matrimonio desde que me casé, el susodicho no ha correspondido a su obligación de esposo, sino que en repetidas ocasiones me ha tratado mal de obra y de palabra, llamándome puta, ladrona y otras cosas semejantes, y poniéndome muchas veces la mano encima con ira y cólera, dándome muchos palos, coces, porrazos, golpes y bofetadas, señalándome la cara y el cuerpo.

»Y habiendo yo probado todas las dichas injurias y otras semejantes y más graves, como consta en el proceso, el ordinario de este arzobispado mandó que el dicho mi marido me diese buen tratamiento y se enmendase. Pero el susodicho perseveró en su crueldad, por su dura condición y ser natural, en menosprecio de las leyes del santo matrimonio, continuando los malos tratos y empezando otros más graves y peligrosos, tirándome un cuchillo y amenazándome con juramentos que me ha de matar. Y esto no solo en mi presencia, sino también en ausencia, sin cólera ni enojo, de donde se presume que tiene voluntad eficaz de hacerlo, siendo hombre que ejecuta sus acometimientos y se deja llevar de la ira, como demuestra la crueldad que conmigo ha usado, atacándome con gran violencia con armas peligrosas que, de ordinario, provocan la muerte. Y ahora anda diciendo que, cuando vuelva conmigo, me ha de matar».

Presentó la demandante buen número de testigos, civiles y religiosos, que refrendaron su información y añadieron aún más detalles. Pero nada nos impresionó tanto como las declaraciones de la propia Francisca. Ella acudía a nuestra Corte después de que tantos otros la hubieran ignorado, consciente de que éramos su última oportunidad de escapar de aquel calvario, de aquel increíble cúmulo de humillaciones, violencia, dolor e injusticias.

Bien sabe Dios que no podíamos hacer lo mismo que nuestros predecesores. En modo alguno íbamos a ordenar que aquella mujer volviese a hacer vida con tal individuo. Ninguna ley, ni humana ni divina, podía justificar esa atrocidad.

Frente al cúmulo de pruebas presentado por la esposa, el marido no ofrecía más que un despectivo silencio. No se molestó en traer testigos a su favor, ni siquiera se presentó él mismo ante la Corte para apelar por su causa. Parecía estar convencido de que no necesitaba mover un dedo; que, al igual que en los juicios anteriores, el veredicto acabaría siéndole favorable, por ser el matrimonio un sacramento sagrado que no admitía la separación de los cónyuges.

Se equivocaba.

Pronunciamos la sentencia el 24 de mayo. No solo concedíamos a Francisca de Pedraza todo cuanto solicitara, sino algunas cosas más, que a ella no se le había pasado por la mente pedir, pero que eran de justicia.

«Fallamos revocando la sentencia dada en esta causa de divorcio por el licenciado Laurencio de Iturrizarra, vicario general de la Audiencia y Corte Arzobispal de esta villa de Alcalá.

»Debemos de hacer y hacemos el divorcio y separación matrimonial *quoad thorum et mutuam cohabitation* entre la dicha Francisca de Pedraza y Jerónimo de Jaras, su marido, y les encargamos que desde ahora vivan separados y castamente.

»Y continuando para hacer justicia en esta causa, mandamos al dicho Jerónimo de Jaras que devuelva y restituya a la dicha Francisca de Pedraza, su mujer, cinco mil quinientos reales que le fueron entregados como dote por ella, y asimismo dos mil doscientos reales que el dicho Jerónimo de Jaras donó en concepto de arras, para ayuda y aumento de su dote, y la mitad de los bienes gananciales que hubieren adquirido los susodichos durante el matrimonio. Y mandamos que devuelva *in continenti* los dichos siete mil setecientos reales y la mitad de los dichos bienes gananciales sacándolos de sus bienes muebles y raíces, dando lo mejor y más aprovechable de todos ellos a la dicha Francisca de Pedraza.

»Y prohibimos al dicho Jerónimo de Jaras que inquiete o moleste a la dicha Francisca de Pedraza, su mujer, ni por sí mismo ni a través de sus parientes ni por otra interpósita persona, so pena de cuatrocientos ducados aplicados a nuestra voluntad, y con apercibimiento que procederemos contra él con todo rigor de derecho...».

Francisca solicitaba el divorcio; se lo concedimos. Ella pedía recuperar el montante de su dote; le otorgamos eso más las arras aportadas por su marido y la mitad de los bienes gananciales, especificando que, si hubieran de dividirse en dos partes desiguales, ella percibiera la mejor. En adición a todo lo anterior, dábamos orden de que él se mantuviera alejado, no pudiendo acercarse a ella ni en persona ni enviando a familiares o terceros.

No olvidábamos que él ya la había secuestrado en una ocasión, obligándola a cohabitar a la fuerza. No estábamos dispuestos a que tal cosa volviese a ocurrir.

Somos conscientes de que ella no lo había solicitado. En opinión de algunos, eso comportaría una incongruencia *extra petita*. Pero nos consideramos que la justicia no solo debe corregir, sino también prevenir, cuando tal cosa es posible.

Recé por que nuestra sentencia trajese al fin paz a Francisca de Pedraza. Pues sabía que llegaba tarde. Y que nada podía compensar por completo los muchos yerros que los tribunales habían hecho a aquella mujer a lo largo de su vida.

Ana

Me sorprendió que a mediados de marzo el señor rector ordenase que, mientras se resolvía el pleito de divorcio, Franca fuese a casa de Isabel de Medina. O, como él decía, que «se la depositase allí temporalmente, pues nos consta que la dicha vecina es mujer honesta y de ejemplar vida».

—No entiendo nada —repliqué—. ¿A qué viene ahora eso de moverte a otra parte? ¿Acaso no estáis bien aquí? Además, que esa mujer es antigua vecina tuya. Tuvo ya su oportunidad y, que yo sepa, nunca hizo mucho por echarte una mano.

Muy al contrario. La muy falsa aseguraba que desde su vivienda no se oían las palizas de la bestia ni los gritos de mi amiga, cosa que no podía ser cierta. Aunque lo fuere, tampoco es excusa para mantenerse al margen fingiendo que nada ocurre en la puerta de al lado.

Yo había ido a casa de Clara para ayudar a nuestra amiga a trasladar sus fardos. No solo se marchaba ella, sino también Mari, que en modo alguno quería separarse de su madre.

Juanín ya no estaba con ellas. Había entrado de aprendiz en el taller de un sastre para el que Franca llevaba tiempo haciendo arreglos. Vivía alojado en el hogar del maestro, como es costumbre en el gremio. El buen hombre había aceptado enseñar el oficio al muchacho, que, a sus nueve años de edad, estaba decidido a labrarse un camino que lo mantuviese fuera de la casa familiar.

Mi ahijado tenía prisa por marcharse y ninguna de nosotras le disputó la decisión. Es más, yo había puesto de mi bolsillo una porción de los doscientos reales que el maestro pidiera por el primer año del asentamiento de aprendiz. Me consta que Clara había cubierto el resto de esa cantidad.

—Aquí estamos mejor que en ningún otro sitio. —Fue la respuesta de Franca—. ¡Válgame, Ana! ¿Cómo se te ocurre siquiera ponerlo en duda?

—Que no soy yo, chiquilla, sino el señor rector. Él sabrá por qué. En serio, yo hace ya tiempo que desistí de intentar comprender las razones de los hombres. Luego nos tildan a nosotras de caprichosas, pero ¡anda que ellos...! —Me volví hacia Clara—. Por cierto, ¿a qué viene eso de que «la dicha vecina es mujer honesta y de ejemplar vida»? ¡Menuda frasecita! Perdóname, pero es que a mí se me antoja un poco como decir que tú no lo fueras.

Me pareció que mis dos amigas cambiaran una mirada de soslayo.

—Es solo una forma de hablar, mujer. Ya sabes, de esas que se usan en los papeles. —Clara movió la mano como si espantara una mosca—. No nos preocupemos por eso ahora. Lo importante es no desairar al señor rector, que el futuro de Franca está en sus manos. Le haremos ver que, por nuestra parte, no ponemos reparo a sus decisiones.

Las acompañamos a ambas, llevando sus cosas en una carreta, hasta la casa de Isabel de Medina. En el momento de separarnos, Clara las abrazó tan largo rato que pensé que no tenía intención de soltarlas. No pudo evitar que se le escaparan unas lágrimas al separarse de la niña. Comprendí que aquello le dolía tanto como si le arrancaran de las manos a su propia hija.

Tres meses duró el apaño. A mediados de junio, tres semanas después de que el señor rector diere el veredicto, sucedió la desgracia. El animal de Jerónimo había anunciado que apelaría. Pronto comprendimos que tenía otros planes, que no guardaban relación con acudir ante el tribunal. Había decidido encargarse del asunto a su manera, mediante la intimidación y la violencia.

Franca se presentó en mi casa deshecha en lágrimas. Venía sin resuello a causa de la carrera.

—¡Virgen santísima! ¡Se la ha llevado! A Mari. A mi niña... ¡Dios bendito, ayúdame!

Cuando entendí lo que había ocurrido, también a mí me faltó el aire. Aprovechando que mi amiga había salido, aquel demonio, aquella bestia sin alma ni entrañas, se había presentado en casa de Isabel de Medina y se había llevado a la fuerza a la pequeña. Pretextaba no sé qué barbaridades: que si la niña era suya, del padre, y él decidiría con quién dejarla; que si aquel maldito rector le había ordenado estarse lejos de Francisca, pero no de su hija; que quién se había creído que era ella para llevarse a la cría; que él les enseñaría a todos a respetarlo como hombre y marido, como señor de casa que era...

Todo esto nos lo refirió la propia Isabel de Medina, tan desbaratada que apenas si acertaba con las palabras. Cuando habían intentado interponerse, el muy animal había zarandeado a la criada y amenazado con abofetearla a ella si no se apartaba.

—Eso no le habría valido conmigo —me diría Clara, con la voz cargada de rabia—. ¡Cielo santo, nada de esto habría pasado de estar ella en mi casa! ¡Como hay Dios, que ese monstruo no se la lleva sin matarme a mí primero!

No es que el energúmeno la quisiera para quedársela él, de eso nada. Nada más sacarla, la había dejado en casa de una «amiga», una tal Martina Torrero que tenía unas habitaciones por la calle de las Damas, donde las mujeres de mal vivir. Sospechábamos ya entonces que allí la niña no recibiría ni enseñanza ni doctrina, que ni siquiera tendría aseo ni alimentación. Cosa en que, por desgracia, no nos equivocábamos.

Nos presentamos en la casa e intentamos llevarnos a la pequeña, sin lograrlo. Al oír el alboroto, nos salieron un par de individuos con garrotas, amenazando con apalearnos si no nos largábamos de allí. Francisca corrió a la audiencia a presentar el caso al señor rector, quien se mostró horrorizado y ordenó que de inmediato se devolviera a la niña con su madre.

¿Que si el salvaje hizo caso? Ni por asomo. Allí dejó a la

criatura, sin molestarse siquiera en presentar su caso ni dar razones a nadie. Estaba claro como el día que no tenía intenciones de dejarla marchar.

—Esto no quedará así —comentó Clara. Había perdido la color, pero no los arrestos—. Si ese miserable se niega a cumplir la ley, nosotros nos encargaremos de aplicársela, por Dios que sí.

Se paseaba de un lado a otro del salón, abanicándose con furia, como si el aire le faltase. Yo estaba sentada en los cojines del estrado, junto a Franca, que a punto parecía del desmayo.

—¿Qué estás diciendo, criatura? —pregunté espantada—. Parece que quisieras sacarla de allí a la fuerza.

—Sí, por cierto; que si el asno responde solo a los golpes, golpes recibirá. —Miró a nuestra amiga, arrugado el ceño—. Avisaré a Gonzalo... al señor de Guzmán. Él sabrá qué hacer al respecto.

Aquella misma tarde, Mari había vuelto a casa de Clara; que dos hombres con garrotas nada pueden frente a cuatro con espadas. Eso sí, estos llevaban el mandato del señor rector porque se viese que iban de parte de la ley.

Empecé a sospechar entonces por qué no todos tenían a Clara por «mujer honesta y de ejemplar vida». Pero que digan los cielos, que todo lo saben, si a mí aquello me importaba un bledo.

En eso, por cierto, no he cambiado de opinión. Ni cambiaré, le pese a quien le pese.

Como tengo ya dicho, mi señora suegra no participaba en las labores de partear, aunque su ayuda me hubiera sido útil en más de una ocasión. Se ocupaba ella de la casa y los niños, asegurando que en eso consistía «el verdadero oficio de la mujer».

Eso sí, no hacía ascos a los ingresos que nos traía mi trabajo, los que mantenían a toda la familia. Hasta se quejaba cuando estos se le antojaban insuficientes o cuando la despensa no estaba abastecida a su gusto, reprochándome que no me empleaba yo lo bastante. Me trataba entonces de floja y haragana, recordándome que a mi Enrique nunca le había fatigado la profesión y que le dedicaba tantas horas cuantas fueren menester.

—¿Y qué creéis, que no hago yo lo mismo? —le respondía—. Pues, ¿no me paso el día corriendo de acá para allá, de casa en casa? Catad, señora madre, que una partera nunca ha de ganar lo mismo que un barbero cirujano, aunque trabaje igual de duro que él y aún más.

Recelaba yo que aquellas discusiones habrían de seguir de la misma guisa hasta el fin de sus días, o de los míos. Pero la Providencia interviene cuando una menos se lo espera. A veces de la forma más insólita.

Sucedió que, una tarde, empezaron a oírse gritos por la calle.

—¡Ayuda! ¡Virgen santa, que alguien auxilie a esta pobre mujer!

Salí por ver qué pasaba. Me topé con un corrillo de curiosos, reunido alrededor de una muchacha que sollozaba dando grandes muestras de dolor. Estaba agarrada a la columna de un soportal cercano. Tenía abultado el vientre, el regazo de la basquiña manchado. Todo indicaba que se había puesto de parto.

—¡Ayudadla! —gritaba una de las dos mujeres que la acompañaban. Una dueña, a juzgar por la diferencia de edad y de vestimenta entre ella y su señora—. Que el niño quiere salir y aún no es tiempo. Solo lleva ocho meses de preñez. ¡Los cielos nos asistan!

Vi que muchos de los presentes mostraban espanto y se santiguaban. Lo que venía a indicar que, en su opinión, el niño ya era difunto.

Es creencia común que las criaturas que nacen en el octavo mes están condenadas a morir, a diferencia de las que lo hacen el séptimo, que sí sobreviven. Según los hombres de ciencia, hay muchas causas para ello: pues el siete es número de perfección y plenitud, y por eso creó Dios el mundo en siete días; mientras que el ocho es cifra imperfecta, sin virtud alguna, que puede acarrear daño y descomposición.

Además, dicen los médicos que en dicha fase las membranas que envuelven a la criatura se relajan, por lo que esta se torna más pesada, moviéndose más y desplazando el cordón, lo que viene a causar a la madre mayor dolor e incluso fiebre. Esto debilita tanto al niño que, si nace en este tiempo, está condenado a morir.

Por si lo anterior no bastase, resulta también que el octavo mes del embarazo está bajo la influencia de Saturno, planeta frío y seco; que, por tanto, aporta pesadez y enfría a la criatura, debilitando los humores debido a su sequedad y agotando el alimento del niño.

Por tanto, el octavo mes resulta especialmente peligroso para los partos, a diferencia del noveno o el séptimo. Todo, debido a las complicaciones que este periodo provoca para la madre y la criatura, de modo que la muerte de esta resulta casi inevitable.

—¡Que no salga, por Dios, que no salga! —gritaba la dueña a la parturienta—. Sujetadlo, señora, no lo dejéis nacer. Que os va en ello la vida de vuestro hijo.

Por mi parte, no me cabía duda alguna de que no había modo de contener aquello. La madre estaba a punto de parir, quisiéralo o no. Su única oportunidad de evitar el desastre estribaba en estar bien atendida.

Me abrí paso entre los curiosos, me llegué a ella y pasé el brazo bajo sus hombros, a fin de que se apoyase en mí al caminar.

—Venid conmigo. Soy comadre, dejad que os ayude.

—¡No! ¡No! —gritaba la cuitada—. Debo llegar a mi casa.

—Del parto ha de ocuparse el señor Alfonso Robles, que es cirujano de calidad —intervino la dueña—. Ya está todo tratado entre él y la familia.

Conocía al mentado. Era colega de mi Enrique, un hombre estirado y duro como una vara de alcalde. Había estado alguna que otra vez en nuestra casa mientras mi esposo vivía. Después no había vuelto a aparecer. Ni siquiera había mostrado la decencia de venir a dar el pésame a la familia.

—Pues si queréis que el tal señor esté presente cuando el niño llegue, ya podéis ir corriendo a avisarlo porque no se tardará mucho, con cirujano o sin él.

No me quedé a comprobar si alguien se encargaba de seguir aquella orden. Afiancé el brazo alrededor de la parturienta y eché a andar hacia mi puerta trayéndola conmigo.

—Os quedáis aquí —le dije—. Ni se os ocurra intentar llegar a vuestra casa, que no lo lograréis. Ni vos ni la criatura.

Tampoco estaba la pobre como para discutir. Se vino conmigo sin dejar de llorar. Era muy joven, poco más de una muchacha; de buena familia, a juzgar por sus ropas, y asustada como un ratoncillo. Sospeché que aquel debía de ser su primer hijo. Le pregunté al respecto y me lo confirmó con la voz quebrada.

Nada le dije, pero era motivo para inquietarse. Las primerizas suelen tardar más en ponerse de parto, y el que este se adelante resulta más alarmante que en el caso de una mujer ya curtida.

A la puerta de la casa estaba la madre de mi Enrique con el espanto en el rostro, sin decidirse ni a entrar ni salir. No era el caso como para andarse con tapujos, así que le solté:

—Señora madre, vamos a necesitar vuestra ayuda en esto. Si no por mí, hacedlo por esta cuitada.

Al principio, no reaccionó. Luego hizo la señal de la cruz, besó su escapulario y acabó asintiendo con la cabeza, con más resignación que convencimiento.

Le di instrucciones de que mandase preparar un caldo aguado en la cocina; que tapase bien las ventanas usando trapos para evitar que entrase frío o corrientes de aire, que dificultaban el parto y podían llegar a provocar el aborto; pero, antes de nada, que preparase la silla paritoria, aderezándole el espaldar con paños y ropas blandas, o con colchas de algodón.

—Decidme cómo os llamáis, señora, y contadme qué ha ocurrido —indiqué a la parturienta, pues sabía que el concentrarse en hablar le traería algo de sosiego y le mitigaría en parte los dolores.

Dijo llamarse Cristina Fuentes, y que había salido a visitar a una amiga porque no se esperaba que le empezasen los pinchazos, pero que estos habían venido sin avisar y entonces ellas se habían salido a la calle a pedir un carruaje para volver a casa, pero no aparecía ninguno y los dolores arreciaban...

Para entonces mi suegra ya había preparado la famosa silla. Senté allí a la mujer y empecé a menear el asiento de un lado a otro mientras le hablaba para tranquilizarla y hacerle más llevadero el calvario. Le repetí muchas veces que eso de que el octavo mes comportaba graves riesgos para el parto era una opinión errada —aun cuando fuese verdad, pues lo que importaba era que ella se sosegara.

Cuando sentíamos que le venían las contracciones, yo dejaba a mi suegra sujetar la silla y me ponía delante de Cristina, entre sus muslos, para ver cómo se desarrollaba el proceso. Le aseguraba que la cosa marchaba por buen camino, que siguiese empujando del mismo modo, que en breve tendría al bebé en brazos y que sería varón, como toda mujer espera.

Llegado el momento, me restregué las manos con aceite de almendras templado y empecé a masajearle la tripa y el orificio, para ir dirigiendo la salida de la criatura de la mejor forma posible.

Mi suegra, sin que yo necesitare decirle más, se había puesto a asistirme. Traía y llevaba paños y jofainas de agua hervida, se encargaba de dar a la parturienta sus sorbos de sopa, la confortaba y animaba con palabras agradables cuando yo necesitaba concentrarme en otros menesteres.

Y, a todo esto, el señor cirujano sin venir.

Tanto que al final el niño salió sin que él hubiese hecho acto de presencia. Era varón, tan pequeñín que casi nos cabía entre las manos. No estaba muerto, sino bien vivo, aunque se notaba que respiraba con esfuerzo.

Mi suegra me ayudó a cortarle el cordón, a lavarlo y fajarlo. Cuando se lo presentamos a la madre, ella lo abrazó con los ojos húmedos, dando gracias a los cielos.

—Y gracias también a vos, señora Ana —me dijo emocionada—, que me lo habéis traído vivo cuando nadie se lo esperaba.

Le respondí que aún quedaba trabajo por hacer, que el niño requeriría muchísimos cuidados, aun más de los habituales. Que había que prestarle gran atención; mantenerlo siempre caliente, con el cuerpo y la cabeza bien tapados con paños de algodón suave; que alguien debía permanecer en vela junto a la cuna en todo momento para masajearle el pecho si le costaba trabajo respirar, turnándose en la tarea si era menester; que si la madre no conseguía que le subiera la leche, cosa que podía ocurrir cuando el parto se adelantaba, yo la ayudaría a encontrar una buena nodriza; que tal vez el pequeño no tuviera fuerza para succionar del pecho, y en tal caso habría que meterle en la boca paños empapados con leche materna...

En estas estábamos cuando oímos gran revuelo a la entrada de la casa. La moza vino a la carrera, muy alterada, a decirnos que un visitante insistía con muy malos modos en que fuese yo a hablar con él. Comprendí que el señor cirujano había llegado al fin.

Allá que fui, enjugándome las manos en el delantal, sin notar que mi suegra me seguía los pasos. El señor Alfonso Robles era tal como lo recordaba, envarado y con el gesto adusto. Se notaba que venía muy disgustado.

—Ana García, ¿cómo os atrevéis? —me espetó, sin saludarme siquiera—. Arrancáis a una preñada de las manos de un buen doctor para traerla aquí y sacarle los dineros con engaños, como todas las mujeres de vuestra calaña. ¡Vergüenza debiera daros! De cierto, vuestro esposo se sentiría ultrajado si viera en qué habéis convertido su casa.

No pudo decir más, ni a mí me dio tiempo a contestar porque mi señora suegra se interpuso entre él y yo, mirándolo con los brazos en jarras y los ojos echando chispas.

—Sepa vuestra merced que mi hijo habría estado bien orgulloso de su esposa, y con razón. Y a vos, señor mío, Enrique os habría dicho un par de palabritas que esas que no han de soltarse por boca de mujer, pero que os merecéis por grosero y gañán. ¿Quién creéis que sois para irrumpir así en una casa de buena familia, a la que ni siquiera se os ha invitado a entrar, para poneros a berrear ante una mujer recién parida?

No me esperaba yo aquello, saben los cielos que no. Doy fe de que me quedé tan anonadada ante el rapapolvo como el propio interlocutor. Este carraspeó y, reponiéndose a duras penas del pasmo, atinó a responder:

—Esa mujer de la que habláis es mi paciente...

—Ya no, señor mío, que no puede venir a dárselas de médico suyo quien no ha estado allí cuando ella lo ha necesitado. En cualquier caso, ya decidirá la señora Cristina a quién ha de pagar por cuidarlos a ella y al niño, sí señor. Que aquí, la comadre Ana García ha demostrado ser en su oficio mejor que vos trayendo al mundo al bebé, aunque todos pensaban que fuese imposible. —Señaló con la mano la puerta de la calle—. Y ahora, si no quiere vuestra merced que llame a los alguaciles, salga de inmediato de casa de mi nuera.

Esta vez, Alfonso Robles no acertó a responder. Nos miró a ambas en silencio, con los ojos reducidos a ranuras. Se limitó a lanzar un bufido antes de abandonar la vivienda indignado, asegurando que aquello no acabaría así.

—A ese, ni caso —gruñó la madre de Enrique—. Ya me lo conozco yo. Mucho hablar, mucho amenazar, pero luego siempre desaparece con el rabo entre las piernas.

Yo me había quedado sin saber qué decir. No acertaba a creer lo que acababa de escuchar. Aquella mujer, la misma que fustigaba sin descanso todas mis decisiones, todos mis actos, había asegurado algo increíble: que mi Enrique habría estado orgulloso de mí; que yo era una comadre, tan buena en mi oficio como todo un señor cirujano barbero.

¿Era posible? Eso había dicho, ¿cierto? Pensé que más valdría asegurarme.

—Señora madre, me ha parecido oír...

—No me trates de «señora», hija mía, que hay confianza —me interrumpió, pues en eso de cortarme a mitad de las frases ella y mi Enrique siempre habían sido tal para cual. De seguido, se volvió hacia la moza y añadió—: Tú, muchacha, cierra esa puerta, no sea que se nos cuele otro perro callejero.

Iba yo de sorpresa en sorpresa, a cuál mayor. ¡Válgame! ¿De verdad me autorizaba que le apease el tratamiento, el que ella misma llevaba años exigiéndome?

De tan admirada como estaba, me había quedado tiesa como una estatua. A lo que ella puso de nuevo las manos en jarras y meneó la cabeza, con ese gesto indulgente que solía reservar para sus nietos.

—¿Qué ocurre, chiquilla? Vamos, no te quedes ahí parada. Volvamos dentro, que la paciente te necesita y aún tienes trabajo que hacer.

Clara

Diez meses pueden parecer largo tiempo, aunque confieso que me supieron a poco. Bien es verdad que al principio sentía una comezón que me roía por dentro. Tuve que hacer componendas entre mi proceder y mi conciencia, claro. Nunca se me había pasado por las mientes que un día habría de verme de tal guisa, comiendo pan de dos mesas. Pero, una vez que me hice a la idea, la situación se me antojó de lo más natural.

Echando la mirada atrás, veía presagios por todas partes. Llegué a convencerme de que el acomodo entre Luis, Gonzalo y yo resultaba, por así decir, inevitable. Todo se hacía a escondidas, faltaría más. Que la honra se pierde por mucho menos, y una sospecha del vecino puede bastar para que el buen nombre de una casa desaparezca como el humo.

Aunque, digo yo, ¿por qué tiene que entrar el prójimo a juzgar ciertas cosas? De puertas afuera, no hacíamos daño a nadie. De puertas adentro, a todos nos traía mucho bien. Tanto que, al fin, llegué a tener mi ansiado estrado de nogal.

Si me preguntan a qué precio, responderé que a uno que no me disgustaba pagar.

Eso sí, dudo que los cielos mirasen nuestro arreglo con buenos ojos. Era pecado, por mucho que los tres estuviésemos de acuerdo. Pecado gordo, y yo lo sabía. Ni siquiera se lo había mentado a don Cristóbal en el confesionario. Las buenas monjas nos habían enseñado que la verdadera penitencia requiere contrición y propósito de enmienda. Yo, la verdad, arrepentida no estaba, ni tenía intención de corregirme.

Luis estaba ausente buena parte del tiempo. Siempre de acá para allá, en Sevilla o Valladolid, Burgos, Madrid, Medina del Campo u otros sitios que yo no había oído ni mentar. Cuando volvía a casa, descansaba no más de ocho o diez días antes de emprender el siguiente viaje.

Es de señalar que, aunque él hubiera accedido a aquello, no le veía yo feliz con el arreglo.

—Luis, ¿qué ocurre? —le pregunté cierta vez—. ¿Acaso no hacemos las cosas a tu gusto? Porque, a decir verdad, no pareces muy contento.

—Ni tú muy disgustada —respondió con sequedad.

Pude ver que eso lo molestaba, así que contesté como se espera de una buena esposa.

—¡Válgame! ¿Ahora me sales con esas? Si en esta casa todo se hace por complacerte a ti... Lo sabes, ¿verdad? —Como él no replicara, añadí—: Además, ¿quién te dice que no pongo mala cara mientras tú estás fuera? ¿O acaso prefieres que me guarde los ladridos y bufidos para cuando entras por la puerta?

Palabras tan falsas como las de Judas, lo sé. Pero él se aplacó y aceptó lo que le decía. O, al menos, fingió aceptarlo.

En cuanto a Gonzalo... Me resulta doloroso hablar de él. Eso sí, olvidarlo es algo que no haré nunca. Porque ya se encargaron los cielos de dejarme un recordatorio suyo de por vida.

No solo era el ayuntamiento, ni las travesuras que inventábamos. De todo eso hubo, ya lo creo, incluyendo ese juego de embadurnarnos con higos que no contaré aquí. Era también el modo en que conversábamos, no solo en los momentos de las risas, sino también de los asuntos serios. A él le confesé cosas que nunca he contado a Luis, ni le contaré jamás.

¿Que si tuvimos nuestras disputas? ¿Y quién no? Pero fueron pocas. Después nos reconciliábamos de tal guisa que, la verdad, así daba gusto discutir.

En una de esas ocasiones, me dijo cosas que se me antojaron casi herejías. Pero que, al mismo tiempo, resultaban tan hermosas que me sentí como engalanada al oírlas, igual que si me estuviera regalando joyas preciosísimas. Solo que no eran para llevarlas a la vista, puestas sobre el cuerpo, sino para guardarlas adentro adornando las entrañas.

Me comentó que el hombre que ama tiene algo de divino porque en su alma existe un dios. De oír aquello en cualquier otro sitio, me habría santiguado sin pensarlo. Pero, dicho por él, se me antojó muy cierto, aun si sonaba casi a blasfemia.

Y es que estábamos los dos abrazados en la cama, recobrando el pulso después de habernos ayuntado. En esos momentos, sus palabras me sonaban a música palaciega, incluso las más desafinadas.

Por no quedarme callada, le respondí:

—¡Válgame, Gonzalo, qué ocurrencia! ¿De dónde sacas esas cosas?

—¿Por qué te alarmas? Has de saber que no es mía la idea, sino de un hombre muy sabio.

—¿Alguien a quien yo conozca?

Se echó a reír ante la ocurrencia.

—Espero que no, por Santiuste, que vivió hace más de dos mil años, y sería cosa de espanto que tuvieras esa edad. —Me besó en la frente—. Era un gran maestro, tanto que aún hoy seguimos aprendiendo de él. Se llamaba Platón. ¿Sabes qué más decía?

—Pues no. Pero me da que voy a enterarme ahora mismo.

—Decía que cada uno de nosotros somos solo una mitad. Que, al principio, teníamos todos doble cuerpo, pero quedamos separados en dos. Por eso luchamos durante toda la vida por encontrar a la otra parte, la que nos falta. Y, si tenemos la dicha de toparnos con ella, la abrazamos con todo nuestro ardor y nos acoplamos como si nos fuera la vida en esa unión, sin querer volver a apartarnos de ella.

Como ya he comentado, todo aquello me sonaba poco menos que a sacrilegio. Pero, al mismo tiempo, lo encontraba tan hermoso que solo deseaba que él siguiera hablando.

—Se echa de ver que tu gran maestro vivió hace mucho tiempo —contesté—. Porque esas cosas no pueden decirse hoy en día. En el peor caso, te cae encima el Santo Oficio.

En el mejor, a quien te oiga le da por pensar que has perdido el juicio y no dices más que sandeces.

—Muy cierto. Te aseguro que yo mismo lo había tenido siempre por gran necedad. Hasta el día en que los cielos volvieron a juntarnos, cuando te apareciste en mi casa.

Tenía el don de decir cosas como aquellas con tal picardía que no se sabía si hablaba en broma o de veras. Y, claro, no iba yo a ponerme seria y tomarlo al pie de la letra.

—No sé yo, Gonzalo... Que eso de colgar a los cielos el mérito de ciertas cosas es meterse en camisa de once varas. Pero estoy pensando... —Me coloqué sobre él, bien apretada, rodeándolo con mis brazos y piernas, apoyada la cabeza en su hombro—. Si me pongo así, ¿no se te antoja que encajamos? Como las dos mitades de un huevo recién cascado, cata bien.

Soltó otra carcajada.

—¡Por Santiuste, tú sí que sabes rebajar el tono! Capaz serías de convertir las trompetas del Apocalipsis en una cencerrada. —También él me ciñó con los brazos y me apretó fuerte fuerte—. Ay, niña mía, quién me mandaría a mí perder el seso por una criatura como tú.

Aquel día, cuando estuvo ya vestido y se preparaba para saltar el balcón me acerqué y lo abracé por la espalda.

—No sé nada de maestros antiguos, ni de esas bobadas de cuerpos dobles... —musité—. Pero sé que no quiero apartarme de ti.

Le dije muy bajito, casi con vergüenza de que me sintiera. Pero sí que me oyó.

—Y no tendrás que hacerlo, mi niña de la higuera. Eso te lo prometo. Me crees, ¿verdad?

Asentí con la cabeza, aunque no las tenía yo todas conmigo. Pues es bien sabido que los hombres son caprichosos e inconstantes y que mañana renegarán de lo que hoy juran de corazón.

Estaba yo en lo cierto, aunque también me equivocaba. La separación no tardó mucho. Pero nunca se me habría ocurrido que se produciría del modo en que lo hizo.

No tengo claro cómo sucedió. El caso fue que, cierta mañana, unos alguaciles se presentaron en la vivienda de don Gonzalo de Guzmán con intención de prenderlo. Querían llevarlo a Madrid y encerrarlo en la Cárcel de Corte, a la espera de juicio. Lo que ocurrió después corrió de boca en boca por todos los rincones de la villa. Él se resistió, sacó la espada, hirió a uno de los oficiales y recibió, al parecer, una estocada a cambio.

Aun así, pudo huir. Hay quien dice que estaba prevenido, con guardas a su vera y la montura preparada ya para escapar. Lo cierto es que desapareció sin dejar rastro. Ni aun a día de hoy se tiene conocimiento de su paradero.

Cuando me llegó la noticia, me fallaron las piernas. No lo digo por decir, no: que Marita tuvo que sujetarme y llevarme hasta una silla y Maricuela, correr a buscar las sales.

—Perded cuidado, señora, que ha de ser todo un malentendido —me dijo mientras me ponía el frasquito bajo la nariz—. Veréis que pronto se aclarará.

Se aclaró, sí. Pero no para llegar a buen término. Según supe después, se trataba de un asunto serio. Un tema de dineros, cómo no. Dineros en gran cantidad. Según se decía, Gonzalo había desplumado con no sé qué tretas a un tal don Pedro de Acosta. En su momento, este no ocupaba una posición muy distinta a la de la propia casa de Guzmán en cuanto a posición e influencias. Pero las cosas habían cambiado. Ahora los Acosta habían ascendido en la Corte, y mucho, pues contaban con la protección de alguien muy cercano al valido, el todopoderoso conde de Olivares.

Todo esto lo fui entresacando de mis conversaciones con Luis, que había vuelto a casa a los pocos días de ocurrir la desgracia. Cosa rara, no me pareció muy afectado por aquel suceso, aunque la caída de Gonzalo llevara aparejada la de nuestra propia familia, por ser él patrono nuestro. Pero, como digo, mi esposo no se mostraba pesaroso en absoluto, no. Todo lo contrario.

—Tenía que suceder así tarde o temprano —me aseguró—. Don Pedro le tenía gran inquina; y, aquí entre nosotros, te confesaré que con razón. No hablamos ya solo de dineros, sino también de una afrenta que su familia necesitaba lavar. El honor es el honor y, sin él, no queda nada. Las viejas deudas como esa no se olvidan entre la gente de calidad. Se dice que el señor de Acosta llevaba tiempo queriendo tender el lazo a ese embaucador. Hasta que, al fin, ha podido lanzar la batida contra él.

Comentó todo esto con aspecto de lo más satisfecho, bien apoltronado en su silla a la portuguesa. Parecía tan orgulloso como el cazador que se jacta de haber logrado una pieza especialmente difícil, y que solo espera a que terminen de disecarla para colgarla en su salón.

Los continuos viajes lo habían dejado más delgado, perdida la buena color, y parecía que hubiera vuelto al hogar decidido a desquitarse. Había dado buena cuenta de una bandeja de higos y una garrafa de vino dulce, cuyas sobras estaban a su vera, sobre la mesita de palosanto, y ahora se limpiaba los restos del banquete con su mondadientes de plata.

—Por eso el muy tunante del Guzmán no vio otro remedio que huir porque sabía la que se le venía encima. Era bien consciente de que no podía esperar clemencia, ni escapar a la ignominia. Estaba condenado a pasar el resto de sus días en alguna cárcel infecta, sin más compañía que las ratas, los piojos y las cucarachas. Se lo merecía, ya lo creo que sí.

Los cielos saben lo poco que me gustaba que hablase de Gonzalo en tales términos. Pero nada comenté al respecto porque había otro punto que reclamaba mi atención.

—Pero ¿por qué ahora? ¿Y cómo? Alguien tiene que haber ayudado a ese don Pedro de Acosta. Alguien que conociera bien los negocios de don Gonzalo, sus secretos... Esas cosas no pasan así como así.

—No te rompas la cabeza con esas cuestiones, vida mía. Hablamos de transacciones complicadas; asuntos de hombres, que requieren de grandes dosis de inteligencia, talento y destreza. Esos manejos no son para ti.

Comprendí que no iba a sacarle más por esa vía, así que cambié de ruta. Pues había otro detalle que me tenía estrujado el corazón.

—Pero ¿adónde ha ido a parar don Gonzalo? No puede

haber desaparecido así, sin más. Alguien tiene que saber dónde está.

—Lo saben, por cierto que sí. Me juego el cuello a que su tío, don Juan de Guzmán, tiene muy claro dónde se esconde su sobrino favorito. —Dejó el palillo sobre la mesita y se recostó aún más sobre la silla, con las manos cruzadas sobre el estómago—. Si tuviera que apostar, diría que en algún lugar del virreinato de Nápoles. La familia tiene negocios y propiedades allá. O tal vez se haya marchado a las Américas, aunque esto se me antoja menos probable... De lo que no cabe duda es de que ha puesto tierra de por medio, esté donde esté. Hasta pondría la mano en el fuego porque también haya atravesado algún mar... En cualquier caso, se ha marchado para siempre bien lejos de esta casa. Y de todos cuantos vivimos en ella.

Cuando él se retiró, me quedé sentada, cabizbaja. Sentía el pecho estrangulado, un dolor sordo dentro del alma, y los ojos llenos de lágrimas que me negué a dejar salir. Las lloré todas hacia dentro, aunque me ahogasen la garganta y me escociesen las entrañas con su sal, como si cayesen sobre una herida abierta.

—Señora Clara —me dijo Maricuela, que había entrado en el salón de recibir tan furtiva como una sombra—. No habéis probado la comida.

Me sobresalté. Miré en derredor. Ahí estaba todo. El bufete y las mesitas con incrustaciones de palosanto, los lujosos guadamecíes, la lámpara de bronce a la flamenca, las bujerías de plata y marfil, las lustrosas sillas a la portuguesa. Y, ante mí, una bandeja intacta, llena de hermosos higos abiertos por la mitad, con sus semillas de rojo sangre.

—No los quiero —rezongué, apartando la vista—. ¡Llévatelos!

—Pero, señora, si os encantan...

—¿Estás sorda? —Me levanté con brusquedad, como si el cojín de la silla me pinchase—. ¡He dicho que te los lleves!

La muchacha obedeció en silencio. Me dirigí entonces a la sala del estrado. Me senté, puse las manos sobre la alfombra, como si a través de ella pudiese notar en mis palmas el nogal de debajo. Luego volví a levantarme, me puse otra vez a caminar y, sin saber cómo, me vi de pronto ante la estantería que guardaba los pocos libros de la casa. Los había comprado hacía ya tiempo en la almoneda, sin fijarme siquiera en sus títulos, sino tan solo en lo vistoso de su encuadernación, como objetos decorativos. Repasé los lomos con los dedos.

Entonces me vino a las mientes una idea. Concebí la absurda esperanza de que tal vez uno de ellos hablaría de un sabio antiguo llamado Platón y de su ridícula teoría de los cuerpos dobles.

Por supuesto, no encontré nada de aquello en ninguna de sus páginas.

Tuve mis reparos en aceptar la evidencia, los cielos lo saben. No me atrevía a creerlo. Pero, tras consultarlo con Ana, las dudas dieron paso a la certeza. No me quedó más remedio que hablarlo con Luis. Y esto lo hice con temor, pues no sabía cómo reaccionaría él al respecto. Confesaré que me temía lo peor.

—Tú, chitón, que nos conocemos. Y las dos sabemos que tienes la lengua muy larga —le dije a mi amiga—. Solo faltaría que Luis viniera a enterarse de esto por terceros.

—Pues díselo ya y déjate de intrigas y zarandajas —me respondió Ana, tan refinada ella como una mula de carga—; que estas son cosas que un esposo debe saber cuanto antes, tanto si ha tomado parte en el fregado como si no.

Lo malo era que yo no podía contárselo en aquel momento. Tenía que esperar a que volviera él a casa, cosa que no sucedería hasta el día siguiente. Luis estaba en la Corte, resolviendo, como de costumbre, asuntos de los que yo nada sabía. Eso sí, tenía noticia de que había entrado al servicio de don Pedro de Acosta, el mismo que causara la ruina de Gonzalo.

Aquello, por supuesto, se me antojaba demasiada casualidad. No dejaba de sorprenderme que aquel señor que, por cuanto se veía, tenía tan acendrado sentido de la venganza, viniese a confiar justo en un protegido de su peor adversario. No le encontraba explicación alguna a aquel embrollo, ni Luis se avenía a explicármelo, por mucho que yo le insistiera.

—Ya te he dicho que no debes preocuparte por esos detalles —zanjaba—, ni darles vueltas en tu cabecita, vida mía. Tú ocúpate de las cosas de la casa, como te corresponde, y déjame estos negocios a mí.

Pero yo me preocupaba, ya lo creo que sí, tanto que había noches en que llegaba a perder el sueño. Porque me reconcomía el pensamiento de que don Pedro de Acosta debía de tener sus razones para aquello, aunque yo no las viera.

Llegaba yo a la conclusión de que Luis debía de haberle hecho un gran servicio, y que su confianza era el pago por aquella acción. La calidad de la nueva posición de mi esposo indicaba que su patrono lo consideraba un favor inmenso, que requería de una recompensa en consonancia. Un favor que, tal vez, nadie más que Luis hubiera podido llevar a cabo.

Aquella noche que pasé en vela esperando a que él volviera de Madrid para comunicarle la noticia, estos pensamientos tomaron cuerpo en una sospecha que me dejó estranguladas las entrañas. Tanto que estuve horas dando vueltas por la habitación sin poder serenarme, hasta que llegó el alba, hube de vestirme y bajar a ocuparme de mis quehaceres.

Cuando Luis volvió esa tarde, me reprochó la mala color y las ojeras. No respondí. Venía contento, pero yo sabía que el sentir habría de mudársele en cuanto iniciara yo la conversación.

—Fuiste tú —lo acusé—. Ahora lo veo. Virgen santa, ¿cómo he podido estar ciega tantas semanas? Lo vendiste, aunque era tu patrono. Tú eres el causante de lo que le ha ocurrido. ¿Por qué?

—Mujer, qué cosas tienes —replicó, con ese tono levemente despectivo con que siempre silenciaba los asuntos que lo incomodaban antes de que pasaran a mayores.

Solo que esta vez no estaba yo dispuesta a callarme.

—No lo niegues, Luis. Fuiste tú. Tú traicionaste a don Gonzalo.

Se vino hacia mí como una exhalación. Tenía la cara contraída de rabia.

—¡Ese nombre no volverá a mentarse en esta casa, maldita sea! ¡Nunca jamás! ¡Que el diablo se lo lleve! Tú y yo vamos a olvidar que ese bellaco estuvo una vez presente en nuestras vidas, ¿me oyes? —Vi que hacía esfuerzos por serenarse. Aunque le costaba, por cierto—. ¿Es que no ves lo que nos jugamos? ¿O tan necia eres que no quieres comprenderlo? Porque si se corre el rumor de lo ocurrido, sabes bien que perderé mi posición, y el honor de la familia quedará tirado a un muladar. Acabaremos en la calle, convertidos en el hazmerreír de la villa...

Siguió adelante, pero yo ya no lo escuchaba. Porque sabía que él tenía razón, por mucho que me doliera. Y me dolía, ya lo creo que sí.

—¿Lo entiendes? No voy a consentir que eso pase, Clara. Y tú tampoco.

—Ni tú ni yo lo permitiremos, cierto —asentí con voz ahogada—. Aunque tenía la esperanza...

—¡Al cuerno con ella! —me cortó—. La esperanza es cosa de mujeres, ¿no lo ves? Los varones se mueven por ambición. Ese es el empeño que hace fuerte al hombre. La esperanza solo debilita porque lleva a creer que son otros los que deben encargarse de plantar cara a los problemas. Pero un hombre de verdad les hace frente, por Dios que sí. Y los soluciona, aunque tenga que pisar a otros para hacerlo.

Comprendí que aquello sería lo máximo que Luis llegaría a acercarse a admitir su comportamiento para con Gonzalo. Tenía él sus razones, aunque no las mencionara. Si bien no descarto la ambición como acicate, estoy convencida de que lo movieron más la vergüenza y el orgullo herido, que los hombres nunca han sabido sobrellevar, mal que les pese y por mucho que los disfracen con otros ropajes.

Pero lo hecho, hecho estaba; de nada serviría llorar por la leche derramada. Mejor sería mirar hacia delante, donde aún nos quedaban escollos por superar. Y no de los pequeños, ni mucho menos.

—Luis, calla un momento —le ordené. También yo sabía tomar las riendas, de ser necesario—. Escúchame con calma porque tengo algo importante que decirte. Has de saber que estoy preñada.

Lancé el golpe y me quedé esperando su reacción. Me miró como si no comprendiera. O, mejor dicho, como si no quisiera comprender.

Entonces soltó un reniego. Apretó los puños y se encogió sobre sí mismo, como si se le hubiese reventado alguna tripa. Pues algo se le había roto por dentro, eso seguro.

Enseguida se enderezó, me lanzó una mirada cargada de bilis y, sin decir palabra, se dio media vuelta y marchó por la puerta de la calle, por la que hacía poco acababa de entrar. Me dejó allí, suplicando a los cielos que él fuera capaz de hacer sus componendas con lo ocurrido, dejando atrás la furia y los reproches, al igual que yo me había visto obligada a hacer.

Regresó ya al día siguiente, con el rostro pálido como una mortaja, los labios apretados, la frialdad en los ojos. Se vino directo a mí, me tomó por el brazo y me arrastró escaleras arriba, hasta nuestra alcoba.

—Zanjaremos esto aquí y ahora, y no volveremos a mentarlo jamás —me advirtió—. Ese hijo es mío, ¿lo entiendes? Mío y de nadie más.

Asentí. ¿Cómo no iba a entenderlo? El niño sería suyo, faltaría más. No podía ser de otro modo.

Francisca

A todos nos toca recorrer un camino plagado de escollos e imprevistos. La senda cambia a medida que avanzamos. Mudan las circunstancias, muda la gente. A veces, para contento nuestro; otras, para nuestra decepción.

A principios de año, antes de que el reverendo señor don Álvaro de Ayala tuviera a bien juzgar mi caso, hube de enfrentarme a dos situaciones muy distintas. Una me trajo consuelo; la otra me dejó un profundo pesar.

La primera vino de la mano de Isabel de Medina, que antaño fuera vecina mía. Siempre me había tratado con sequedad, negando tener noticia de la crueldad de mi esposo, de sus golpes y sus gritos. Incluso se había negado a testificar sobre lo ocurrido el día de San Pedro, pretextando que ella no estaba en casa en aquel momento y que, por tanto, no podía dar fe del suceso.

Algún tiempo después, mientras yo seguía depositada en casa de Clara y Luis, me la topé en la plaza del Mercado. Me sorprendió que no se limitara a saludarme con rigidez, como tenía por costumbre, sino que se viniera a mí con gesto de alegrarse por el encuentro.

—Escucha, Francisca, tengo algo que decirte —declaró en voz baja; se había acercado mucho—, pero este no es lugar para hacerlo. Ven esta tarde a mi casa, allí te contaré.

De haber seguido Jerónimo en nuestra antigua vivienda, pared con pared respecto a Isabel, no se me habría ocurrido aceptar. Pero, para entonces, él se había mudado de barriada.

Entré en la calle con desasosiego. El día era crudo y fosco. Estábamos a principios de año, y aún pesaba sobre nuestra familia la amenaza de que la Corte Arzobispal me exigiera volver a hacer vida maridable con ese monstruo que era mi esposo. Algo que, de cierto, yo no estaba dispuesta a aceptar. La vista del edificio que antes habitábamos, con su portón destartalado, sus paredes mal enlucidas, sus rejas deterioradas por el tiempo, me provocó un escalofrío.

Isabel me recibió nerviosa. Me llevó a la salita, me hizo sentar a su vera, muy cerca.

—Francisca, debo decirte algo —comenzó en voz baja, caídos los ojos—. Tú escucha sin interrumpirme, o no tendré fuerzas para llegar al final.

Admitió que estaba al tanto de todo; que lo había sabido desde el día en que empezamos a ser vecinas; que desde sus habitaciones se percibía cuanto ocurría al otro lado de la pared: los gritos, los golpes, las peticiones de auxilio... Cuando aquello sucedía, se marchaba al otro lado de la casa para no tener que seguir oyéndolo.

—En alguna ocasión, tuve hasta que taparme los oídos, pues incluso allí me llegaba, de tan grande como era el escándalo. Y hoy me arrepiento, Francisca. Me arrepiento tanto...

Me confesó que vivía atemorizada por la cercanía de mi esposo; que, en una ocasión en que Jerónimo la sorprendió mirando por la ventana mientras él aporreaba la puerta de la casa, la alejó de allí a gritos:

—¿Qué haces ahí, mala pécora? Mejor harás metiendo la nariz en tus asuntos, si no quieres que te lluevan palos a ti también.

Le temblaba la voz al recordarlo. Luego declaró que se lo había contado a su esposo; que este, en lugar de plantar cara a Jerónimo, la había amonestado, diciéndole que bien empleado le estaba a ella por atisbar tras las rejas; que se quedara entre sus cuatro paredes, como correspondía a una mujer decente, y no metiera el hocico en casa ajena.

Aun así, Isabel había comentado el caso con su confesor. Este le había dicho que, ante todo, una esposa cristiana se debe a su marido y ha de obedecerlo sin rechistar, en aquel tema como en todo lo demás.

—Pero ahora que él se ha ido —continuó; y con ese «él» supe que se refería a Jerónimo—, mi conciencia no me deja seguir así. Le he insistido tanto a mi marido que, al final, ha aceptado entrar en razón.

Le dije que no entendía qué significaban aquellas palabras. Ella apretó los labios.

—Sé que quizá ya sea tarde, que te he hecho mucho mal y tal vez no pueda repararse... Pero quiero que sepas, que, de ahora en adelante, puedes contar conmigo. No volveré a quedarme callada nunca más.

Aseguró que estaba dispuesta a testificar contra mi esposo, si fuere necesario. Y no solo eso. Añadió que, si yo necesitare cualquier cosa, de ellos o de su casa, no tenía más que pedírselo.

Aquel día me separé de ella con la sensación de que aquello era, sin duda, obra de los cielos, y de que debía tomarlo como un buen presagio. Cuando, poco después, el reverendo señor rector don Álvaro de Ayala decretó que yo debía depositarme en otra casa que no fuera la de Luis y Clara, acudí a Isabel. Ella aceptó de buen grado acogerme en su hogar.

Mal que me pese admitirlo, pagó su precio por eso. Tres meses después, Jerónimo irrumpía en su vivienda para llevarse a mi hija a la fuerza, pasando por encima de mi anfitriona y su criada, María. Sufrieron ambas sus empellones y sus bramidos. Aunque no llegó a dañarlas físicamente, sí las dejó conmocionadas, sobre todo a Isabel, que sufrió una crisis de la que tardó días en reponerse.

Cuando recuperamos a mi Mari, decidí que nos volvíamos a casa de Clara. Tenía por cierto que Jerónimo no cejaría de intentar hacerme daño si se le presentaba la ocasión. El muy perturbado estaba dispuesto a pisotear a la mayor parte de los vecinos de la villa; excepto a unos pocos, a los que, por su posición y recursos, sí consideraba una seria amenaza. Por fortuna para mí, Luis de Santarén se contaba entre estos.

Yo ya había tenido oportunidad de comprobar hasta qué punto estaba dispuesto a llegar aquel maníaco que era mi esposo. Unos meses antes, a mediados de febrero, Bartolomé de Alcocer me había mandado una nota para que fuera a verlo a su despacho.

La última resolución de la Audiencia Arzobispal había llegado unos días antes, condenándome una vez más a hacer vida maridable. De nuevo me vi obligada a recurrir la sentencia, pese a las admoniciones de mi procurador, pidiendo lo que él llamaba «un cambio de jurisdicción».

Él me había prevenido de que se me vendría encima una carga que no podría soportar. Que tan solo por solicitar el breve y las letras apostólicas del nuncio papal habría de pagar no menos de doscientos reales, aun si luego no se me concediere la autorización. Si me la daban, aún habría de pagar otro pico por trasladar la causa a la Audiencia Escolástica. Todo, sin garantía alguna de que el proceso hubiese de llegar a un veredicto que me favoreciera, más bien al contrario.

A pesar de todas sus advertencias, yo había decidido seguir adelante. Cuando aquel día me mandó llamar, acudí esperanzada a su despacho, pensando que él tendría noticias favorables sobre mi caso. Nada me hacía presagiar que saldría de allí con parte de mis ilusiones deshechas.

—Lo lamento, Francisca —me dijo sin preámbulos—. Os comunico que, de aquí en adelante, no puedo seguir representándoos.

Me quedé inmovilizada, como si el cuerpo se me hubiera convertido en piedra. No acertaba a comprender qué estaba sucediendo. El hombre que tenía frente a mí no era simplemente un procurador. Con el tiempo se había convertido en mucho más que eso. Era un refugio, una mano amiga, una voz que me reconfortaba y me ayudaba a salir a flote cuando el resto del mundo insistía en arrastrarme al fondo colgándome al cuello una rueda de molino.

—Señor Bartolomé, ¿por qué? ¿Ocurre algo?

No respondió, ni fue necesario. Porque entonces reparé en que respiraba como si las costillas le dolieran. Y en que una de las bocamangas de su camisa, que se había subido un poco, dejaba ver una muñeca amoratada.

Aquellos eran indicios que yo conocía bien. Demasiado bien, para mi desgracia. Comprendí de inmediato quién los había causado.

—Ha sido Jerónimo, ¿verdad? —No contestó. Advirtió la dirección de mi mirada y se apresuró a tirar de la bocamanga para cubrirse la muñeca—. Virgen santa, ha sido él. Señor Bartolomé, cuánto lo lamento...

Los cielos saben lo mucho que yo rezaba para no seguir recibiendo las palizas de aquella bestia, ni sus injurias, ni sus amenazas. Y también por que estas no cayeran sobre nadie más. Bien sabía yo los efectos que la brutalidad de mi esposo podía provocar.

Mentiría si dijera que aquello no me afectó. Hubiera deseado que Bartolomé de Alcocer respondiera de forma muy distinta; que plantase cara a la fiera, como yo lo hacía. Pero cada uno reacciona a su manera. Por mi parte, nada podía yo reprocharle, después de todo lo que él había hecho por mí.

Supe que había llegado el momento de la despedida, por mucho que me doliera. El Tifón Jaras había arrasado a su oponente, dejándolo roto y deshecho. Me lo había quitado porque sabía el gran valor que aquel hombre, aquel sostén, tenía para mí.

Esa era su forma de obrar, siempre lo había sido: arrebatarme todo lo que me proporcionaba apoyo y consuelo. Todo su afán estribaba en dejarme arrinconada, sola, hundida, sin esperanza. Pero no lo lograría.

—No volveré a acudir a vos, tenedlo por seguro —le dije mientras me arrebujaba en el manto para salir a la calle—. Perded cuidado, que Jerónimo de Jaras no volverá a hostigaros por causa mía.

Cuando el rector don Álvaro de Ayala dio su veredicto, vi los cielos abiertos. Aunque, conociendo a Jerónimo, ya recelaba yo que aún no habíamos llegado al final del camino. No me equivocaba.

Lo primero que hizo fue mandarnos a su procurador con la amenaza de que apelaría la sentencia, «allá y donde con derecho pudiese hacerlo». Sospecho que él no comprendía lo absurdas que resultaban tales palabras.

—No temáis, señora Francisca, que no queda lugar al que apelar. Porque, habiéndose declarado incompetentes tanto la justicia civil como la eclesiástica, no pueden ya intervenir. De modo que la Audiencia Universitaria es la última y superior instancia, y no puede acudirse a ningún otro sitio. De presentar un recurso, habría que hacerlo ante el mismo rector que ha juzgado la causa.

Así me dijo Matías Ruiz, mi nuevo procurador. En efecto, las bravatas de Jerónimo quedaron en agua de borrajas, en lo que a los tribunales se refiere. No presentó reclamación ninguna, ni siquiera cuando don Álvaro de Ayala, a la vista de su silencio, le amplió el plazo.

Lo que sí hizo el muy canalla fue arrancar a Mari de mi lado, llevándosela a la fuerza de casa de Isabel. No digo más, sino que, al tener noticia, pensé que me moría. Y es que, pese a todas sus maldades y crímenes, que son legión, nunca lo había imaginado capaz de hacer algo de tal jaez.

Gracias sean dadas a los cielos de que pudiéramos recuperar a mi pequeña en dos días contados, porque don Gonzalo de Guzmán se presentó en donde la guardaban acompañado de algunos hombres de armas.

Después de aquello, el señor rector decidió pronunciar sentencia en firme. A 4 de julio declaró desierta la apelación de mi esposo y dio el veredicto por ejecutable, haciendo efectivo el divorcio y decretando que Jerónimo de Jaras quedaba obligado a pagarme siete mil setecientos reales, por mi dote y arras.

Para mejor cerrar el asunto, dieciséis días después don Álvaro de Ayala firmaba otro auto judicial para dar mandamiento de ejecución por la suma debida, a cuenta de cualesquiera bienes «que parecieren ser del dicho Jerónimo de Jaras».

Así las cosas, recaía sobre mi antiguo esposo el encargarse de conseguir el dinero, sacando a subasta sus bienes si fuere necesario, haciendo los pregones y remates correspondientes. Fue entonces cuando él, a quien tanto le gusta vociferar y hacerse notar, desapareció como por ensalmo. Así empezaron a pasar los días, las semanas, hasta cumplirse los dos meses.

A principios de septiembre hubimos de acudir de nuevo

ante el señor rector para reclamar que se hiciera efectiva la sentencia. Él concedió un plazo de diez días, que acabaron convirtiéndose en quince.

A día 24, don Álvaro de Ayala decidió dar el asunto por zanjado. Acompañado de tres vecinos de la villa, que firmaron junto a él en calidad de testigos, dio orden de que se cumpliera definitivamente lo establecido.

«Decretamos por vía ejecutiva y a viva voz de pregón hacer trance y remate de los bienes ejecutados. Y que de la cantidad obtenida se pague a la dicha Francisca de Pedraza los maravedís contenidos en el mandamiento de ejecución. Y se abonen además las costas, cuya tasación en nos reservamos, dando primero y ante todo la parte de la dicha Francisca de Pedraza, según la fianza de la Ley de Toledo».

Como no entendiera yo del todo el significado de esto último, pregunté a mi procurador, que me respondió:

—Quiere decir, señora Francisca, que, después de tantos años, vuestro esposo ha encontrado la horma de su zapato. Ahora no solo se sacarán sus bienes a subasta y, con lo que se obtenga de su remate, tendrá que pagaros lo que os debe; sino que también le han sentenciado a abonar de esos dineros las costas del juicio, que no son baratas.

Nadie podrá decir que don Álvaro de Ayala no hiciera acopio de paciencia, ampliando varias veces los plazos debidos a Jerónimo. Aunque, por cierto, él tenía muy presente de cuánto tiempo disponía y quiso dejarlo todo cerrado para cuando concluyera su mandato y cediera el puesto a un nuevo rector. Cosa que, como cada curso, sucedió a 17 de octubre, la víspera de San Lucas.

Muy poco después, a 6 de noviembre, don Álvaro de Ayala dejó este mundo. La Providencia quiso que nuestros caminos se cruzaran, de eso no me cabe duda. Bien saben los cielos que no podré olvidarlo jamás, que rezo por él todos los días. Lo recuerdo como si aún lo tuviera ante mí, vestido a la usanza de los colegiales mayores, con el bonete negro, el manto y la beca de color canela, tan joven y como a punto de quebrarse, con aspecto casi de niño, muy delgado, muy pálido, muy serio. Siempre me escuchaba con atención y, pese a su gravedad, yo sentía que estaba lleno de bondad y clemencia.

Me sorprendió tener noticia de que su mayor aspiración era ingresar en la orden de los jesuitas y de que lo logró en última instancia, pues fue aceptado en ella tras su partida de este mundo. Aunque no quisieron los cielos concederle siquiera un breve noviciado, no me cabe duda de que aquello hubo de traer gran felicidad y consuelo a cuantos lo conocían. Pues, según he oído, tuvo en vida muchos amigos, que se mantuvieron siempre a su lado.

Él merecía ambas cosas, ya lo creo que sí. Mejor nos iría a todos si en el mundo hubiese más personas como él, dispuestas a defender la ley y la verdad por lo que valen en sí mismas, sin buscar en el ejercicio ni engrandecimiento ni ganancia.

No abundan los hombres dispuestos a obrar siempre en nombre de la justicia. Todos la reclaman, sin duda; aunque, en mi opinión, la mayoría confunde el concepto, convencidos de que impartirla equivale a hacer cumplir su voluntad o su capricho, por abusivos que sean.

La cosa no acabó ahí. Por orden del rector Ayala, Jerónimo se vio obligado a ejecutar la sentencia sobre una de sus propiedades: un majuelo situado en Torrejón, en la zona que llaman El Arrabal. Pero, ya fuera porque él no diera la debida publicidad al negocio o porque disuadiera a los posibles interesados con sus malos modos y amenazas, lo cierto era que el tiempo pasaba y ahí seguían las tierras, sin arrendarse ni venderse.

Hube de acudir al nuevo rector, don Dionisio Pérez Manrique, para solicitar que me traspasara la propiedad, de modo que yo pudiera sacar de ella el dinero que me correspondía. Le hice notar, además, que aquella parcela no bastaba para cubrir esos setecientos ducados a los que yo tenía derecho, por lo que requerí que la sentencia de trance se extendiera también a unas casas que Jerónimo poseía en el Serrillo.

El mismo día en que mi procurador presentó el escrito, el 14 de abril de 1625, el rector don Dionisio Pérez firmó un auto concediéndome cuanto yo solicitaba. Fue la última vez que hube de acudir a una audiencia a suplicar lo que en justicia me correspondía.

—Solo has tardado once años —hizo notar Ana—. Y aún habrá quien opine que te han dado la razón demasiado aprisa, o que nunca debieron sentenciar a tu favor, o que tú no debieras haber dado el paso, quedándote en casa bien calladita para que ese bestia hiciese contigo cuanto se le antojara.

No le faltaba razón. De cierto, la noticia de mi divorcio no agradaba a todos. Hubo quien me felicitó por haberme apartado de Jerónimo; y otros muchos que me criticaron, algunos con muy malos modos.

—Déjalos que ladren y rabien cuanto quieran, que no han de morder —añadía mi amiga—. Todo el mundo quiere juzgar al prójimo, aun sin saber de la misa la media. Y a ti ni te van ni te vienen las opiniones de las personas que no tienen vela en este entierro.

Por aquel entonces Ana estaba pasando unos días en casa de Clara para ayudarla tras el parto. Esta acababa de traer al mundo a su Alfonso, un bebé hermoso y sano como pocos, que había recibido aquel nombre en honor a su abuelo, el padre de Luis.

Recuerdo que estábamos las tres en el dormitorio. La reciente madre, dando el pecho a su criatura. Yo, cosiendo el vestido con que lo llevaríamos a cristianar. Ana, comprobando el estado de las ventanas y puertas del balcón mientras rezongaba entre dientes que habría que poner paños en las juntas para que no entrasen corrientes de aire.

—¿Y ahora qué? —me preguntó Clara—. ¿Has pensado en qué vas a hacer? Por fin estás divorciada y no tendrás que pensar en ese bruto nunca más.

—Pues ahora, a seguir adelante y a apechugar con lo que venga —respondió Ana, aunque la pregunta no fuera dirigida a ella—. Porque así es como se debe vivir, vaya, que no hay otra forma de encarar las cosas.

Sonreí para mí. Siempre he oído decir que la vida es dolorosa e injusta; que nada puede hacerse al respecto. La primera de estas afirmaciones resulta cierta, qué duda cabe. Pero ¿ha de serlo también la segunda?

La experiencia me demostraba que no; o, al menos, no siempre. Hay cosas que nos llegan ya torcidas sin remedio, pero también otras que se pueden enderezar. El problema está en que la mayoría de la gente no sabe distinguirlas.

No hay nada que reprocharles. Diferenciarlas resulta de lo más difícil, desde luego que sí. Tanto que, a veces, es imposible saberlo hasta que no se intenta el cambio. Incluso cuando no se logra a la primera, cabe plantearse si es razón suficiente para darse por vencido.

Quizá un fracaso tampoco sea motivo para perder la fe. Igual hay que probar dos, tres, cien veces. Porque hay metas por las que merece la pena intentarlo todo, arriesgarlo todo. Y no flaquear, por mucho que la lucha nos vapulee una vez y otra y otra. No asumamos que lo malo es inevitable tan solo porque nos da miedo tener esperanza.

Cierto es que la Providencia nos ha traído a un mundo en el que no faltan miserias e injusticias. Pero no dejo de plantearme si, tal vez, no nos ha puesto aquí, precisamente, para intentar repararlas.

Apuntes históricos

Francisca de Pedraza y su tiempo

La protagonista

Francisca de Pedraza es una figura a la que admiro profundamente por todo lo que representa. Fue una mujer excepcional. La sociedad de su tiempo solo le permitía desempeñar los papeles de esposa y madre, siempre sujeta a la voluntad de su esposo. En su caso, la dependencia respecto al marido era absoluta, pues no tenía otra familia, habiendo quedado huérfana de padre y madre a los cuatro años de edad.

Según los textos de la época, las principales virtudes femeninas eran el recato, la obediencia y el silencio. En este sentido, Francisca era una mujer modélica, hasta que las circunstancias la obligaron a tomar las riendas y a empezar a luchar por sí misma. Su esposo, Jerónimo de Jaras, resultó ser un individuo extremadamente brutal. Su crueldad y su cólera asombraban incluso a sus contemporáneos, aun en aquellos tiempos en que se consideraba normal que los maridos «corrigieran» a sus esposas a base de golpes.

Pero Jerónimo de Jaras exhibía un comportamiento realmente monstruoso. Propinaba a su esposa palizas bestiales, les quitaba el pan de la mesa a ella y a sus hijos, negándose a proporcionarles vestidos y alimentos con los que subsistir mientras él derrochaba el patrimonio familiar en tabernas y lupanares. Cuando aparecía por la casa, humillaba y maltrataba a su esposa de todos los modos posibles. Llegó incluso a amenazarla de muerte, no solo en la intimidad del hogar, sino también ante testigos. De hecho, estuvo a punto de llevar a cabo tal atrocidad. Si no lo consiguió, fue gracias a que otras personas intervinieron en el último momento.

La mentalidad de la época propugnaba que, incluso en tales circunstancias, el papel de la mujer era aceptar y callar. Francisca de Pedraza no lo hizo así. Ella alzó la voz, denunció a su esposo ante la justicia civil y la religiosa, reclamando la administración de los bienes familiares y que se le concediera el divorcio frente a aquel animal. Los tribunales le concedieron sin problemas la primera de sus peticiones, no así la segunda. Aun reconociendo que ella tenía razón en sus alegatos, aun admitiendo que estaba en peligro de muerte si regresaba junto al maltratador, la audiencia eclesiástica la obligaba a volver con él, una y otra vez. El matrimonio cristiano era considerado sagrado y no podía romperse bajo ninguna circunstancia.

Pero Francisca no se rindió. Siguió insistiendo, reclamando justicia pese a las repetidas negativas, defendiendo su vida y la de sus hijos, en busca de ese divorcio que, según todos le repetían, era imposible de lograr. Lo tenía todo en contra, y lo sabía. Aun así, nunca dejó de luchar.

Su vida fue un ejemplo de perseverancia, valentía y dignidad. No es de extrañar que, hoy en día, se la considere una precursora de la defensa de los derechos de la mujer y de la lucha contra la violencia de género. Su historia resulta estremecedora, pero también es un canto al valor y la esperanza. Una llamada a no desfallecer nunca en la búsqueda de la justicia, incluso en situaciones en que parece imposible obtenerla.

Matrimonio y divorcio

En la España del siglo XVII, el único matrimonio con validez legal era el eclesiástico. Siendo uno de los siete sacramentos de la Santa Madre Iglesia, se consideraba una unión sagrada y, por tanto, inquebrantable.

Existía, aun así, la posibilidad de conseguir el divorcio. De eso nos dejan testimonio no solo las fuentes históricas y jurídicas, sino también los textos literarios. Cervantes, por ejemplo, nos lo presenta de forma jocosa en su entremés «El juez de los divorcios». En esta obra, cuatro parejas narran sus desavenencias. Se da la circunstancia, además, de que en tres de los sumarios el marido y la mujer están de acuerdo en hacer vidas aparte. Pero el magistrado que los juzga no accede a otorgar la separación a ninguno. En otras palabras, el divorcio era algo que podía solicitarse, pero que los tribunales nunca concedían.

Hablamos, eso sí, del pueblo llano, el que constituía la masa de la sociedad y carecía de privilegios jurídicos. En el caso de las monarquías o las altas casas nobiliarias, un divorcio podía llegar a ser cuestión de Estado o decidir el futuro de grandes fortunas. Algo que, en ocasiones, afectaba al propio papado, la institución que, en última instancia, ratificaba tales separaciones. En estos casos, los motivos podían considerarse de índole política tanto o más que religiosa, y la Santa Sede podía aplicar raseros muy distintos a los que afectaban a la plebe.

Siendo el matrimonio un sacramento, quedaba revestido de un carácter sagrado, lo que implicaba que cualquier modificación que lo afectara solo podía solicitarse ante un tribunal eclesiástico. En la historia que nos ocupa, Francisca de Pedraza presentará su caso en repetidas ocasiones ante la Audiencia Arzobispal de Alcalá de Henares, presidida por sucesivos vicarios que actuaban en representación del arzobispo de Toledo. La posición de la Iglesia era clara y rotunda. La separación no se concedía nunca, excepto en circunstancias realmente excepcionales, al considerar que vulneraba los principios fundamentales de la propia religión.

Los casos, por tanto, estaban sentenciados de antemano, sin importar la realidad concreta de cada expediente. Incluso si la parte afectada presentaba pruebas fehacientes para justificar su petición, el tribunal fallaba siempre a favor del mantenimiento del vínculo matrimonial. La historia de Francisca de Pedraza nos ofrece ejemplos muy claros de esto.

En este tipo de situaciones, la justicia civil (como las corregidurías o la chancillería, el organismo de última instancia) solo intervenía como brazo ejecutor, una vez que el tribunal eclesiástico hubiese dado el veredicto. Por ejemplo, para hacer respetar los términos económicos del acuerdo, como la restitución de dote a la esposa, en caso de que el marido se negase a devolverla.

El divorcio, de obtenerse, no era equiparable al que conocemos hoy en día. Consistía más bien en una separación legal, poniendo fin a la cohabitación entre los cónyuges. Pero el matrimonio no se disolvía en sí mismo. Marido y mujer seguían casados, aunque viviesen en hogares distintos. El vínculo matrimonial era considerado sagrado, no lo olvidemos y, por tanto, irrompible.

La única forma de deshacer esa unión sacrosanta pasaba por conseguir la nulidad matrimonial. Esto implicaba que la Iglesia reconociera que el matrimonio no había tenido lugar de manera efectiva. Algo que conllevaba unas exigencias aún más severas que las del divorcio, que también solía estar sujeto a intereses políticos o de Estado, y que a lo largo de la Historia se dio en contadísimos casos.

La separación legal entre cónyuges tan solo estaba autorizada en caso de divorcio. Si no se había obtenido, la ley no les permitía vivir apartados, ni siquiera si ambos lo deseaban y habían establecido un mutuo acuerdo. En caso de hacerlo así, cualquiera que estuviera al tanto de la situación podía denunciarlos, exponiendo a la pareja a penas de multas, cárcel o excomunión.

Teniendo en cuenta todo lo anterior, es fácil comprender por qué el caso de Francisca de Pedraza resulta tan excepcional. Tenemos la gran suerte de contar con toda la documentación de su caso, que nos demuestra las grandes dificultades que tuvo que arrostrar una mujer que, desde nuestra perspectiva, presentaba unas reclamaciones más que justificadas, pero a la que la Audiencia Arzobispal obligó a regresar junto a su esposo una y otra vez.

El gran valor de la historia de Francisca reside en su tesón, en esa fortaleza admirable que la llevó a seguir intentándolo sin desfallecer, aun cuando las circunstancias estaban en su contra y todos cuantos la rodeaban diesen su causa por perdida.

Personajes

Toda novela histórica conlleva una mezcla de realidad y ficción, que suele afectar a la trama, la ambientación y los personajes. Diferenciar entre una y otra no resulta sencillo, sobre todo si el escritor ha sabido entremezclarlas ambas para crear un todo homogéneo, como corresponde a una buena narración.

El de Francisca de Pedraza es un relato basado en episodios de la vida cotidiana. En su historia intervienen tan solo personajes anónimos, mujeres y hombres del pueblo llano que no toman decisiones de Estado, no emprenden guerras ni realizan grandes descubrimientos y que, por tanto, no aparecen en los manuales de Historia.

Sus nombres nos han llegado gracias a las actas del juicio que Francisca de Pedraza llevó en 1624 ante la Audiencia Escolástica, presidida por el rector Álvaro de Ayala, y que hoy se conservan en el legajo 191, caja 3, de la Sección de Universidades del Archivo Histórico Nacional.

Estos documentos de naturaleza procesal nos aportan algunos datos biográficos sobre la propia Francisca, pero prácticamente nada sobre las personas que la rodeaban y aparecen en el expediente. El trabajo del novelista consiste en tomar todos estos nombres y humanizarlos; convertirlos en actores de la historia, dotándolos de vidas, de virtudes y defectos, de inquietudes y esperanzas.

Consideramos personajes históricos aquellos que aparecen el menos en una fuente documental. En este caso, los que se mencionan en las actas de dicho proceso. Estos constituyen la gran mayoría de los caracteres que encontraremos en estas páginas. Dado su gran número y su peso en la trama, forman el pilar fundamental de la narración.

Junto a estos encontramos a unos pocos enteramente ficticios, que he creado para completar la historia. Eso sí, todos ellos son personas de su época, anclados en la mentalidad y las circunstancias del momento histórico que les tocó vivir.

Diferenciaré entre unos y otros a través de las tres protagonistas principales.

Francisca de Pedraza: es el personaje que articula la historia. Tanto ella como los nombres asociados a su caso en la documentación procesal son históricos y tomaron parte en los acontecimientos narrados: su esposo, Jerónimo de Jaras, y los dos hijos habidos del matrimonio que aún vivían en el momento del juicio; la beata doña Francisca de Orozco, que la representó en la carta de dote y arras; sus sirvientas, María Maráñez y María de Nontarín; sus caseras y vecinas: Catalina de Molina y su hija Beatriz González, Juana Rodríguez y su sirvienta, María de Andino, María Hernández, criada de Isabel de Medina, y la viuda María de Romaní; los estudiantes alojados en su casa, como el portugués Antonio Macías, Alonso de Ibáñez, procedente de Yepes, Juan Maniño, oriundo de Ribatejada, y el navarro Juan de Bidalar; los religiosos, como su confesor, Cristóbal González, o Andrés González, en cuya casa Francisca y su familia vivieron de alquiler durante una época, o Martín de la Torre, también vecino suyo, o el licenciado Gómez; las autoridades judiciales que intervinieron en su caso, como los corregidores Bernardo Castillo de Vargas, Agustín Pérez y don Gutierre, marqués de Careaga, además de los vicarios arzobispales Pedro de Cabezón, Pedro de Salas Mansilla y Laurencio de Iturrizarra, el fiscal Juan de Frías, el nuncio papal Innocenzo Massimo y los rectores Álvaro de Ayala y Dionisio Pérez Manrique; las personas en cuyas casas estuvo depositada durante los sucesivos juicios: Ana García, Luis de Santarén e Isabel de Medina; y, por supuesto, sus procuradores, como Bartolomé de Alcocer, que la acompañó durante todo el periplo recorrido ante la Audiencia Arzobispal, o Jerónimo Ruiz Guillén y Matías Ruiz Bravo, que la representaron ante la Audiencia Escolástica.

Ana García: es, en sí misma, un personaje real, pues aparece nombrada en las actas, por acoger en su casa a Francisca de Pedraza durante uno de los estadios del juicio. Pero todos los personajes que la rodean son ficticios: sus dos hijos, su marido, Enrique Salcedo y la madre de este,

Justina; el barbero cirujano Alfonso Robles; la comadre Rafael Márquez; y las pacientes y familias a las que va encontrando durante su historia, como Marta Ruiz y su esposo, Luisa Castro y Cristina Fuentes.

Clara Huertas: es un personaje enteramente inventado, como lo son todos los que la rodean, a excepción de su esposo Luis de Santarén, que sí aparece mencionado en el juicio de Francisca de Pedraza, ya que ella estuvo depositada en la casa de este por orden del vicario arzobispal. El resto de los caracteres asociados a la historia de Clara son ficticios, como ya se ha mencionado: sus criadas, Marita y Maricuela; el profesor de vihuela Carlos Ortiz; así como los señores don Pedro de Acosta, don Juan de Guzmán y el sobrino de este, Gonzalo.

Entre todos forman un mosaico que no solo se centra en la extraordinaria historia de Francisca de Pedraza, sino que también nos muestra la situación de las mujeres en el siglo XVII, y su difícil posición en todos los ámbitos: legal, laboral y familiar.

Agradecimientos

Se dice que el trabajo del escritor es solitario, pero lo cierto es que no podría llevarse a cabo sin la concurrencia de mucha otra gente. Son numerosas las personas que, de un modo u otro, han estado presentes mientras este libro iba tomando forma. Quisiera manifestarles aquí mi gratitud.

Comenzaré por mi editora, Clara Rasero, que con sus ideas y propuestas ha contribuido a dar los últimos toques a este manuscrito. Tanto ella como Ediciones B y el grupo Penguin Random House aceptaron con entusiasmo mi propuesta de abordar esta historia, fascinados, como yo, por la figura de Francisca de Pedraza.

Sin duda alguna, esta novela no habría sido posible sin los trabajos de Ignacio Ruiz. Él descubrió la historia de Francisca de Pedraza entre los incontables legajos de la Biblioteca Nacional. Sus obras no solo me han alumbrado el camino, sino que son de obligada lectura para quien quiera conocer mejor la dimensión histórica de esta mujer tan extraordinaria. Incluso me ha ayudado a incluir ciertos detalles aún inéditos en el momento de concluir mi manuscrito, pero que figuran en su último libro, que justo estaba pasando la última revisión antes de llegar a la imprenta.

Quiero mencionar también a mis alumnos, que me permiten recordar cada semana lo maravillosa que es la literatura. Sigo aprendiendo año tras año, gracias a que ellos continúan asistiendo a mis clases. Estudiar a los escritores que nos precedieron nos abre nuevas perspectivas y nos permite tener más que ofrecer en nuestras propias creaciones.

Por supuesto, no puedo olvidar al gran grupo formado por mis amigos y familia, que siguen a mi lado en estos tiempos difíciles, y que tan importantes son para mí; aunque es algo que, a base de darse por sentado, nunca suele recalcarse como se merece.

Y, sobre todo, a Rafael y Sandra. Porque sin ellos, sin todo lo que me aportan cada día, este libro no habría visto la luz. Llegar hasta aquí solo es posible gracias a nuestros esfuerzos compartidos.

Índice